editora Urutau

rua maestro demétrio kipman, 210,
jardim américa, bragança paulista — sp,
brasil
12902-130

avenida peirao besada, 6 – 2D
36163 poio-pontevedra
(espanha)

[+34] 644 951 354 [espanha]
[+55] 11 9 4859 2 426 [brasil]

www.editoraurutau.com.br
contato@editoraurutau.com.br

[EDITORES]
tiago fabris rendelli & wladimir vaz
[REVISÃO]
maria do carmo ribeiro leal e debora ribeiro rendelli
[CAPA]
wladimir vaz
[DIAGRAMAÇÃO]
victor prado

dados internacionais de catalogação na publicação (CIP)
de acordo com ISBD

rocha, roger.

R672o ouro de moscou / roger rocha. - bragança paulista: urutau, 2021.

292 p. ; 14cm x 22cm.

ISBN 978-65-5900-061-6

1. Literatura brasileira. 2. Romance. I. Título.

CDD 869.89923

2021-1541 CDU 821.134.3(81)-31

elaborado por Odilio Hilario Moreira Junior - CRB-8/9949

OURO DE MOSCOU

ROGER ROCHA

[primeira edição]
maio de 2021
URUTAU

SUMÁRIO

[10] O livro dos relatos
[156] Bem-vindos ao meio da história
[162] O livro dos mapas
[206] O livro dos fins
[234] Um passo para trás e dois para a frente

[282] Notas

[288] Agradecimentos

para Luana

A EPÍGRAFE DELA

(...) una mujer que no se aferraba a los bordes del abismo sino que caía al abismo con curiosidad y elegancia. Una mujer que caía al abismo sentada.

A EPÍGRAFE DELE

La vida es demanda y oferta, u oferta y demanda, todo se limita a eso, pero así no se puede vivir. Es necesaria una tercera pata para que la mesa no se desplome en los basurales de la historia, que a su vez se está desplomando permanentemente en los basurales del vacío.

ROBERTO BOLAÑO, *2666*

PARTE I

O LIVRO DOS RELATOS

1.

Em 20 de outubro de 1973, matei um homem. Comprimi sua traqueia aos poucos com uma chave de braço. Apliquei a técnica ensaiada tantas vezes com bonecos de anatomia bem proporcionada que nunca protestavam ou se debatiam. Segundo os instrutores, o procedimento deixava quase nenhum trauma visível, ainda menos quando não se fazia questão de procurar evidências. Também aprendi que, ao apertar devagar, mas com vigor, a pessoa vai tragando resignação em vez de oxigênio. Assim, diante de um anfitrião debilitado, a morte se instala feito um parente que chega sem aviso para passar alguns dias. Os dias passam, e quem tem parentes que chegam sem aviso sabe como a história termina.

Nunca pensei colocar aquelas lições em prática. Valiam créditos para a minha formação, motivo suficiente para arrochar o plástico com empenho, gravar a ação nos feixes de músculos que saberiam repetir cada gesto diante de um avaliador. Então, ali na hora, com a urgência rosnando, apelei aos fundamentos da teoria e dos treinos. Tentei reproduzir a posição, o ângulo de ataque, os movimentos, a pressão dosada para ser discretamente fatal. Não sabia se era possível asfixiar alguém de forma branda e continuo sem saber. Minhas estatísticas pendem para a reação dos bonecos.

A cadeira a que ele estava atado mostrava desgaste do metal aqui e ali. Antes dos seus, outros pulsos e tornozelos deixaram feridas profundas no esmalte. Eram runas talhadas pelo desespero e que ninguém se disporia a traduzir por darem um testemunho tão único quanto óbvio. Mas conforme eu aumentava a contração, a técnica se provava eficiente. Seus instintos se amansavam e a resistência se condensava em um fio mesclado de baba e sangue. A baba era recente e vinha do aperto das glândulas em torno do pescoço. O sangue brotava de golpes na cabeça e de socos no estômago. Os locais apreciavam métodos medievais para punir e convencer, o que não era o nosso caso.

À medida que o fluxo de ar cessava, suas fibras desistiam, as vértebras se espaçavam, as cartilagens não se opunham mais. Ele ficava cada vez mais parecido com os bonecos e isso gerava um tremendo alívio para nós dois. Sem o espetáculo das convulsões, restavam espasmos e reflexos involuntários. Era como se, ao sentir a razão se apagar, sua vontade se rendesse, concordando com o que eu tinha acabado de dizer em seu ouvido esquerdo em uma língua que, se não era a sua, ele entendia bem. "É por ela. É só por ela. É para protegê-la."

Essas palavras ainda zumbiam enquanto minha mão livre tentava fechar suas pálpebras. É engraçado lembrar que seus cílios faziam cócegas na palma feito uma borboletinha aprisionada. Pensando agora, cobrir seus olhos quando estava a ponto de fechá-los para sempre foi algo estúpido. Seria possível proteger sua percepção de uma ameaça que não estava à vista, que não vinha de fora, que se materializava e se expandia a partir do desejo de acabar logo com aquilo? Talvez quisesse improvisar a venda oferecida a quem vai sentir o fio da lâmina, a tensão da corda ou o impacto dos projéteis contra a carne mole, ainda que a venda sirva apenas para preservar o carrasco de um olhar suplicante, um último olhar capaz de desatar seus intestinos.

Ele se revirou como pôde. Apontou as pupilas para o meu rosto enquanto engoliam um resto de luz. Não consigo dizer ao certo se o impulso de cobrir seus olhos vinha de algum respeito ou do incômodo de encará-lo naquela situação. Na hora, decidi pensar que minha mão esquerda imprimiria uma máscara mortuária e esse foi um pensamento bom. A pressão das formas contra a maciez da pele criaria um registro mais fiel do que a minha habilidade de esculpir memórias era capaz de produzir. Tentava me convencer de que seria preciso gravar a passagem de todos os que tiveram alguma importância em um drama tão improvisado, com uma infinidade de minúcias perdidas no enredo escrito às pressas. Os anos vão borrando as sutilezas, embora alguns detalhes contrastem com o fundo do esquecimento. Era sábado. Um cheiro metálico pairava no ar. As lâmpadas fluorescentes estalavam em intervalos incertos. Ele arfava e eu mesmo começava a ficar sem fôlego.

Não costumo ver fantasmas nem ouço a ladainha de correntes arrastadas, manifestações que o remorso animaria por eu ter matado alguém disposto a dar a vida por uma causa, mesmo que ele apenas vislumbrasse o cenário completo e não conhecesse a motivação de todos os envolvidos. Para ele, a causa parecia correta, estava alinhada aos seus ideais e concorria para a concretização de objetivos, digamos, maiores. Para gente como ele, o traço de sua participação, mesmo sendo breve, estaria presente na amplitude do desenho final. Nem sei se me arrependo de tê-lo enganado desde o princípio para, no fim, sufocá-lo pelo simples motivo de que poderia atrapalhar bastante se contasse sobre mim e o meu plano, ainda que fosse uma verdade parcial. Talvez a mentira sussurrada em seu ouvido tenha servido para lhe oferecer algum senso de propósito caso ele viesse a lastimar o sacrifício. Em retrospecto, já não tenho a mesma convicção de que foi uma mentira, pois os sentimentos se fundem no calor do momento para nunca mais se sedimentarem e darem satisfação da sua natureza.

Corro o risco de especular demais. Ali, na hora, talvez só pensasse nela ou nos bonecos, em como suas gargantas de plástico, de contorno familiar, se ofereciam sem queixas. Não quero ser confundido com um assassino frio ou que me atribuam uma crueldade incompatível com o meu caráter. Fiz o que fiz porque era, de certa forma, incontornável. Daí sentir uma culpa de intensidade moderada, se tanto, o que não dispensa explicações.

Contra mim, quero registrar que atos como esse não estavam previstos entre as minhas atribuições, por mais vagos que seus termos fossem. Parte substancial das minhas atividades não existia por escrito, a menos que a atenção percorresse e interpretasse todos os espaços entre as letras de palavras tão imprecisas a ponto de abrangerem a justiça do mundo. Não era meu papel empregar força bruta contra gente munida com pedras, pedaços de pau e um punhado de frases feitas como era comum na América Latina, naquele ponto da história. Troque o calibre da munição por panfletos, pistolas enferrujadas e planos para vandalizar uma repartição pública e, segundo nossa cartilha, estava aí a pouca diferença entre um levante de caipiras e a guerrilha que se nutria de uma esparsa consciência política alastrada nas fissuras do asfalto, do aço e do concreto. Quando se pensa na validade do material didático, é bom ter em mente que a cartilha não previu a desmoralização que uma turba de soldadinhos e camponeses cobertos de farrapos nos empurrava goela abaixo naquele ponto da história, do outro lado do planeta. O teor desses manuais servia menos como instrução do que para nos reconfortar com a certeza de estarmos fazendo a coisa certa, seguindo protocolos e procedimentos que engasgariam em face do menor imprevisto.

A meu favor, saiba-se que ele estava condenado antes mesmo de eu entrar naquela sala. Era questão de tempo. E de método.

Argumentos postos, depois de tantos anos, segue aqui meu relato. Matei um homem. E fiz mais. Nessa curta trajetória, usei todas as prerrogativas subentendidas da minha função. Omiti, fingi, falsifiquei, traí, delatei. Cometi atos que, isolados, fora de contexto, justificariam uma condenação. Eram verbos conjugados para exaltar o que uma pessoa pode fazer de mais vil, uma lista de tarefas autorizadas em ocasiões específicas, mas executadas sem quaisquer justificativas oficiais para me livrar da responsabilidade. Assim, preciso enumerá-las e descrevê-las antes que as tarjas pretas comecem a suprimir a lembrança, censurando identidades, circunstâncias e lugares. Preciso contá-las antes que não haja ninguém para narrar de um ponto de vista tão amplo e isento de qualquer compromisso, a não ser tirar vantagem de uma sequência inusitada de acontecimentos.

A meu favor e contra mim, conste que, quando entrei na sala de interrogatórios, em uma espécie de delegacia mantida por uma balbúrdia de instituições e patentes em São Paulo, os soldados se retiraram a meu pedido, o pedido de uma potência amiga, influente e poderosa. Estranharam que o suspeito tivesse requisitado minha presença, mas a desconfiança minguou. O fato de eu estar ali indicava uma esfera de interesses fora do seu alcance e acima de suas competências. Para os coadjuvantes, quem sabe aquele homem ainda tentasse converter uma fração de segredo por sua vida que já não valia grande coisa. Talvez por isso, a última frase que ele pronunciou, olhando nos meus olhos, foi: "E então, gringo, você quer que eu conte?"

Não, obrigado. Eu mesmo conto.

2.

Texto transcrito a partir de gravações obtidas por uma escuta da stasi na ocasião do depoimento de testemunhas sobre o assassinato de Victor Sorge

"É como lhe disse e repito, Sr. Comissário. Todos os dias, menos domingos e quando a chuva não dá trégua, recolho as folhas da calçada. Nove horas em ponto. Antes de mim, meu pai e meu avô abraçaram a mesma rotina. As folhas espalhadas dão um ar de abandono que afasta a freguesia. Esse é o comportamento dos clientes em nosso bairro, deixam de prestigiá-lo se avistam o menor sinal de desleixo. E o zelo é importante, ainda mais quando se lida com perecíveis como fazemos há três gerações.

Justamente ontem, essa disciplina foi quebrada. Frau Oben chegou logo que subi as portas e me envolveu com sua conversa fiada por uns vinte minutos. Falou da preocupação com o cunhado. Ele ocupa um cargo menor em Jüchen e foi responsabilizado pelo desvio de certa quantia destinada às obras públicas. Supostos desvios dos quais sei pouco, apenas o que ela contou. Quando partiu, fui ter com as folhas. Se não fossem os vinte minutos perdidos com Frau Oben, não teria visto nada, e isso me faz achar aquela mulher ainda mais repugnante, para além da chatice e dos desvios de caráter de sua família. Para ser sincero, preferia não ter visto nada."

(...)

Pela posição do microfone, no ângulo da parede, em uma fissura do teto — como se veio a saber em 1992, quando o funcionário da com-

panhia telefônica descobriu um cabo encapado de tecido que corria por um duto subterrâneo do Mitte até a delegacia desativada —, as falas do comissário de polícia não foram registradas com precisão e, portanto, foram omitidas.

"Sim, entendo. Serei objetivo. Desculpe-me, mas o papo envolvente faz parte da herança de meu pai. E de meu avô, é claro. Comerciantes, o senhor sabe, precisam ter lábia. Se o mesmo fornecedor entrega linguiças no bairro todo, justificamos a preferência com simpatia e ouvidos atentos."

(...)

"Veja bem, nunca fomos muito engajados quando se pensa em política. Ainda menos eu que, na época, era um jovenzinho meio débil. Dispensaram meu pai do serviço militar por causa da gota, e isso nos aliviou por alguns anos. Só foi recrutado para os últimos esforços, quando os critérios para servir baixaram muito. Eu mesmo escapei porque, quando os menores foram para o front, os russos já estavam esmurrando a porta dos fundos. Daquela época, posso dizer que dançamos conforme a música. Mesmo quando não se gosta do ritmo, é possível dançar. Às vezes, é preciso, não é, Sr. Comissário? Mas tem gente aqui no bairro com saudades daquela promessa de grandeza que nos concederia certos privilégios sobre todos os outros. Herr Krauss — se não me engano seu primeiro nome é Herbet, sim, Herbert Krauss — que mora naquele prédio baixo, quase na esquina, é desses nostálgicos de uma glória que nunca tivemos ou ficou bem para trás, sabe-se lá em que livros de História. Se não fosse um inválido, seria perigoso. Talvez ainda seja se pensarmos com que tipo de discurso inflama a alma de seus sobrinhos. Eles aparecem de vez em quando e saem corados de cerveja e convicção depois de uma tarde com o velho. Embora não concorde, posso entendê-los. O orgulho custa a cicatrizar."

(...)

"Não, não, não... Longe de mim dizer que odeio os russos, apesar do ressentimento por aquela barbaridade toda. Depois de meses de desforra contra gente morrendo à míngua, partilhar a nação como se fosse um mero butim me parece um crime sem prescrição. Então, se não podemos punir nem perdoar, é melhor esquecer. Eles lá e nós aqui, certo, Sr. Comissário? E se não fosse essa monstruosidade de concreto que cerca a cidade, separando o lá e o aqui, seria bem mais fácil não pensar neles. Tinha dois primos — digo 'tinha' porque não sei que fim levaram depois de tanto tempo sem contato — dois primos que ficaram do outro lado, mas, se pudessem, se tivessem a coragem necessária e algum engenho, estou seguro de que saltariam o muro ou cavariam um túnel."

(...)

"Claro, Sr. Comissário, podemos prosseguir. Não sou eu quem vai comprometer a celeridade da lei, ainda mais em um caso com tamanhas implicações. Serei breve na medida em que os detalhes permitam. O mais velho chegou antes. Sentou-se no banco em frente à loja, tirou o chapéu e colocou-o no colo. Olhava para baixo, acompanhando o trabalho das formigas na calçada, embora não haja formigas nesta época do ano e, mesmo nos meses mais quentes, sejam insetos esparsos. Volta e meia, colocava a mão direita por dentro do paletó como se procurasse uma cigarreira ou um frasco de antiácido, mas em nenhum momento abriu o botão. Com os dedos, ele tamborilava na aba do chapéu para passar o tempo até que o outro espião, bem mais jovem, chegou. Sentou-se nem tão perto nem tão longe. Conversaram. Nem muito nem pouco. Talvez muito, mas sobre algo que parecia ter pouca importância. Do jeito que falavam, poderia ser sobre o frio que chegou cedo este ano, derrubando as malditas folhas para eu catar logo de manhã e no meio da tarde. Ficaram assim até que o mais velho riu, ajeitou os cabelos para trás e recolocou o chapéu, enterrando-o fundo na cabeça."

(...)

"Como eu sei que eram espiões? Ora, Sr. Comissário, porque agiam de maneira absolutamente natural! Quem, em uma cidade como a nossa, neste nosso tempo, age de maneira natural? Seus gestos eram cotidianos. Seu comportamento, rotineiro. Seus olhos esquadrinhavam a rua como os de qualquer um. E nós dois sabemos o quanto isso é suspeito em um lugar onde todos andam com a nuca arrepiada e os ouvidos sempre atentos.

Depois da conversa miúda, o jovem se despediu com um aperto de mão e voltou pelo caminho de onde tinha vindo, o que leva a crer que aquele encontro era o único motivo de estar ali. Um deslize. Quem sabe foi excesso de confiança e a certeza de que ninguém estava prestando atenção. Ainda menos eu, a única possível testemunha, entretido com uma pilha de folhas amareladas do outro lado da rua."

(...)

"Foi uma manhã de pouquíssimo movimento. Por isso me fixei no homem ali sentado. Confesso que, em outras circunstâncias, nem o teria notado. Sua presença tinha uma qualidade estranha, evanescente, eu diria. Se permanecesse ali por mais tempo, acho que se mimetizaria com as folhas amareladas. Não se passaram quinze minutos, seus ombros caíram e o pescoço cedeu de vez. Foi quando reparei que havia algo errado. Atravessei a rua e precisei me aproximar bastante para ver a manchinha de sangue perto da lapela. Já não respirava. Tirei um lenço do bolso e o estendi sobre seu rosto. Não consigo dizer ao certo se o impulso de cobrir seus olhos vinha de algum respeito ou do incômodo de encará-lo naquela situação. Então chamei a polícia."

(...)

"Imagine, Sr. Comissário! É meu dever estar aqui, mesmo me custando manter a loja fechada. O comércio do bairro já viu dias melhores. Deve ter a ver com o muro e a sombra que ele projeta nas ruas de trás. Ninguém, além de um grupinho de punguistas, se sente à vontade de andar por ali. E o movimento cai quando há tensão no ar. Parece que as pessoas ficam com um nó no estômago e perdem o apetite. Então tenho tempo. E ouvidos atentos. Se souber de algo mais sobre Jüchen, posso reportar. Ou sobre Herr Krauss e seus sobrinhos. Basta pedir, Sr. Comissário, e estarei a seu serviço. Com toda a discrição, é claro. Agora, se o senhor me permite, vou ter com as folhas. Duas vezes por dia, de manhã e à tarde. É a minha pequena sina."

(...)

"Ah, acabo de lembrar algo estranho, muito estranho, que pode ser útil nas suas investigações. Todo detalhe ajuda a decifrar as dissimulações dessa gente perigosa. À certa altura da conversa, o espião mais velho passou a ponta do pé direito na panturrilha como se lustrasse o sapato ou removesse uma sujeirinha da barra da calça. Esquisito, não? Um condenado não deveria ter disposição para banalidades."

3.

Pelos nossos códigos, quando vi o chapéu no colo de Victor, soube que o local era seguro, mas seus dedos percutindo na aba indicavam problemas. Aquela impaciência era algo incomum para um homem apegado aos gestos essenciais. Dava para ver as gotículas de suor em seu rosto refletindo a luz em todas as direções, como o globo de espelhos da boate Big Eden onde, às vezes, nos encontrávamos. Um ambiente escuro, barulhento e enfumaçado, ideal para trocar confidências que nem nós ouvíamos. Sentei-me perto o suficiente para não projetar a voz e vi seus lábios começando a se arroxear. Não consegui conter um certo pesar diante da inevitabilidade do que estava posto em marcha.

"Como eles fizeram, Victor?"

"Ah, a eficiência da Staatssicherheit!", se lhe restava ânimo para ser irônico, faltava rancor. No mais, Victor sabia que aquele era um dos finais possíveis, embora improváveis. "Um encontrão com uma mocinha na saída do trem, uma agulha grossa e um veneno muito lento."

"Conseguiu despistá-los?"

"Não vieram atrás de mim. O serviço já estava feito, e a moça deve ter agido sozinha. Uma amadora coagida ou cooptada em troca de sabe-se lá que favores. Tremia muito. E me encarou com os olhos arregalados, quase arrependida, antes de sair correndo."

"Minha posição permanece segura?", deixei o instinto de sobrevivência falar, mas evitei um tom preocupado por respeito a Victor e sua condição.

"Ora, você conhece os riscos ocupacionais. Mas não creio que estejam interessados ou manteriam você sob vigilância estrita.

Desconfio de que se livrar de mim seja uma maneira sutil de persuadir Moscou a listar os agentes em campo. Saber quem é quem lhes confere um poderzinho, borra a impressão de que as coisas são feitas sob suas barbas. Quanto a este incidente, eles sempre poderão dizer que achavam estar dando cabo de um traidor que piava para os americanos. No fundo, não passam de idiotas ressentidos catando umas migalhas de soberania."

Os muitos anos de serviço ajudavam Victor a perceber a amplitude do cenário sem perder a filigrana das relações estabelecidas. Essa habilidade nunca lhe rendeu uma promoção, embora ser preterido não tenha minado seu empenho nem suas convicções. Seu senso de dever determinava que o tráfico de informações praticado dia a dia ajudava a manter a pressão sob controle dos dois lados, mesmo que fossem informações pinçadas a dedo por serem quase irrelevantes. Nos períodos em que a ação abrandava e só nos restava falar do clima, ou contemplar o esforço coordenado das tropas de formigas na calçada, Victor zombava, dizia que éramos mais carteiros do que espiões. Mas bastava qualquer estridência na valsa das nações para ele nos alçar à importância de diplomatas.

"A pressão do Kremlin deve estar deixando a Stasi um tanto obcecada", comentei. Por um momento, a ideia de morrer pelas mãos de um paranoico me parecia uma alternativa mais digna do que ser vítima de um néscio qualquer, o que não diminuía a minha pressa. "Tem algo para mim?"

Ele ensaiou um sorriso de quem apagava incertezas do horizonte, então disparou um relato composto não só de informações, mas também de inconfidências. Era como se, pela primeira vez e diante de uma última chance, a excepcionalidade do momento levasse Victor não a contar segredos, mas vantagem.

"A fonte vai secar de vez. Moscou decidiu cortar as remessas para a América Latina, começando pelo Chile. As células estão desorganizadas, todos muito debilitados com a morte de Allende. Os latino-americanos sabem como ser sentimentais."

"É um movimento compreensível. A situação por lá se complica a cada dia", concluí porque a sanha dos militares chilenos era conhecida.

"Por isso mesmo, as armas que estavam a caminho já foram desviadas para o Peru. E o último carregamento de dinheiro que chegou ao Chile vai ser repassado ao Brasil. Lá as coisas andam mais quentes e dependem muito desse tipo de solidariedade. Mas calma que estamos chegando à parte divertida. Está prestando atenção?", Victor lustrou a ponta do sapato na perna da calça. "Os chilenos receberam ordens de entregar o dinheiro para uma pessoa específica e somente a ela. O nome é Nara, uma mocinha de São Paulo, tão novata no organograma da subversão que é pouquíssimo visada. Fico pensando como diabos vai atravessar dois países e voltar com três milhões de dólares. Carregando uma mochila? Eu não queria ter esse problema. Pensando bem, qualquer problema é preferível às minhas opções atuais."

"É estranho uma quantia dessas parar nas mãos de gente tão despreparada."

Vitor arqueou as sobrancelhas em uma pausa que me desafiava a chegar a conclusões satisfatórias. Como as peças ainda estavam muito embaralhadas para a minha compreensão, fiquei calado.

"Aí é que está a ironia. As remessas serão descontinuadas, mas o Kremlin quer que os camaradas lá embaixo acreditem que está fazendo de tudo para municiar a luta. A operação, dando certo ou errado, vai virar lenda. Seja pelo relato oficial dando conta do esquema fracassado, seja pelos cochichos do submundo. Mas é bem melhor que dê errado, percebe? A história vai ecoar na imprensa como se houvesse milhões e milhões de dólares em dezenas de maletas russas indo para lá e para cá. Isso anima os camaradas e deixa a polícia em estado de alerta, olhando para o lado errado que, no final, são todos. Não haverá mais dinheiro algum, é só propaganda. E um pouco de desinformação." Victor não conseguia disfarçar uma ponta de inveja pela perspicácia de quem concebeu um plano tão simples para resolver tantos problemas. "Agora, prepare-se para a parte realmente engraçada. Sabe quem levaria as instruções para a garota?", de novo a pausa e os arcos sobre os olhos que já estavam meio turvos. "Eu. Victor Sorge, o homem cinza do mais baixo escalão da KGB. Como eu teria gostado de concluir essa missão."

Cinza talvez não fosse uma cor adequada para descrever Victor. Sua presença tinha outras propriedades. Sim, era discreto, mas sua pele, suas roupas e tudo o que tocava pareciam verter uma iridescência controlada que se confundia com os reflexos do ambiente. Se permanecesse ali por mais tempo, acho que se mimetizaria com as folhas amareladas. Meu colega se deixava recobrir pela pátina dos dias nublados, do que há de mais banal, de tudo o que escolhemos não ver.

"Sinto muito, Victor."

"Fazer o quê? Quando o pessoal do escritório souber de mim, o que pode demorar, mas não muito, a missão será cancelada por falha de segurança", previu com amargura e essa foi a única vez que demonstrou condolência por si mesmo.

A conversa ia ficando por aí até que sua expressão se reanimou. Um esgar desenhou um sorriso torto. Desse ponto em diante, ele falou com frases entrecortadas, uma dicção estranha para alguém tão articulado. Era como se houvesse uma ligação direta entre pensamentos tentando ganhar forma e a boca que os exprimia.

"Que tal fugir deste frio medonho e conhecer os trópicos? Falo isso por apreço. E porque odiaria deixar coisas por fazer. Trabalhamos bem nestes últimos dois anos. Considerando nossos limites estritos, é claro. Também não criamos nenhum embaraço para os chefes."

O silêncio deve ter denunciado meu ceticismo. Sem tempo para persuasão, Victor preferiu a veemência.

"Impeça a garota! É o seu dever barrar o abastecimento da luta. Do meu lado, é como disse, dando certo ou errado, a operação vai ser um sucesso. E, se servir para alguma coisa, faça o que bem entender com o resto da informação."

De repente, nossa atividade ganhava novos contornos dentro do espectro maior que era evitar a destruição mútua garantida. Não que pudéssemos impedir qualquer coisa, mas podíamos ganhar tempo. Talvez, com tantos cacos de informação para processar, o cérebro raciocinasse antes de enviar os sinais para um dedo gordo apertar o botão da desgraça. Não é pouca coisa.

"Se me estender a mão, eu lhe entrego a foto da menina. Atrás, há algumas pistas de onde sua busca pode começar. Ao encontrá-la, lembre-se de que precisam chegar a Calama, no Chile, e procurar por um tal Humberstone. Um codinome, é claro. E você tem a vantagem de umas três semanas de silêncio de rádio, se tanto. O que me diz?"

Não podia perder a chance daquele cumprimento, mesmo que minha participação no esquema permanecesse indefinida. Victor me passou a foto que guardei sem olhar, embora a curiosidade ardesse. Então riu, ajeitou os cabelos para trás e enterrou fundo o chapéu na cabeça. Tirou um maço de Camel do bolso da camisa, constatou que estava vazio. Lambeu os beiços e os separou com um estalo.

"Ótima oportunidade para parar de fumar, não acha?"

4. UM LAUDO

Homem, caucasiano, aparentando cinquenta e tantos ou sessenta e poucos anos. Parece novo para sessenta anos e os restos de um naufrágio para cinquenta. Basta tirar a média e ponderar sobre as pistas de seu estado geral: conspurcação prolongada do fígado, evidente engraxamento das artérias, profanação voluntária dos pulmões, completo desprezo pelos músculos. O arqueamento ósseo, atribuo ao peso excessivo dos dias. Mas nada disso o matou. Nota-se perfuração torácica oblíqua entre a quarta e a quinta costela, sugerindo instilação de líquido, possivelmente veneno, no coração. Veneno é apenas uma hipótese porque um coração pode parar por vários motivos, de má-formação congênita a uma profunda decepção que aniquila a vontade de seguir batendo, mesmo que essa pulsação devesse ser, a princípio, involuntária. O que faria parar este músculo que examino sem cortar um milímetro de carne? Fui proibido de enterrar o bisturi e aprofundar a investigação. Soube pelo meu chefe que este indigente pode causar grande embaraço a todos se não nos livrarmos dele o mais rápido possível, embalsamado em certezas inconclusivas. Então, no laudo que redijo, consta apenas que, entre a quarta e a quinta costela, do lado esquerdo, a quatro centímetros do esterno, há uma pequena nódoa de sangue coagulado e sinais de cristalização de uma substância amarronzada, de odor acre. Com tantos orifícios, fendas e aberturas, o autor do suposto envenenamento precisou fazer mais um furo para suspender as funções vitais deste organismo. É como se não bastassem toda a amargura e o absurdo a que somos permeáveis, que nos invadem pelos poros e nos devastam por osmose para um dia desses interromperem o fluxo da consciência. Estimo que, pelo empalidecimento, descontando o frio que faz lá fora, o sujeito veio a óbito há umas sete horas. Não imagino de onde tirei a ideia de tomá-lo por um sujeito justo agora, quando este corpo está prestes a se tornar mero objeto, sujeitado ao decaimento previsível de toda matéria. E por que ele viria a óbito se a morte está para lá dos nossos sentidos e de todas as sensações que imperam deste lado do muro, aqui onde nós, os vivos, mantemos a vida em funcionamento? Pelo que posso inferir, enquanto esteve do lado de cá, foi um homem, caucasiano, severamente corroído por suas escolhas e que, justo hoje, depois de, quem sabe, umas seis décadas, há poucas horas, cessou de existir, deixando para trás um aglomerado de células. Sua alma, se é que essa ideia se sustenta para além da metafísica, foi despejada. E, saindo às pressas, largou a bagunça dos cômodos como indícios dos costumes e manias do inquilino. O relógio Cyma atado ao seu pulso, mostrando desgaste do metal aqui e ali, registrou o momento exato em que a alma debandou. Os ponteiros ainda se movem, sua corda tendo superado as forças que fizeram polegar e indicador girarem a coroa para completar a carga. É irônico imaginar que o coração desse instrumento ainda pulse, fazendo os minúsculos órgãos em sua cavidade se agitarem continuamente, deslizando por mucosas rígidas. Mas ele também vai parar, a menos que mude de mãos no caminho entre o necrotério e a vala. Se acontecer, essa maquinazinha sobreviverá ao homem que cuidou dela e a alimentou ao longo do tempo cuja leitura e uma certa materialidade era o que o mostrador dava em troca. Com ela, vai perdurar uma poeira de pele, pelos e unhas entranhada nos sulcos mais estreitos e profundos, espólio de quem deixou todas as possibilidades em aberto por serem irrealizáveis a partir de agora ou de sete horas atrás, segundo critérios estritamente técnicos e aproximados. Assim, redijo um laudo para preencher poucas lacunas de uma história que se apaga linha por linha. E se divago é porque fui impedido de cortar, fatiar e pesar as evidências que nos fariam concluir como morreu uma pessoa de cuja vida temos vestígios mínimos. Aqui, estamos diante do imponderável. Quanto ao Cyma, um banho de ouro pode dar jeito na erosão desse folheado. E sempre poderei trocar a pulseira por uma mais ao meu gosto.

5.

Optei pela neutralidade de um passaporte sueco para apagar os rastros e chegar de trem até a Dinamarca, de onde peguei o primeiro voo para Londres. A bordo, com uma dose de uísque, me dei ao luxo de relaxar para acertar o foco das informações recebidas. Naquela rota, as aeromoças não se escandalizavam ao servir uma bebida forte logo cedo.

Desembarquei em Gatwick e segui de táxi para o centro. Depois do que aconteceu com Victor, a armadura de metal negro inspirava segurança, embora soubesse que precauções desse tipo servissem apenas para diminuir a tensão dos nervos. Lâminas e projéteis sempre encontram uma brecha por onde se esgueirar.

Tio Norman não me fez esperar muito na antessala do escritório de fachada que mantinha na City e logo passei para a poltrona de seu gabinete, a melhor em que me sentava depois de muitas horas em trânsito. A palavra "tio" compunha um codinome particular, usado apenas entre nós. Embora Norman não fosse meu tio de verdade, cuidou de mim desde que meus pais foram afastados da universidade, o que me tornava uma espécie de órfão adotado por compaixão e não por amor à ideia de construir um legado pessoal. Isso foi quando a lealdade ao partido comunista virou sinônimo de despatriotismo, e a influência de professores como os meus pais se tornou indigesta para autoridades e pais preocupados com a inclinação ideológica de seus filhos. Da mesma forma, preocupava meu pai que suas escolhas definissem o meu destino. Então, meio a contragosto, subjugado pelo instinto de evitar que seus genes mergulhassem na penúria, recorreu ao amigo com quem tinha servido no Pacífico e que, reza a lenda, lhe devia um favor ou até mesmo a vida, como costuma acontecer nas histórias de guerra, com a estima testada na trajetória de obuses.

Norman conseguiu que me aceitassem em Yale, mas sua benevolência tinha preço. Paguei com inúmeros relatos sobre as atividades suspeitas de professores, funcionários e colegas de quem me aproximava com facilidade, choramingando sobre a perseguição que meus pais tinham sofrido. Se demonstrassem a menor simpatia, viravam alvo certeiro do meu escrutínio, enquanto, para a maioria, essa abordagem me colocava à esquerda do pensamento vigente. Era algo muito útil para encobrir minhas dissimulações e descobrir como a subversão se organizava, mesmo quando o deslize não passasse de juntar meia dúzia de moleques para fumar um tufo de maconha e ler Michael Harrington.

Ser prestativo ao tio Norman me alçou a um posto respeitável nos serviços de inteligência, o que sempre me pareceu um contrassenso, pois minhas notas denunciavam um intelecto medíocre. Mas eu tinha qualidades, é claro. Quando seu pai é um comunista histriônico, você aprende as vantagens da discrição e de cultivar um caráter volúvel como técnica de sobrevivência.

Tio Norman enfiou a mão direita dentro do paletó como se procurasse uma cigarreira ou um frasco de antiácido. Não demorei a perceber que apalpava o fígado combalido pela mistura de chá com bourbon que o mantinha alerta e ligeiramente alheio ao longo dos dias. Começou a falar antes de mim e isso colocou as circunstâncias em um novo prumo. Depois de encadear os fatos e testar meu raciocínio na cabine pressurizada de um avião, precisei conter o ímpeto de relatar a precipitação da Stasi, a morte fútil de Victor, a paranoia crescente que imperava em Berlim, a menina brasileira que seria a depositária de uma grana preta e a minha determinação de confrontar a empáfia dos soviéticos. Naquele ponto da história, em várias partes do mundo, eles estavam levando a melhor com sua doutrina, digamos, alternativa quando contraposta à liturgia daquilo que considerávamos ser o nosso caráter nacional.

"As coisas estão mudando, Frank", Norman fuzilou. "E estão mudando rápido", a intuição me convenceu a ouvir como um estenógrafo, registrando tudo com precisão e sem comentários. "Kissinger está tentando limpar os restos de napalm debaixo das unhas e fazer vingar um par de bons conselhos, mas Nixon pirou de vez. Uma ressaca tremenda. Não emplacou Pat Gray no senado, Ruckelshaus não esquentou a cadeira e Kelley está longe de ser um pau-mandado competente e ambicioso feito Hoover", quanto menos eu falasse, mais ele falaria, e tio Norman gostava de falar. "Não que Hoover fosse 'apenas' um pau-mandado, entende? Mas, como um bom conspirador, ele teria dado um jeito nos bisbilhoteiros da imprensa. E isso nos pouparia do aborrecimento e dessa gargantice constrangedora."

Meu parente postiço nunca apoiou a cruzada que levou meus pais ao ostracismo com milhares de sindicalistas, professores, artistas, intelectuais e até mesmo pessoas de bem. Não porque se doesse por seu irmão de guerra ou por qualquer traço de ideologia, mas pela falta de dignidade na conduta e pelos métodos implacáveis do finado Hoover que impediam o adversário de lutar uma boa luta. Nisso, Norman era elegantemente britânico ou, quem sabe, essencialmente americano, mas não a ponto de trazer à tona os desmandos do FBI. Para ele, era estúpido combater um organismo tão infectado como um partido comunista cuja metade dos membros estava na folha de pagamento de quem os vigiava. E, segundo Norman, não era produtivo contrariar os estúpidos.

"O FBI está de pernas para o ar. Agentes fuçando em arquivos para expor outros agentes que serão exonerados. Tudo porque, em algum momento, olharam atravessado para a bandeira ou assobiaram durante o hino. E o homem não vai sossegar até expurgar a CIA."

"Nixon nunca gostou da CIA", eu disse para reiterar o óbvio.

"Nixon só gosta de Château Lafite. E, de acordo com o dossiê, prefere martínis para afogar as mágoas. Com isso, posso até concordar", disse Norman, molhando os lábios em seu tônico como se mencionar os hábitos alheios excitasse suas papilas.

"Nossa posição permanece segura?", apelei ao instinto corporativo para acobertar um certo egoísmo. "Oficialmente, não somos da CIA. De um ponto de vista técnico, nem existimos."

Norman lançou um olhar de tio na minha direção, um olhar que não carregava a condescendência de um pai, mas era consanguíneo em certa medida.

"Você já deveria saber que é mais fácil dar cabo do que não existe, Frank. Não precisa de um documento assinado nem de um telegrama. Meia dúzia de palavras no ouvido certo e está feito."

Comecei a me sentir meio tonto mesmo sabendo que aquela dose de Haig a milhares de pés de altitude já não me afetava. A verdade dos fatos pode ser inebriante.

"E quem vai compensar o ruído com os canais oficiais estando tão sensíveis? Não é nosso papel manter o equilíbrio e a conversa fluindo até as ideias dos comunas murcharem? Na prática, vão se mostrar inviáveis. É questão de tempo e paciência."

Norman calado era a introdução para revelações que eu não queria escutar.

"Ora, Frank, você achou por um segundo que essa parafernália toda foi mobilizada por causa das ideias? Acorde, rapaz. É política. E política, em última instância, é sobre manter o fluxo de dinheiro para subsidiar o poder. É dinheiro que extrai o ferro, funde o aço, fabrica fuzis, fornece munição aos soldados e fode com tudo para legitimar quem manda. Aqui ou lá, o objetivo é sempre o mesmo, fazer quem manda continuar mandando. As ideias que se danem. E alguns bilhões de pessoas valem ainda menos do que as ideias."
Sempre admirei a assertividade de Norman, mas engolir a seco que, aos seus olhos, eu não passava de um idealista romântico foi dolorido, ainda que fosse uma verdade parcial.

"De um jeito torto, você está começando a falar... a pensar como o seu pai."

Nunca perdoei meu pai. Sempre colocou as ideias acima de tudo e escravizava a prática para que virassem realidade. Ideias cuja leitura e uma certa materialidade eram o que a prática dava em troca, mesmo que o custo de mantê-las vivas fosse sacrificar sua carreira e a de minha mãe. Ela jamais se restabeleceu depois que a KSU puxou sua cadeira do cargo em Letras, justo a dela que recorria a Capuletos e Montecchios para exemplificar a polarização dos ânimos. Por outro lado, há quem diga que as palestras sobre Ciências Políticas que meu pai tinha ministrado em Kent inflamaram os estudantes para o quebra-quebra, justificando o chumbo grosso da Guarda Nacional. Resultado: quatro mortos, nove feridos e o status quo saindo ileso. De maca, mas ileso.

O velho sempre projetou pirâmides de ar. Desconsiderou que milênios passariam e a areia fina das impossibilidades cobriria suas convicções para erodir cada aresta de radicalismo. Apesar dos registros em papiro, papel e celuloide, desprezou as pragas que castigaram o faraó até lhe tomarem o primogênito. Foram sofrimentos vãos, evitáveis caso o soberano se submetesse à vontade dos servos. Bastaria deixar a tribo fugir para o deserto, seguir na busca do terreno prometido por um contrato verbal com cláusulas ditadas para quem ouvia vozes. Mas faraós não se tornaram conhecidos por negociar com terroristas. E sou filho único, primeiro e único filho de um faraó que, repelindo os privilégios garantidos por sua linhagem divina, pregava a supremacia dos escravos. Se organizassem suas exigências, poderiam se recusar a talhar a pedra, arrastar toneladas e posicionar mais um bloco para compor aquele projeto grandioso de poder. Mal sabia ele que a massa cativa poderia se alvoroçar para, em seguida, diluir os impulsos no desejo de abraçar a vida que seus senhores levavam.

“Isso tudo me faz pensar em uma aposentadoria agradável na Flórida”, foi a frase de Norman para me despertar. “Sempre teremos o golfe.”

Eu continuava atordoado pelo fluxo de pensamentos. Era bom ter alguém para culpar mesmo que isso não me eximisse de tomar uma decisão difícil. No fundo, não há decisões difíceis, o que há é falta de informação.

"Quanto a você, quando exumarem sua ficha e ligarem os pontos, vai acabar gerenciando um posto de gasolina em Des Moines. Com muita sorte. Frentista seria uma opção digna para a falta de opção."

A crise de nervos internacional, a queda de Victor, a predestinação de uma tal Nara. Alguém que atende por Humberstone no lugar mais seco do mundo. E a minha situação, órfão de pais vivos, cuidado por um quase tio que abriria mão de supervisionar meu bem-estar para golpear uma bolinha marcada por celulite. Mesmo com uma equação tão desbalanceada, não era difícil concluir que três milhões de dólares poderiam resultar em uma mudança de perspectiva.

"Tio Norman, acho que preciso de férias."

6.

Apontamento sem data no diário de Joanna Grabowska

*

Jenny Norberg, quarenta e sete anos, sueca, dentista e colecionadora especializada em selos comemorativos emitidos pela União Soviética, não se lembrou de Joanna Grabowska, uma ginasta polonesa que, depois de se arrebentar em uma sessão de treino, abandonou as competições em Munique. Não viu o choro no vestiário, a sucessão de bolsas de gelo nem as dolorosas infiltrações que apenas aliviavam seu padecimento físico e moral. Como o massacre dos israelenses sequestrou as manchetes da época, não leu a cobertura raquítica da imprensa sobre a tentativa de defecção de Joanna e mais duas colegas de equipe. A ousadia lhes rendeu algumas semanas de detenção, humilhação pública e a perda dos privilégios que figurar na equipe olímpica de seu país lhes assegurava, inclusive o acompanhamento médico e a fisioterapia que teriam evitado a ruína dos músculos da garota. Jenny não acompanhou quando um comitê foi complacente e rápido ao decidir a transferência compulsória de Joanna para uma escola em Potsdam, na Alemanha Oriental, de onde, com a coragem necessária e algum engenho, ela conseguiu escapar para o lado certo de Berlim. Estava prestes a ter um bebê de seu namorado, Antoni, que jamais tinha posto os pés fora de Gdansk. Alheia a todos esses acontecimentos, em 1997, passeando em um mercado de pulgas de Gotemburgo, Jenny arrematou um pequeno lote de memorabilia da Cortina de Ferro mesclada com algumas tralhas sem valor, entre elas um caderno encapado com napa onde, em alemão articulado para um estrangeiro, uma jovem narrava desventuras que absorveram a atenção da colecionadora por noites a fio. Estava longe da pungência do diário de Anne Frank, mas a banalidade do sofrimento era tocante. O trecho a seguir deixou Jenny particularmente comovida. Para ela, era a dor de uma polpa exposta.

*

Ele sabia que eu precisava de heroína, mas chegou com um punhado de analgésicos. Disse que as pílulas diminuiriam a dor e me deixariam alerta para o serviço. Como pagamento, me prometeu uma carga generosa, muito pura, suficiente para uma semana ou mais. Traria haxixe também, se encontrasse.

Sacou uma fotografia do bolso. Contou onde o homem desembarcaria e como estaria vestido. Então me entregou a seringa e mostrou como deveria usá-la, indicando o alvo no próprio peito. Brusco, jogou água no meu rosto, me colocou de pé e me fez treinar o golpe umas quinze vezes. Apesar da dor, ainda sou ágil, capaz de decorar movimentos. Basta um pouco de estímulo e os músculos respondem.

Ele tinha pressa e me arrastou para fora enquanto me ajudava a vestir a jaqueta de couro com bolsos fundos onde guardar a seringa. Fez sinal para um dos raros táxis que circulavam pelo bairro. Em silêncio, seguimos o trajeto até a S-Bahn de onde deveria partir para descer sete estações adiante. No caminho, apontava para a foto e me obrigava a decorar aquela fisionomia. Quando o táxi parou na frente da estação, do outro lado da rua, ele apertou meu braço, cochichou que tudo ficaria bem e seguiu viagem.

Tomei o rumo combinado, desembarquei onde ele mandou e esperei na plataforma por uns dez minutos até ver o homem descendo do trem. O chapéu, igualzinho ao da foto, era certeza suficiente. Comecei a tremer, mas era um tremor estranho, que partia da barriga e se espalhava pelo resto do corpo. Era como a fissura por uma dose, embora bem menos desagradável. Talvez tenha sido isso, essa diferença no grau de sofrimento, que me convenceu a seguir adiante. Cambaleando de nervosismo, e porque minha perna repuxa às vezes, avancei em sua direção. Antes que ele pudesse ceder o passo, enterrei a agulha em seu peito, empurrando o êmbolo com toda a força. Não sei se senti ou achei que tivesse sentido a pulsação que vinha lá de dentro enquanto nossos olhares se cruzaram. Fiquei sóbria como há muito tempo não ficava. Desci os degraus aos pulos, saí correndo pela calçada e me livrei da seringa em um bueiro. Foram muitos quarteirões até que meu fôlego arriou e as cãibras me obrigaram a parar.

Resolvi caminhar lentamente, de olho para garantir que ninguém me seguia. Não adiantava nada chegar cedo em casa, ele só viria à tarde para concluir nosso escambo. E assim foi. Mal chegou com os pacotinhos, despejei o conteúdo de um deles na colher quase preta que usava para esquentar a mistura na chama da vela e, com a mão livre, juntei os apetrechos para realizar o meu pequeno ritual. Não fez perguntas sobre o homem porque já devia conhecer o desfecho. Nos poucos segundos entre a picada e o torpor, conferi meu pagamento. Sim, havia heroína suficiente para uma semana, mas não era pura como ele tinha dito. Do haxixe, nem sinal.

Quando ele estava de saída, perguntei quando me deixaria ver o menino. Ele prometeu que seria em breve e disse para eu não me preocupar, que o pequeno estava sendo bem cuidado. Acreditei porque não tinha escolha. Doía menos confiar em seu relato do que supor o contrário. Estirei o corpo no colchonete e me deixei mergulhar naquele deleite, com as lembranças criando marolas ao meu redor. Senti a temperatura da primeira neve do ano caindo sobre Gdansk, o frio na casa de meus pais que a falta de carvão tornava insuportável, a imersão na banheira de gelo para amortecer as várias contusões de um espacate estabanado. Lembro que o treinador se ajoelhou ao lado da banheira e ajeitou minha nuca na borda de porcelana. Consolada, alisei seu bigode como fazia para me despedir ao final de cada treino. Os pelos faziam cócegas na palma feito uma borboletinha aprisionada. Ele se chamava Szymon, como meu filho. Eu tinha apenas sete anos.

7.

Ligar para o meu pai não era algo comum nem frequente com tantas milhas e camadas geológicas de ressentimento entre nós, mas era preciso avisá-lo, avisar alguém de que estaria incomunicável e fora de alcance por algum tempo, na tentativa de escapar da gravidade de escolhas e acontecimentos. Tinha o script montado, uma sequência de palavras escolhidas a dedo para serem quase irrelevantes, encobrindo uma trilha de informações e sentimentos precisos. Tudo não passava de um faz de conta em que eu não sofria pelo degredo da casa onde cresci e meu pai não amordaçava as emoções para padecer menos com a ladainha do arrependimento, se é que se arrependeu algum dia.

Nesse universo paralelo, nem tudo o que aconteceu teria acontecido, a vida tendo tomado rumos seguros e certeiros, sem a bifurcação dos contratempos nem o atalho das precipitações. Assim, na minha cabeça, o telefone tocaria quatro ou cinco vezes até que a telefonista da KSU atendesse e transferisse a ligação para Glenda, a secretária do meu pai que, por tantos anos, zelou por sua agenda e os aspectos burocráticos do curso, conferindo notas e listas de presença que o velho não tinha paciência para administrar com rigor. Quando tudo degringolou, foram os apontamentos de Glenda que ajudaram a compor a pilha de provas usada pelo comitê para destituir meus pais da universidade, embora ela não tivesse ideia de que uma agenda tomada de compromissos e nomes comprometedores fosse algo além dos indícios da rotina de um homem ocupado. Não houve álibi capaz de se contrapor àquela organização metódica e, com meus pais, muitos caíram. A seu favor e contra ela, conste que Glenda também era uma datilógrafa exímia e atendia o telefone com um sorriso que animava os elétrons espalhados pela extensão de cobre.

"Escritório do professor Venkman, boa tarde!"

"Glenda, é o Frank."

"Frank, que surpresa adorável! De que ponto do globo você está chamando?", para Glenda e as poucas pessoas com quem ainda mantinha algum tipo de relação, eu não passaria de um representante de uma indistinta câmara de comércio, viajando o mundo em busca de vantagens mercantis.

"Estou em Londres, mas não por muito tempo. O dever me chama a outras partes."

"Mas nunca tão perto que possa nos fazer uma visita, não é?", o tom de reprovação só realçaria o carinho de alguém que vi poucas vezes.

"Meu pai está por aí?"

"Está fazendo a siesta para as aulas do segundo período, mas creio que vai adorar falar com você em vez de falar sobre você. Isso ele faz muito."

Uns três minutos se passariam até meu pai soltar a voz no bocal e bradar o apêndice que o meu, na verdade, o seu nome carregava.

"Júnior!"

"Olá, pai. Como vão as coisas por aí?"

"Ocupadíssimo. Estou me preparando para um colóquio no MIT. Lindo trabalho, o de Chomsky, para difundir os estudos de Zellig Harris. Ele adora o velho Harris. E eu adoro pensar que, descontando a baboseira anarquista, Harris daria um marxista dedicado. Meu papel é fazer a ponte e mostrar que tem espaço para Marx nessas teorias da linguagem."

"É bom saber que você anda entretido", passaria para o próximo assunto da pauta porque a ligação, cobrada em libras, não seria reembolsada. Perguntaria sobre minha mãe.

"Dora está revisando os manuscritos. A editora da universidade vai publicar. É impressionante ela ainda encontrar novos ângulos para discutir Shakespeare, um feito notável que, finalmente, vai ver a luz do dia." Ele nunca escondeu o apreço pelo trabalho acadêmico da companheira que também foi sua primeira e única namorada, embora ela nunca tenha confirmado a paridade dessa condição, estando ambos muito envolvidos com o trabalho para se preocuparem em temperar a vida com qualquer variedade de afetos. Minha mãe também admirava o corpus de trabalho de meu pai e via com reservas sua entrega cada vez mais intensa à causa das palestras com que excitava um público cativo. No fundo, sabia que um agitador não assenta seus ânimos para acomodar palavras em volumes com a única intenção de publicar para não perecer. Ela, por outro lado, parecia viver em um eterno ano sabático, reordenando suas ideias e se inspirando a escrever mais uma linha a cada linha escrita. Mais de uma vez, confessou que só descansava quando dava aulas. Mas o professor Venkman jamais descansava. Para ele, fazer era pensar. E pensava que confabular com os pelotões que formariam a linha de frente da intelectualidade americana do pós-guerra acenderia o rastilho de pólvora para mandar o estado das coisas pelos ares, preparando o terreno para as transformações em curso.

"E você, Júnior, onde vai fincar nossa bandeira?", pressentiria que uma ausência prolongada fosse a justificativa para uma de minhas escassas ligações. Imaginaria que eu estivesse a caminho de mais uma missão para garantir a prevalência dos interesses americanos no cenário internacional. O que ele não teria como saber, e que eu tinha aprendido havia pouco, com as verdades desnudadas por tio Norman, é que meu cargo inventado na tal câmara de comércio guardasse tantas semelhanças com minhas atribuições reais para fazer o dinheiro circular e impor nossa vontade com um financiamento, um suborno ou uma chuva de bombas, o que fosse mais rápido e barato.

"Estou indo para o Brasil, mas o destino final é no Chile", essa parte seria verdade.

"Achava que o ciclo do salitre tivesse terminado", meu pai sempre desconfiava da natureza de nossas intenções, apesar de apenas intuir o que eu conhecia por meio de memorandos e dossiês.

"Nessas horas, me consola saber que Norman conseguiu livrar você da farda. Uma sorte que eu e ele não tivemos, embora nossa guerra tenha sido menos imoral." Nisso ele teria razão.

Nunca tive pendor para ser bucha de canhão. Talvez me faltasse orgulho para morrer por uma causa, sendo o orgulho um pecado capital e as causas disponíveis no cardápio, um tanto insossas. Preferia meu ofício na coxia, soprando falas para os atores desempenharem seu papel de comover e aliciar a plateia para as suas simpatias. Foi triste saber pelo tio Norman que nossa trupe corria o risco de ser despejada.

"Sabe o que me deixaria feliz, Júnior?", sua pergunta acolheria as respostas mais descabidas naquele contexto, como um abraço, uma visita ou até mesmo um neto, retribuições que os pais esperam dos filhos, e os filhos entregam no cumprimento de um dever atávico. "Saber que pagaremos a eles o preço justo pelas bananas, incluindo o custo do analfabetismo, da malária, da desnutrição, dos dentes podres. E que, com o troco, eles poderão se organizar comprar bananas de dinamite porque esse é o tipo de fruta que muda as coisas. Se você puder colocar isso na conta desses acordos comerciais, eu ficarei feliz, Júnior, muito feliz."

Meu pai não era um homem fácil de agradar porque almejava coisas tão simples quanto irrealizáveis. Ele entendia que os procedimentos da política tinham menos a ver com depositar votos em urnas do que com cédulas depositadas em bancos.

"Farei o possível, pai", seria um jeito de deixá-lo ficar com a última palavra, pois isso também o deixava feliz. Não precisaria lembrá-lo de que o Chile não exportava bananas e o salitre que produzia fertilizantes também fabricava explosivos, bastando coragem e algum engenho.

Era uma conversa improvável sob qualquer hipótese, tanto que nunca aconteceu. A essa altura, o escritório já não tinha seu nome na porta e a presteza de Glenda estaria a serviço de um novo mestre. Eu também sabia que a reconciliação seria impossível nesses termos. O passado estava cristalizado e nos restavam apenas as luzes que refratava. Se eu não era escolado a ponto de perdoá-lo, meu pai, sem um título que atestasse seu conhecimento prático em relações pessoais, havia muito tinha escolhido morrer como os elefantes, sem atrasar a manada na busca por água e alimento.

Ninguém nunca perguntou a Dora Venkman, nascida Warwick, o que ela pensava a respeito de tudo isso, tendo optado por um caminho interior que sempre a conduzia a Elsinor depois de vagar pelas páginas entre Atenas, Roma, Troia, Veneza e Verona, passando por lugares que só existiam na cartografia de suas paixões. Disquei o número que tio Norman tinha me passado porque a conversa, se não fosse caudalosa, fluiria mais facilmente, sem o constrangimento do silêncio delineando o que meu pai e eu nos recusávamos a dizer.

"Alô."

"Mãe?"

"Frank!"

"Quem bom falar com você!"

"É muito bom, Frank. É sempre muito bom."

"Tudo bem por aí?"

"Está melhor agora. Comecei a trabalhar na escola de uns hippies tardios. Eles pregam uma educação mais, digamos, alternativa. E não pareceram se importar com os meus antecedentes. Acho até que gostaram de um toque de subversão."

"Está ensinando Literatura?"

"Frank, querido, eles têm seis anos. São aulas de teatro. Em três meses, se tudo der certo, vamos encenar 'Sonho de uma Noite de Verão'. Até o prefeito vai assistir. Coisa de cidade pequena. As crianças não entendem o texto, mas gostam do figurino."

"E o velho Frank, como está?"

"No colégio, cobrindo as férias da bibliotecária. Isso o mantém ocupado tempo suficiente para ficar longe de encrencas."

"Mais encrencas, mãe?"

"A última foi um protesto contra as condições de trabalho dos imigrantes. Protesto de um homem só. Seu pai comprou um cadeado na loja de ferragens e se acorrentou ao portão da granja dos Miller.

Espantou os fregueses, gritando que aqueles mexicanos mereciam um tratamento digno, que a mais-valia excessiva os sufocava."

"É o velho Frank Venkman em ação. Com um escopo limitado, mas na ativa."

"Sim, claro. Ninguém pode culpar um rabugento por querer ser ouvido, mesmo que fale algumas bobagens. O tumulto só começou porque os tais mexicanos eram porto-riquenhos. E foram eles mesmos que lhe esfriaram os ânimos com um banho de mangueira antes de chamar a polícia. No fim, o Miller evitou que seu pai fosse levado à delegacia, tudo em nome da fraternidade entre os veteranos do Pacífico."

"Melhor assim."

"Não para o seu pai. O que ele mais queria era ser fichado e preso. Isso lhe daria umas horinhas como prisioneiro político. De tempos em tempos, ele precisa reavivar sua lenda pessoal."

"Céus, mãe, que confusão!"

"Espere até a bibliotecária voltar. Ela vai descobrir que seu pai reorganizou o acervo de acordo com a orientação política dos autores. Da esquerda para a direita, é claro, usando a altura das estantes para marcar o nível de radicalismo. Isso sim vai ser uma tremenda confusão."

"Liguei para avisar que vou estar fora por uns tempos."

"Trabalho ou lazer?"

"Trabalho, mas sem reembolso das despesas."

"Espero que valha a pena."

"Eu também, mãe. E, nesse meio tempo, não ligue para o tio Norman. Ele não tem muitos detalhes sobre a minha missão."

"O serviço secreto não fica muito mais secreto do que isso, não?"

"A gente não deveria falar sobre esse assunto ao telefone. E, no fundo, não passo de um garoto de recados."

"Espero que leve notícias boas. Em outros tempos, costumavam matar o mensageiro."

"..."

"..."

"Está escrevendo?"

"Não, filho, não pretendo retomar os manuscritos. É doloroso acomodar palavras que ninguém se incomoda em publicar."

"Sinto muito, mãe."

"Não sinta, Frank. Já bastam dois rancorosos na família. E, na escola, há um pequeno Puck muito promissor. Isso, se não me conforta, pelo menos me diverte."

8. COMUNICADO DA COORDENADORA DO LYCÉE PASTEUR

São Paulo, 13 de agosto de 1967

Estimada Sra. Clara Oliveira,

Por meio desta missiva, venho manifestar profunda consternação pelo comportamento de sua filha, principalmente no que se refere ao teor das aulas de Educação Moral e Cívica.

Segundo o professor Adailton Coelho, há tantos anos dedicado à missão de aprumar os valores de nossos jovens, Nara recusou-se a refazer uma dissertação sobre a obrigatoriedade do serviço militar no País, tema sobre o qual demonstrou, além de desconhecimento, ter um conceito jocoso: ela refuta a importância das Forças Armadas na salvaguarda não só da segurança, mas também da ordem social da Nação.

Ciente dos esforços que a senhora e seu esposo empenham para prover a melhor educação à moça, sinto-me na obrigação de expor que as atitudes de Nara ultrapassam os limites aceitáveis da rebeldia na adolescência, sendo esse um período conturbado de maturação que aflige os pais e desconcerta até mesmo os pedagogos.

Conforme citado nos comunicados anteriores levados à sua atenção, o desrespeito às orientações do professor Coelho é apenas um dos itens em um longo rol de transgressões, das menores às mais graves, incluindo assobiar durante a execução do Hino Nacional, a não observância do comprimento das saias no ambiente escolar e a apresentação de um cartaz em que Tiradentes parodiava a indumentária do dito revolucionário Che Guevara. Com esse expediente, ela quis sugerir afinidades entre os personagens, para além da barba e do fato de se dedicarem a serviços de Saúde. Exaltar a Inconfidência Mineira foi uma das tarefas exigidas nas aulas de Educação Artística e, também do ponto de vista estético, o cartaz representava uma afronta.

Certa de sua compreensão, e com o intuito de evitar futuros embaraços para a senhora e seu esposo, asseguro que essas ocorrências não serão apontadas no prontuário de Nara caso concordem em buscar outra instituição para matriculá-la no próximo ano letivo.

Também faço isso por ela. É para protegê-la.

Sem mais para o momento,

Teresa Lacombe.
Coordenadora

9.

Foi decisivo aprender que o Brasil, se não é o berço da acochambração, é onde desvios desse tipo, dos menores aos mais graves, encontram amparo para fincar raízes e florescer. Precisava chegar rápido a São Paulo. Estava disposto a qualquer sacrifício ou investimento para iniciar minha missão. Quando a KGB desconfiasse do paradeiro de Victor, seria como atear fogo em três milhões de dólares. Conseguiria assento em um voo regular no prazo de três dias e isso era muito tempo para quem tinha pressa. Então procurei um traficante haitiano que tinha conquistado o respeito da comunidade de imigrantes estabelecida nos arredores de Notting Hill. Ele fazia uns bicos para nós nas horas vagas e sua designação mais recente era vigiar e reportar o comportamento de uma banda brasileira de rock em turnê pela Inglaterra. Oficialmente, para ele e seus patrões, sua tarefa era fornecer o melhor LSD em circulação para manter os músicos chapados, soando como se um contêiner de maracas tivesse caído sobre o Pink Floyd. Depois de checar o nível de corrupção aceitável nas duas pontas do processo, ele me colocou em contato com um funcionário da agência de turismo Monarca, uma empresa brasileira, é claro. O homem estava a cargo de realocar os passageiros de um voo fretado e embarcá-los em uma aeronave da Alitalia destacada para uma operação incomum. Seríamos o contrapeso necessário para transportar uma turbina até Buenos Aires, com a peça de reposição rebitada na asa esquerda. Assim, fomos todos levados para um longo passeio nas alturas, com a exceção de uma senhora uruguaia. Pela intervenção do meu contato, ela me cedeu sua cadeira mesmo sem querer.

A aeronave saiu de Roma e apanhou o grupo complementar em Londres, de onde seguimos para Dakar. Até ali, eu nutria alguma esperança de esticar as pernas o quanto fosse possível, sendo a ergonomia dos aviões italianos tão ruim quanto a de qualquer companhia aérea. Isso para quem se dispunha a cruzar o globo na classe econômica, sabendo que, mais à frente, celebridades, industriais e banqueiros eram recebidos com todo o fausto que o dinheiro compra e não compartilha, com direito a canapés e champanhe ainda mais saborosos nessa pirâmide social de proporções agudas que é um percurso transoceânico. Falo dos canapés para não mencionar o espaço de sobra para articular o cotovelo e enfiá-los na boca nem o acesso a banheiros exclusivos, um descaso com os apertos da porção maior e menos afortunada dos volantes.

Para mim, um voo longo era a prova de que o comunismo jamais triunfaria, não havendo quem se dispusesse à luta de classes para expropriar o conforto. A vinte ou trinta mil pés, os conceitos de ascensão social pareciam muito nivelados para justificar uma rebelião contra os privilégios da elite. Afinal, quem gostaria de redistribuir destroços chamuscados?

Cruzar o Atlântico pelo alto e ultrapassar a linha imaginária do Equador podem gerar experiências místicas, catalisadas pela turbulência e os solavancos no cérebro. Alucinações vívidas se materializavam, como a mão divina estendida a cada passageiro e membro da tripulação em uma última chamada ao arrependimento (de voar pela Alitalia, por exemplo). Também era uma promessa de salvação, senão da alma, se é que essa ideia se sustenta para além da metafísica, do corpo que se esborracha quando a desaceleração é brutal. Ou seja, nem o ateísmo resiste à travessia de uma zona coalhada de cúmulos-nimbos, dentro de um objeto que pesa toneladas e se desloca a centenas de milhas por hora. Isso sim é que é inverter a dialética materialista, nos levando do real ao abstrato, passando rapidamente para o inexistente em nome de uma esperançazinha qualquer. Sob condições extremas, todo mundo abraça um deus e o salve-se-quem-puder do individualismo.

Segunda parada, Recife. Pelo mapa que consultei, ainda estava longe do meu destino final, aonde chegaria amarfanhado, exausto e com a guarda baixa. Antes de decolarmos pela terceira vez, recorri às anfetaminas que, quando em serviço, nos fornecem e instruem a tomar para mantermos o foco e a atenção. Meu foco era claro, mas a atenção padeceria depois de uma viagem tão longa e conturbada onde não tive a opção entre janela e corredor, ficando no meio de dois desconhecidos e, em um cenário mais amplo, no centro de um grupo de oito pessoas (nove, se me incluísse na conta). Com sorte, não imporiam ameaça maior do que uma conversa soporífera sobre peças manufaturadas em Turim, o preço da saca de café na bolsa de Nova York, pedagogia Montessori na Era de Aquário ou, o que muito me interessava, os aspectos revolucionários da Teologia da Libertação. Era uma doutrina em voga nos trópicos e que uma freira italiana (digo "italiana" por conta da saliência tantas vezes esculpida em mármore para exaltar o império que venceria qualquer outro por um nariz de vantagem) lia em xeroxes tão ensebados que poderiam ter sido tirados pelo próprio padre Gutiérrez. Aqueles escritos preconizavam a opção da igreja pelas hordas de pobres (das quais estava prestes a me excluir, se tudo desse certo), colocando Jesus em um plano político terreno, enquanto eu, a freira e mais umas duzentas almas, a cada tranco, buscávamos o abraço do eterno tantas vezes retratado em tetos de catedrais. Hosana a vinte mil pés do solo!

Pelo vão entre as poltronas, eu vigiava a freira na fileira da frente enquanto, à minha esquerda, outro italiano estudava as minúcias de moldes da FIAT. Ele decorava reentrâncias milimétricas que fariam se mover dezenas de milhares de automóveis de motor fraco e acabamento tão ruim que nem um faxineiro preto do bairro mais pobre de Detroit se disporia a dirigir. A não ser que o técnico memorizasse aquilo tudo com a intenção de sabotar a linha de montagem, para golpear os patrões onde doía, estando ele infiltrado nas plantas de produção tocadas por metalúrgicos sindicalizados à beira da anarquia (e sabemos o quanto o anarquismo é difícil de organizar a ponto de gerar filhotes como o anarcossindicalismo, uma contradição em termos). À minha direita, um homem gordo dormia. Tinha o rosto bronzeado e seu paletó indicava um cargo de gerência em uma organização financeira qualquer que demandava a formalidade de um costume bem cortado, mas fazia vista grossa ao poliéster (certamente proibido nos escalões mais altos porque retém mau cheiro). O papo adiposo sugeria a recorrência de bônus de final de ano, enquanto o ronco reforçava que estava pouco se lixando para a desdita alheia, comportamento típico de quem trabalha no mercado de ações ou congêneres, gente que sai ganhando na proporção em que alguém perde. As entradas de ar quase perpendiculares ao eixo saído do topo da cabeça reforçavam a designação dada a tipos como aquele nos tempos em que os porcos não gozavam de qualquer prestígio.

Identificadas as possíveis ameaças diretas, restavam cinco pessoas nas imediações e de quem eu podia saber muito pouco. Um leve odor de curry e patchuli evocava um fã dos Beatles na fase em que o Maharishi lhes tomava alguma grana e pegava prestígio emprestado. Às onze horas, como dizem os pilotos de caça, via um ombro pontudo e nervoso coberto de jeans. Possivelmente, era uma moça brasileira voltando para casa depois de queimar meio quilo de haxixe durante as férias de que pouco se lembraria, a não ser da impressão de terem sido memoráveis. Também poderia ser uma italiana voando para reencontrar seu amor impregnado de uma latinidade exótica, ainda mais para os descendentes de césares. Havia três pessoas que, dado o silêncio trincado pelo tilintar do gelo e o vapor alcóolico desprendido com a fumaça de cigarros, concluí serem britânicos, embora essa conclusão estivesse calcada mais no meu preconceito do que na percepção que os comprimidos aguçavam e embaralhavam ao mesmo tempo.

Nessa hora, com toda a cautela para não revelar tiras do meu segredo pelo vão entre as poltronas, saquei do bolso da jaqueta a foto que Victor tinha me entregado como se fosse um souvenir de nossa querida Berlim. Não escolhi a face, sendo indiferente se visse primeiro a frente ou o verso de um conteúdo que já conhecia, mas queria rememorar. Sobre fundo branco, uma lista de palavras desconexas para quem não detivesse a chave do enigma. A caligrafia de Victor empilhava Nara Oliveira, Vila Mariana, Joaquim Távora, Calama e Humberstone, pouco mais do que ele tinha me soprado antes de se despedir de vez. Então, com um gesto demorado, usei o polegar como pivô para virar aquele retângulo de informações e revelar, de ponta-cabeça, um pescoço margeado por cabelos negros, que se estreitava até desaguar na colina suave de um queixo. A elevação era atravessada pela fissura dos lábios de onde partiam uma ponte estreita, bem centralizada, e, de cada extremidade, sendas simétricas. Os caminhos laterais confluíam para as grutas localizadas ao pé de um morrinho bastante regular que, uma vez escalado ou contornado, levava aos poços profundos daquele olhar. Eu já tinha visto rasgos parecidos em mongóis, esquimós, cambojanos e cherokees, indicando ancestrais que cruzaram o Estreito de Bering quando Rússia e Estados Unidos estiveram mais próximos do que nunca, em algum momento entre a Era do Gelo e a Guerra Fria. Invertida, Nara também evocava a perspectiva do décimo segundo arcano do tarô. Em uma leitura de folheto, soube que o Enforcado abraçava a culpa e estaria disposto ao martírio por um objetivo, digamos, maior. Quando girei a foto, foi o mundo que ficou de pernas para o ar. Eu cortava a atmosfera em altíssima velocidade não só para mudar meu destino, mas para encontrá-la.

10.

Laudas enviadas para tradução e posterior legendagem do documentário "Resiliência", dirigido por Beto Chascon, baseado em depoimentos de participantes de movimentos da luta armada nos anos 1970. O extrato a seguir resulta da captação não autorizada de uma conversa entre o diretor e o ex-militante Carlos Matta, atual empresário de publicidade na capital paulista. A possível inclusão desse bate-papo nos extras do DVD fez com que Matta mobilizasse seus advogados para impedir o lançamento.

Nara era quase maoísta, enquanto nós, do núcleo duro, nos guiávamos pela doutrina marxista-leninista, contrariando os ofícios do PCB. Para falar a verdade, eu era o caga-regra que seguia a cartilha do Kremlin à risca. Já o Pedro Cafiero e o Henrique Almeida volta e meia atravessavam o samba com umas ideias trotskistas mal compreendidas, produzindo horas de discussão. Foi em uma dessas reuniões que a falta de consenso e o aborrecimento se juntaram para gerar nossa designação informal, MaMaTeLA, juntando Marx, Mao, o T de Trótski e esse apêndice de Latinoamérica que fazia meus camaradas argentinos rirem. Já o Tony "Bakunin" — se não me engano seu sobrenome é Krauss, sim, Tony Krauss —, que chamávamos de "Mika" para encurtar, esse era um bom militante. Ele gostava de ação, embora as tiradas anarquistas que lhe renderam o apelido fossem intoleráveis se levadas a sério, coisa que ninguém fez até ver o lança-chamas caseiro que ele construiu.

Ou seja, éramos uma mixórdia. E a única liga possível vinha do acordo de que as coisas não poderiam continuar como estavam. O socialismo, cujo modelo poderíamos definir mais tarde, seria um caminho a pavimentar para a marcha da História. Nara aproveitou essa bagunça ideológica para sugerir uma leitura, muito peculiar por sinal, de xeroxes ensebados de "O Livro Vermelho" em francês, língua que só ela dominava, adaptando o conceito de linha de massas para justificar uma insurreição a partir da periferia. Tropas de operários e desempregados seriam lideradas por universitários de boa-fé, todos energizados pela sanha de tomar o poder sem dar muita pelota para as condições objetivas da sociedade. Ela defendia que o importante era fomentar a luta de baixo para cima, deixando meio de lado o campesinato tão difícil de convencer e mobilizar. Nara dizia, com outras palavras, é claro, que apostar em um levante de caipiras era o tipo de esforço que estava dizimando a turma do Araguaia, quando a fórmula cubana se mostrou impraticável ao ser aplicada à escala do nosso país.

Então a menina vinha com vontade e esse maoísmo de segunda mão, muito influenciada pelo espetáculo do Godard e dos situacionistas. E a gente entrava na dela porque adorava ouvir aquele francês de liceu que ela traduzia em seguida, fazendo os marmanjos esquecerem a racionalização maníaca que guiava nossos impulsos. Só o Cafiero, surdo ao canto da sereia, não tolerava a possibilidade de alterar a ordem dos fatores: primeiro, tomar o poder do estado para, só depois, excitar as massas com propósitos e diretrizes bem calculados. Mas, veja bem, apesar dessa discordância de práxis revolucionária, o Cafiero faria qualquer coisa para proteger a menina, nem que fosse da desilusão de ver seu pragmatismo de almanaque reduzido a pó em face da realidade.

O fato é que todos a víamos como uma mascote a ser adestrada. E Nara correspondia cem por cento ao nível de compromisso que a prima do Almeida exaltou ao recomendá-la para o grupo, ela mesma não tendo sido aceita. No começo, achávamos que uma menina na célula seria muito útil para certas tarefas menos visadas, pouco arriscadas e muito mais simples do que pensar o futuro da luta de classes. Coisas como ir ao correio, lavar nossas roupas imundas na Westinghouse de sua mãe, buscar cerveja na padaria e providenciar as empadas que alimentavam os longos debates aos quais ela comparecia com frequência cada vez maior depois de trancar a faculdade.

Ao que parecia, ela topava pagar essas prendas como o ingresso para um bom assento nas assembleias da revolução. O lance só desandou quando o gringo apareceu e a entronizou. Em vez do ouro, do incenso e da mirra, trouxe a promessa da grana esperando no Chile, uma espécie de anunciação que alçou Nara a uma liderança incômoda para todos nós, mas principalmente para o Cafiero que tinha fundado e inserido o grupo na malha organizada da subversão. Uma coisa era aceitá-la na roda, outra, bem diferente, era atender os desejos de uma menina prenhe de milhões, coisa que fazíamos porque o dinheiro poderia alavancar a ação e nos alçar a um outro patamar aos olhos dos companheiros.

Desde então, havia um cheiro rançoso no ar. Conhece a superstição do marinheiro sobre permitir uma mulher a bordo? Naquele momento, ela não só estava no barco, mas comandava a tripulação, decidindo o destino de todos. Foi isso que azedou o caldo. Isso e o papo do gringo que chegou com um currículo bem avalizado pelo Partido Comunista Americano, e, tenho certeza, soprava as ordens no ouvido de Nara.

De repente, era como se os marujos confirmassem seus temores mais íntimos. O azar começou com o assalto que não poderia ter dado mais errado. Segundo o comunicado oficial, o Cafiero não resistiu aos ferimentos, embora eu tenha visto ele entrar esperneando no camburão, com um vigor atípico para quem tinha sido baleado em algum órgão vital. Cagando de medo, saímos de circulação, mesmo confiantes de que ele não daria um pio. Foi então que Nara e o gringo sumiram.

Não sei se chegaram ao Chile porque as células de lá emudeceram. Especulou-se por um tempo sobre o dinheiro, mas os boatos cessaram logo. Nunca mais ouvi qualquer relato sobre Nara. Depois da anistia, quando o Henrique voltou da França, conversamos com amigos que tocavam uma rede de apoio às famílias dos desaparecidos. A mãe jamais os procurou. Na época, não deu queixa, mesmo tendo contatos que poderiam ajudar a descobrir o paradeiro da filha. Depois de tanto tempo, temo que não passe de um artelho calcinado na trama de uma peneira. Uma pena. Era uma menina muito bonita.

11.

Pousamos em Viracopos. Depois do desleixo que apresentar um passaporte americano ativa em quem deveria analisá-lo com toda a atenção, recuperei minha única mala. Troquei parte dos dólares por cédulas de pouco valor e aparência nada confiável. Então segui de táxi até o hotel Hilton, no centro de São Paulo, sediado em um prédio cilíndrico que lembrava um isqueiro IMCO cravado no meio da cidade.

O letreiro do Hilton sinalizava uma embaixada para gringos em trânsito. E a carteirinha da câmara de comércio rendia um excelente desconto nos estabelecimentos da rede, condição arranjada pelos serviços de inteligência para contornar as leis de mercado na procura por um quarto limpo e espaçoso. Com uma ducha, afastei a ressaca de anfetaminas que martelava o meu cérebro. Escolhi roupas informais, mas não dispensei o paletó. O inglês do recepcionista, mesmo rudimentar, foi suficiente para apontar meu próximo destino no mapa. Indicadores são poliglotas fluentes.

Preferi recorrer a um chofer do hotel a pegar outro táxi porque, graças ao meu posto fictício, a tarifa também era subsidiada. Em silêncio, cruzamos a região central de uma cidade que não era Londres, não era Nova York, não era Berlim, mas tinha seus símbolos de pujança em concreto armado, reforçados pela presença de ônibus, trólebus e automóveis, muitos automóveis. Atravessamos a Avenida Paulista de que já tinha ouvido falar, mas não figuraria em nenhum cartão postal que, se eu fosse um turista, poderia vir a comprar. Seria apenas mais uma avenida cortando uma metrópole qualquer se, à certa altura, não fosse marcada por um enorme volume de concreto suspenso por quatro colunas externas, quase destacadas de suas laterais. Era uma arquitetura de ar como eu nunca tinha visto. Um museu, vim a saber depois. Seguimos por ali até entrarmos à direita, penetrando em um bairro de casas modestas, perfiladas diante de árvores que rareavam até formar uma clareira para a implantação de uma espécie de quartel, dada a conformação de suas estruturas e as guaritas na entrada. O chofer me perguntou se deveria esperar ou me buscar mais tarde, mas preferi dispensá-lo com uma gorjeta.

Sabia o que aquele lugar representava. Estava listado entre nossas possíveis bases de apoio no país. A cooperação era de praxe, além da gratidão dispensada a quem impregnou aqueles prédios com a paranoia do National War College. Fosse por conta das aulas ministradas a um grupo restrito de oficiais, fosse por meio de apostilas, a organização mostrava que aqueles alunos haviam aprendido a lição, deixando o medo criar suas hierarquias cada vez mais intrincadas para a máquina da desconfiança funcionar, arrastando seu peso com eficiência duvidosa. Eu não precisava realmente deles, mas poderiam ser úteis caso as coisas desandassem. Também não queria que, de um modo similar ao que a Stasi fez com Victor, me despachassem para o além ao me tomarem pelo meu disfarce.

Não encontrei empecilhos para chegar até o major que mandava ali. O alegado sigilo na identificação de pessoas de interesse para o meu governo foi suficiente para me garantir a acolhida e uma certa autonomia de movimentos. Ele, de quem não lembro o nome, não falava inglês, e eu filtrava seu discurso com a trama do meu espanhol de universidade que usei para me apresentar e responder meia dúzia de perguntas protocolares. Embaraçado pelo idioma, ligou para Londres. De lá, a secretária de tio Norman, fazendo serão e instruída para essas ocasiões, confirmou minha identidade depois de ouvir "Brasil", "São Paulo" e "Frank Venkman" balbuciados umas dez vezes, com um sotaque pedregoso. Satisfeito com a confirmação de minhas credenciais, ele me comunicou duas condições para eu atuar na cidade. A primeira me obrigava a compartilhar qualquer informação que, no meu julgamento, pudesse ajudar nas atividades de defesa interna. A segunda me atribuía uma escolta de dois subalternos para ajudarem no que fosse preciso e, no seu julgamento, garantirem a minha segurança. Confesso que essa parte da conversa não estava nos planos, mas bastou conhecer meus valetes para entender que o arranjo representava uma excelente oportunidade para o major perdê-los de vista. O tempo todo os tratei por seu posto ou graduação, mas, na minha mente, foi inevitável apelidá-los de "Rosário" e "Estrela", uma referência que me soava engraçadíssima àquela dupla que Shakespeare enroscou nos ardis e dissimulações do príncipe da Dinamarca.

Rosário, o cabo, era negro, e isso me pareceu entrave suficiente para ele galgar a uma patente mais alta. Ele vivia em um país que conseguia a façanha de, segundo minhas leituras, ser ainda mais racista do que o meu justamente por não admitir isso, coisa que, de onde venho, as pessoas faziam às claras e, muitas vezes, com orgulho. Era um homem discreto, respeitoso e, conforme intuí pela repetição maníaca do sinal da cruz quando passava na frente de igrejas e cemitérios, bastante devoto. Já o aspirante Estrela, por seu comportamento altivo e, ao mesmo tempo, servil diante dos superiores, deixava claro que buscava esse corpo celeste para ornamentar seu uniforme. Em comum, eles tinham três coisas: o dever de me acompanhar o tempo todo, uma inépcia providencial e o dissabor de estarem à minha disposição em pleno sábado, a poucas horas de serem dispensados do plantão.

Hábil na bajulação, Estrela me proporcionou uma visita guiada por aquele organismo com pátio interno, garagem, alojamentos, dois blocos de celas e um prédio administrativo contíguo. Preferi não ver o que aquelas portas encerravam, fossem prisioneiros desfigurados pela contundência de seus interrogadores ou pilhas de fichas, relatórios e dossiês que qualquer centro de coleta e análise de informações digno de nota acumulava e multiplicava. De um jeito ou de outro, eram imagens grotescas que, tendo escolha, preferi evitar, gerando uma certa satisfação no meu acompanhante naquele sábado de sol e de pouco movimento na caserna. Até a repressão arrefece nos fins de semana.

Na saída, Rosário nos esperava em um fusca verde, equipado com rádio para comunicação imediata com o quartel e outras viaturas. Sabendo que brasileiros são seres sociais por excelência, arrisquei uma manobra para trazê-los mais perto. Perguntei onde, àquela hora da tarde, poderiam nos servir uma feijoada decente, uma iguaria que nunca tinha provado e cuja fama atravessava fronteiras. Eles abriram um sorriso e, imaginando que eu pagaria a conta, Estrela falou de um tal Stork Club, em Santa Cecília, mais perto de onde eu tinha vindo do que dali. No espanhol mestiço que usávamos para nos comunicar, mandei Rosário se acomodar no banco de trás. Assumi o volante e, antes de dar a partida, bradei o "Non Ducor Duco" estampado em bandeiras tremulando pela cidade. Não riram. Ou não tinham senso de humor ou não entendiam latim.

12.

Depoimento de José Vieira, proprietário do restaurante stork club, à justiça do trabalho, em decorrência do processo aberto pelo ex-garçom do estabelecimento, josias ferreira, demitido por justa causa

"Ora, Senhor Meritíssimo, fui garçom por muitos anos, nos áureos tempos do hotel Esplanada. Sei bem o que a brigada é capaz de fazer para incrementar a gorjeta. Não que eu fizesse esse tipo de coisa, mas via o pessoal fazendo e fechava o bico por coleguismo. É mais do que o serviço à francesa, entende? Tem um chorinho de uísque aqui, uma saideira ali, uma travessa de torresmo para as moças da mesa sete... E tudo começa com o olho no olho, um sorrisinho e aquelas mesuras de quem parece à disposição da rainha da Inglaterra. Se o sorriso é retribuído — sinal de que o garçom e o cliente estabeleceram um acordo —, começa a farra. E quem paga a conta é sempre o dono. Confesso que faço vista grossa porque eu mesmo ofereço uns mimos para os clientes mais assíduos. De certa forma, até incentivo a gentileza, desde que haja bom senso. Mas este rapaz, o Josias, passou dos limites. Começou com a cortesia das caipirinhas que o Josiel, nosso barman e, aliás, irmão do Josias, mal dava conta de preparar de tão rápido que o trio bebia. Depois, para cada cumbuca de feijoada que ele repunha, abria três Antarcticas, entregando o gringo como cabeça da operação. Cá entre nós, não é normal mandar abrir três ampolas ao mesmo tempo, com três pessoas na mesa. No final, foram três cumbucas, sete caipirinhas, nove cervejas e só seis garrafas lançadas na comanda. Levar trinta e três por cento de prejuízo na cerveja já não é servir bem, é bajulação, não é, Senhor Meritíssimo? E esse é um balanço parcial porque perdi a conta das caipirinhas logo na segunda rodada. Não se tratava mais de fazer um agrado para deixar todo mundo feliz, o cliente que ganhava um brinde, o garçom que ganhava uns trocados e o proprietário que ganhava uma clientela fiel. Até aí, levar três Antarcticas na cabeça é coisa que dá para recuperar com o tempo e, do montante, separar o cafezinho para a visita habitual dos guardas. Na minha matemática, é tudo investimento para ter retorno lá na frente, quando o cliente volta e não se queixa de um ou dois chopinhos cobrados a mais por engano. Ali, na hora, vendo que a conta ia ficando mais alta, não me importei porque o lucro, mesmo sendo menor, parecia garantido. Não liguei para o pudim que arrematou o banquete às minhas custas nem para a rodada de Fogo Paulista que o moreninho pediu para fechar a esbórnia com chave de ouro e nunca foi cobrada. Se o senhor acompanhar meu raciocínio, não foram as cervejas nem as caipirinhas nem o doce nem o licor que me fizeram perder as estribeiras. Também não foi o dinheiro que eu já estava perdendo de saída. Foi a lealdade comprada por cinco dólares que são uma pequena fortuna e quase nada para arrematar a dignidade de alguém, ainda que essa graninha pague a conta de luz e uma semana de condução. O que me tirou do sério, de verdade, foi a empáfia do gringo, achando que tinha todo mundo na mão por uma bagatela, apostando no caráter fraco que nos atribuem para tirar vantagem da situação. Em que ele estava pensando? Que bastava acenar com umas verdinhas para deixar todo mundo de calças arriadas? No meu restaurante não! Comeu do bom e do melhor, bebeu a cerveja mais gelada de Santa Cecília, provou o pudim da mãe do Josias, que é quem faz as sobremesas, e teve um desconto considerável na conta que não saiu barata. Mas destruir a minha lista telefônica foi demais. Rasgou meia dúzia de páginas, dobrou e enfiou no bolso do paletó como se estivesse tudo bem. Ora, não estava, não! E o Josias, na linha de frente, em vez de defender o patrimônio de quem pagava o seu salário em dia e dava oportunidade para ele, seu irmão e sua mãe, fingiu que não viu nada e saiu de fininho, à francesa, com a lista telefônica praticamente inutilizada. Logo ele que entregou o calhamaço para o gringo e viu o sujeito arrancando as folhas bem embaixo do seu nariz. Onde vamos parar, Senhor Meritíssimo, se todo estrangeiro achar que isto aqui é um bordel e sacar a carteira como quem saca a pistola em um faroeste? Se o gringo chegou aqui com uma moral torta, até posso entender — porque não o conheço e ninguém sabe da criação que cada um recebeu na vida —, mas não consigo aceitar a atitude do Josias. Era dele a tarefa de manter a ordem na sua praça e evitar que afrontassem a nossa hospitalidade. Quando ele entregou o dinheiro ao caixa e embolsou os cinco dólares, eu disse que a gente se acertaria mais tarde e resolvi acabar com aquela palhaçada. Eu mesmo fui até a mesa para garantir que os três saíssem de fininho, sem escarcéu. Meu corpo bloqueou os fachos da lâmpada que iluminavam a cara do gringo. De tão bêbado, ele se revirou como pôde, tentando apontar as pupilas para o meu rosto enquanto engolia um resto de espuma do copo. O moreninho gelou na hora, mas o outro, mais afoito, sacou a carteirinha do exército e perguntou se eu não tinha uns pratos para lavar. O gringo intercedeu para evitar o escândalo, se despediu com uma deferência fingida e, conduzindo o grupo para a porta, tentou me passar uma nota de dez dólares que não aceitei porque tenho meu valor. Mas o aspirante ali me decepcionou. Veja bem, Senhor Meritíssimo, nunca fomos muito engajados quando se pensa em política, mas não era ele quem deveria se impor e evitar esse golpe duro no orgulho nacional? Não era dele que se esperava uma certa altivez diante de ameaças externas? Sei que a piada é fraca, mas, no contexto, é mais do que apropriada: para mim, aquele verde-oliva não valia um pratinho de azeitonas!"

13.

Minha cabeça ainda latejava quando decidi examinar as folhas arrancadas de uma lista telefônica. Estava disposto a garimpar todos os possíveis Oliveiras que viviam na Rua Joaquim Távora até encontrar algo brilhante na bateia. Nem eram tantos, mas seria como jogar batalha naval, com cada erro me deixando mais perto de um acerto, quadrante por quadrante. Mantive as cortinas fechadas, sentia um desconforto intermitente no fundo dos olhos, meus nervos tilintavam a cada pulsação. O que tinha acontecido depois de Rosário e Estrela me deixarem no hotel não passava de um borrão. Lembrava, sim, da náusea que o cheiro persistente de cachaça no meu nariz só fazia piorar.

Na fronteira de minutos entre a manhã e a tarde, me levantei e fui até o banheiro. Uma casquinha de feijão presa no dente compunha mais uma lembrança refletida no espelho, um caco no mosaico da missão do dia anterior que não exigia precisão, dependendo apenas de um pouco de assertividade. Pelas risadas dos valetes, acho que cumpri meus objetivos ao agir como um príncipe fazendo papel de bufão, uma artimanha de séculos que ainda surtia efeito. Então comecei a discar cada combinação de números na torcida para, na outra ponta da linha, encontrar alguém disposto a ajudar um gringo perdido, falando um espanhol alquebrado, embora fosse mais claro do que o espanhol e o inglês que os brasileiros legendavam com gestos e simpatia de sobra. Ficava imaginando como minha voz soaria naquela enxurrada de ruídos, com ligações cruzadas se enganchando nas margens da compreensão ao seguir o curso de um sistema telefônico nada confiável. Hola… me gustaría… hablar… con Nara. Nesse lento processo, dois receptores bateram o telefone na minha cara, e uns três não entenderam o que para mim soava tão simples. Se não reagiam quando eu mencionava Nara era porque ali não devia morar ninguém com esse nome, motivo para eu descartar a hipótese provisoriamente. Poderia, e talvez precisasse, retomar minhas tentativas a partir do topo da lista caso Nara não se revelasse naquele bingo de expectativas e antecipações. Até que, enfim, meu número saiu. Segundo uma voz feminina, Nara não estava. Era a pista de que eu precisava para armar uma tocaia, interceptar a moça e contar uma história cheia de improbabilidades, inverossímil a ponto de parecer a mais pura verdade.

Seria muito mais fácil despistar Rosário e Estrela em pleno domingo. Apostei que se perderiam de mim na névoa espessa da ressaca. E, nos dias úteis a seguir, eles se obrigariam a demonstrar sua utilidade, seguindo as ordens do major. Vesti uma camisa polo e vasculhei as calças que não tinha conseguido tirar antes de dormir, procurando sinais de vexame caso minha bexiga tivesse se descontrolado ou coisa pior. Molhei e penteei os cabelos porque o dia abafado me faria suar e desperdiçar o frescor de um banho. Desci, acenei para o rapaz da recepção, atravessei o lobby e não vi qualquer sinal da dupla. Era mesmo o meu dia de sorte.

Peguei um dos carros com chofer à disposição dos hóspedes. O caminho foi muito parecido com o da véspera, passando pela construção admirável que o motorista me explicou ser o Museu de Arte de São Paulo. Prosseguimos por um déjà vu de ruas e casinhas e, por um instante, desconfiei de que ele estaria mancomunado com Rosário, Estrela e o major, me encaminhando para a solicitude daqueles três. Atento, eu tentava ler os nomes das ruas nas placas azuis esmaltadas, tomando cuidado para não virar a cabeça muito rápido e reativar o efeito da cachaça decantada no meu organismo.

Quando chegamos à Rua Joaquim Távora, pedi para descer e tomei uma das ruas perpendiculares. A técnica manjada servia para confundir os rastros. Se fosse interrogado, o chofer não saberia cravar o dedo no endereço exato. Contornei o quarteirão e retomei a rua, acompanhando a numeração mais simples do que a de Berlim, com peculiaridades que nunca entendi. Passei na frente da casa. Mais adiante, um bar modesto e meio sujo, com mesinhas bambas na calçada, se prestava a um bom posto de observação. E observar foi o que fiz, acompanhado por uma garrafa da mesma cerveja refrescante do dia anterior, com um par de olhos formado pelos pinguins do rótulo. Os pinguins me olhavam e eu olhava para a casa. Não detectei nenhum movimento por trás das janelas de baixo ou de cima. Era um sobrado confortável para uma família pequena. Uma garagem coberta de telhas transparentes, protegida por um portãozinho atado com duas voltas de corrente, era indício de um automóvel mais considerado do que o jardim definhando na entrada.

Depois de um breve desfile de aves vestidas a rigor, resolvi testar a minha sorte mais uma vez. Insisti com o dedo na campainha até notar uma presença insinuada por trás da cortina da sala, relutando em me atender. Finalmente, uma velha negra, com um avental puído e justo para a sua compleição, abriu a porta. Perguntei por Nara e suas respostas davam a entender que a família tinha ido pagar uma promessa para um santo de devoção ou saído para um passeio em uma cidade com nome de santo. Como não iríamos muito mais longe no entendimento mútuo, saquei minha caderneta e compus uma mensagem para Nara. Propus um encontro no dia seguinte, às duas da tarde, em frente àquela caixa de concreto suspensa que tanto me atraía. Finalizei esclarecendo que era um amigo e poderia provar isso em pessoa. Com um sorriso para realçar minhas melhores intenções, entreguei o bilhete para a senhora. Ela guardou o papel dobrado no bolso do avental e voltou para dentro, aliviada com o fim da conversa, sem saber se tinha feito a coisa certa ao revelar a rotina dos patrões. Nesse ponto, dei por encerrada a minha missão de reconhecimento e tomei meu relativo sucesso por satisfatório. Animado pelas cervejas, meu estômago dava sinais de vida. Seria preciso atendê-lo com uma refeição leve.

Orientado pelo único eixo da cidade que conhecia, acenei para um táxi na rua e pedi para o motorista me deixar na Avenida Paulista. Era um final de tarde ameno e caminhei a esmo até cruzar com a Rua Augusta, um estranho circuito para galanteios. Playboys desciam e subiam a rua em seus automóveis, tentando chamar a atenção das garotas que batiam perna até alguém estacionar e engatar uma conversa pontuada por risinhos e insistências. Segui até a Rua Oscar Freire, ampliando o mapa que ia construindo em minha mente. Ali, me deparei com um lugar agitado, com uma espécie de dançarino segurando uma sombrinha estampado na fachada. As mesas estavam tomadas e banquetas margeavam um balcão tão concorrido quanto o salão principal. Consegui me encaixar entre dois grupos espremidos. Sem que eu pedisse, o atendente colocou um chope embaixo do meu nariz e me recomendou a especialidade da casa. Logo chegou um sanduíche portentoso, com o recheio prensado em um pão pita. O gosto era bom, e os nacos desciam melhor ainda com goles do que o rapaz, debruçado no balcão, jurava se chamar rabo de peixe, embora fosse cerveja comum mesmo, com um apelido talhado para o copo e não para o conteúdo. As mastigadas fizeram meu cérebro pegar no tranco. Pensei em Nara. Para ser franco, não havia parado de pensar nela um minuto sequer, mas agora o fazia de forma concentrada, tentando tirá-la do mundo plano de uma foto para colocá-la nas dimensões do real, onde teria volumes, sons, cheiros e temperaturas. Seria dela a silhueta pressentida atrás da cortina da sala? Teria mandado a empregada para falar comigo em uma manobra evasiva? Era o que eu teria feito no lugar dela, sabendo da situação delicada que envolvia muita gente e tanta coisa, com peças dispostas em um tabuleiro que não admitia o menor deslize. Queria antecipar meus movimentos para dominar o jogo logo na abertura e convencê-la a jogar conforme as minhas regras. Mas quem seria aquela Nara? Uma idealista romântica que se deixaria impressionar pela minha carteirinha do CPUSA, aceitando um destino inventado em Moscou e edulcorado com a ajuda do fantasma de Victor? Ou seria uma romântica idealista, com o coração explodindo de ideias mal concebidas e bem intencionadas para promover a concórdia entre os povos? E se fosse apenas uma menina deslumbrada pelos impulsos de transformação típicos dos seus vinte e poucos anos e pela prepotência de quem não sabia nada? Talvez quisesse mudar tudo o que não sabia e ainda ter tempo para fantasiar sobre corpos e mentes alinhados com perfeição, pondo-se em movimento pela ação de hormônios e causas. Fosse qual fosse a receita, eu estaria preparado para corresponder, combinando emoções tenras e solidez de propósitos para conduzi-la devagar, mas com vigor, até o lance decisivo. Era reconfortante estar preparado para levar a rainha pela mão e sacrificá-la se fosse preciso, mas não trazia respostas para a pergunta que me consumia. Quem seria aquela Nara?

14.

Fax enviado por Henrique Almeida à equipe do documentarista Beto Chascon, em resposta às afirmações de Carlos Matta, seu ex-colega de militância. A escolha de um método tão anacrônico para transmissão de dados fez um assistente passar quatro dias à procura de um técnico que se arriscasse a consertar, sem garantias, o aparelho de fax da produtora, aposentado havia anos.

Carlos Matta mente quando diz que eu e Pedro Cafiero éramos trotskistas. Sua memória seletiva apaga os fatos como Stálin mandava adulterar fotografias para "reescrever o passado". Nossa postura era pegar o que servisse e jogar o resto fora. Queríamos compor um socialismo de cores tropicais, em linha com a nossa realidade e necessidades que não eram as da União Soviética nem as da China e muito menos as de Cuba, um país mais simples, metido em uma situação muito complicada pelos caprichos da História e da Geografia.

O que a gente, eu e o Cafiero, apreciava em Trótski era o compromisso com a revolução permanente em oposição à pouca prática dos bolcheviques e ao clientelismo medonho de Stálin. Entre outros pecados mais graves, ele e seus herdeiros criaram o que não passava de capitalismo de estado, tirando o couro justamente de quem deveriam libertar. Estava claro que havia outras vias a serem exploradas, e até o Cafiero, leal à parte fundamental das orientações soviéticas, concordava em tingir nosso ideário com tons locais e peculiares. Assim, a chegada de Nara trouxe algumas peças novas para aumentar a bagunça. O caos é bom para quem tem pensamento independente e se dispõe ao inusitado.

Agora, cá entre nós, Nara não tinha nada de Joana d'Arc. Não estava inflamada pela fé cega, não abraçava os ensinamentos de profetas nem subscrevia um contrato verbal com cláusulas ditadas para quem ouvia vozes. Longe disso, a menina era muito prática e lia as entrelinhas do maoísmo para formular uma resposta direta ao som e à fúria do politburo. Para ela, o Livro Vermelho era a base para escrever um roteiro adaptado. Ela entendia seu conteúdo, ponderava, ajustava e propunha uma aplicação que parecia correta, estava alinhada aos seus ideais e concorria para a concretização de objetivos, digamos, maiores. Era o tipo de desafio aos dogmas que só a inocência é capaz de sustentar. Note que eu disse inocência e não ingenuidade porque, de ingênua, Nara não tinha nada. Foi ela quem propôs conjugarmos Marx, Mao, Trótski e Latinoamérica para criar aquele acrônimo hilário que só aumentava a birra do Matta. Foi pura afronta à virilidade fedida que impregnava a célula e dava as costas para a contribuição de tantas companheiras de luta. Também serviu para denunciar o ridículo de ser cu de ferro com a Cortina de Ferro encobrindo aqueles descalabros todos.

Nara era assim e continuou a mesma depois que o americano chegou com a história do dinheiro. Para ela, era apenas uma missão arriscada cuja execução não podia transferir a ninguém. Se alguém perdeu a cabeça, foi o Matta. Ele aproveitou o vácuo da liderança frouxa de Cafiero e começou a gastar por conta nos seus delírios de grandeza. Achava que aquela grana toda compraria o prestígio e a autonomia que uma celulazinha tão tímida quanto a nossa jamais conquistaria, a não ser que assinasse um grande feito. Assim, sua primeira atitude foi propor o cancelamento do assalto, um risco desnecessário para obter resultados que teriam mais a ver com propaganda do que com um efetivo reforço de caixa. Na sua opinião (e diante de uma opção tentadora), aquilo não nos faria ganhar relevo na clandestinidade acachapante a que estávamos fadados.

Em seguida, ele se insinuou como cabeça da expedição para buscar o malote no Chile, mas o americano deixou claro que Nara, apenas Nara, poderia receber o dinheiro. E Nara botou o assalto de volta na agenda. Segundo seu julgamento, era melhor expropriar algum capital em curtíssimo prazo do que contar com uma bolada incerta. Até o americano deu o contra, mas o espírito de ação contaminou a mim, ao Pedro e ao Mika, ansioso para estrear seu arremedo de lança-chamas e carbonizar uma parcela qualquer de propriedade privada. Mesmo inconsequente, a vontade de Nara prevaleceu.

O desfecho, a gente já conhece, embora ninguém nunca vá saber ao certo o que aconteceu antes daquele naufrágio. O assalto não nos rendeu nada, mas cobrou juros que um dos nossos pagou com a vida. O principal, ainda falta quitar. E vamos pôr na conta de quem? Não quero ser leviano nem exumar suspeitas depois de tanto tempo, mas, se o Cafiero tivesse piado para os milicos, teria levado outro fim. A ficha do americano era bem cotada no partido comunista. Eu assumi o volante, sujeito a levar uma bala na hora da fuga. Nara também estava na linha de frente. E Mika era completamente louco. Quem ficou na retaguarda? Quem atravessou três décadas sem escoriações e ainda lucrou quando os privilégios e as prerrogativas mudaram de mãos? Tire suas próprias conclusões.

15.

Acertei os ponteiros com o sono. Os lençóis perfumados do Hilton remetiam a um longo percurso evolutivo até, como espécie, a humanidade ser capaz de conceber, estruturar e operacionalizar a logística delicada dos serviços de quarto. Reconhecia o capricho discreto das camareiras, mas arrumei a cama mesmo assim. Era algo que costumava fazer com disciplina, em quaisquer circunstâncias, para me lembrar de que nunca estava em férias. Não podia trocar um estado de alerta permanente pelas rotinas do conforto.

Tinha algumas horas para desperdiçar até o encontro com Nara, se é que ela apareceria, disposta a sair de trás da cortina para transformar minhas projeções em um ser de carne, osso, dúvidas e entusiasmos, desvencilhado do limite bidimensional para acrescentar parágrafos a uma biografia apenas imaginada até então. Eu não tinha como saber quem ela era até que a encontrasse cara a cara, e isso também não garantia nada, podendo ser tão reservada a ponto de não desguarnecer uma fenda sequer em sua personalidade, ainda mais para um desconhecido. Pensei nisso enquanto estava às voltas com meu café da manhã americano, em um hotel americano, sendo eu um americano servido por brasileiros que pareciam não entender a função do bacon para ativar os ânimos logo cedo, embora não fosse tão cedo e não houvesse tanto bacon no meu prato. Impor a satisfação de seus desejos alimentares a um povo que, soube por minhas leituras, lutava contra a fome em diversas regiões do país podia ser uma expressão cruel do imperialismo que nos caracterizava. Mas ninguém ali parecia tão mal nutrido a ponto de se importar ou contar as calorias consumidas por um gringo. A seu favor e contra eles, pese que hotéis, mesmo os mais modestos, não podem se dar ao luxo de inclinações ideológicas, devendo acolher a todos em igual medida, fazendo cada um se sentir em casa, em uma estufa de costumes e comodidades.

Enquanto comia, corri os olhos pelas notícias do jornal do dia anterior que ainda não tinha podido degustar. Tropas sírias e egípcias atacaram Israel em pleno Yom Kipur, mas sem o apoio dos soviéticos que preferiram se adornar de prudência. Mais adiante, havia a charge de um sujeito bem gordo sentado em uma panela de pressão. Na página onze, a junta chilena anunciava mais execuções e prisões, o que me fazia pensar em como cruzar a fronteira em segurança estando todos tão ariscos do outro lado. Kissinger aparecia uma só vez, em uma matéria breve, na página três. Imaginei os restos de napalm acumulados sob suas unhas, resistindo à ação do sabonete e da espátula.

Reconheci Kissinger como reconheceria Nara, usando uma fotografia em preto e branco como referência. Nunca tinha estado na presença de nenhum dos dois, embora conhecesse Kissinger um pouco melhor por se tratar de uma figura cujos pensamentos eram convertidos em palavras, e essas palavras articulavam ações em escala planetária. Nara, considerando sua influência no mesmo campo, com sorte seria agraciada com uma nota de pé de página nos registros escritos, mantidos e destinados ao esquecimento. Ainda assim, dada a desproporção entre os personagens, conhecia ambos pela reprodução dos pontos gravados em uma fina lâmina de papel sensível e, por ora, isso bastava.

De saída, cruzei com Estrela no saguão. Seu empenho começava a me incomodar, mas logo vieram os efeitos da intimidade que a feijoada aflorou. Não precisei de muitos argumentos para dispensá-lo, convencendo-o de que a segunda-feira seria dedicada à pesquisa, sem nenhuma ação concreta prevista na agenda. Tive a impressão de que seria mais difícil despistar Rosário caso fosse o encarregado de me vigiar naquele dia, sendo ele mais sério, comprometido e disciplinado do que o aspirante. Em cada atitude, Estrela canalizava toda a energia para se lançar ao firmamento, um astro na conquista de uma patente compatível com seus planos. A ambição desmedida é muito nítida nas pessoas, embora os ambiciosos acreditem poder dissimular esse fogo frio. Por fim, para me livrar de vez da tutela, convoquei a dupla para se apresentar ali, na mesma hora do dia seguinte, a fim de compartilhar meus avanços e o traçado dos nossos planos. Até lá, disse para Estrela tirar folga, mesmo sabendo que essa laia nunca descansa, prefere aproveitar o tempo livre em suas maquinações e providências.

Estava adiantado. Chegar antes de Nara era fundamental para me conferir algum domínio do terreno e o benefício das circunstâncias. Subi a avenida a pé e, depois de umas três quadras, tomei um táxi. Isso embaralharia minhas pegadas em solo estrangeiro. Desci em frente ao museu e observei aquele quadrúpede descomunal de concreto impondo seus caprichos à gravidade. Atravessei a rua e, relutante, adentrei o vão enorme, pressentindo o peso daquelas entranhas, estando eu imerso no menos palpável dos elementos. Li que a estrutura era obra de uma arquiteta italiana comunista, embora o Brasil, na situação política em que se encontrava, não me parecesse um idílio para alguém com tais inclinações. Andei para lá e para cá no pavimento de pedra. Perdia a noção da altura quando olhava para o ventre rígido da criatura. Também perdia o fôlego e decidi avançar para uma espécie de sacada ao fundo, com vista para as artérias da cidade e seu fluxo contínuo de veículos em diferentes direções. Olhei ao redor. Um homem, com camisa de mangas curtas e gravata, devorava um sorvete. Pelo horário, devia ser a sobremesa de um almoço frugal. Sentadas na mureta, duas moças fofocavam. Consultei o relógio e previ que Nara usaria a prerrogativa dos que são esperados. De fato, ela chegou com quinze minutos de atraso. Girava o pescoço na tentativa de identificar o autor de um convite vago cujo único poder era o de excitar a curiosidade e sugerir um toque de perigo. Ela tinha diante de si uma questão de múltipla escolha fácil de resolver porque as opções eram bastante limitadas àquela hora. Era mais baixa do que eu imaginava. Os cabelos estavam mais curtos do que na foto. Fora isso, ali estava a Nara que eu precisava tanto desvendar. Cheguei mais perto e chamei seu nome. Meu sorriso ricocheteou em uma blindagem de desconfiança e ela manteve a distância como nunca tinha visto um brasileiro fazer até então. Precisava encontrar uma fresta, saltar o muro ou cavar um túnel para entrar no seu mundo. Recorri à solidariedade automática dos que se arriscam para defender a liberdade de outras pessoas, algo que elas talvez nem quisessem, valorizassem ou imaginassem existir. Estendi minhas credenciais em sua direção, aquela carteirinha do partido que servia apenas para encobrir uma militância forjada. Ela examinou o documento sem tomá-lo da minha mão, cruzou os braços e perguntou o que exatamente eu queria com ela. Enfim, tinha encontrado alguém que falava inglês com fluência, uma língua em que eu mentia melhor.

Durante uma conversa impossível de abreviar, com os detalhes alongados para operar seus encantamentos, confirmei que Nara nunca tinha ouvido falar de Victor e não fazia ideia dos motivos de ter sido escolhida para um papel tão importante. Fui convincente ao explicar que não saber era o principal motivo. Indicava que ela ainda era invisível aos olhos do inimigo e teria mais chances de levar o plano a cabo. Tinha sido escolhida não pelos serviços prestados, mas pela vontade de dar uma contribuição anônima para a virada que, aos poucos, ganhava forma e se avolumava para tomar o mundo de assalto. Ao diluir o indivíduo no mar dos interesses coletivos, ouvi a tranca de Nara se abrindo. Como tinha previsto, era uma idealista romântica, gente que prefere morrer com o punho alçado a se render com as mãos ao alto. Com ceticismo e uma ponta de deslumbre, ela quis ouvir aquela cifra novamente. Repeti devagar. Três milhões de dólares. Um três e seis zeros em sequência. O suficiente para abastecer uma milícia com pistolas, metralhadoras, granadas, uniformes, ração e apoio tático. Ou para treinar uma pequena tropa capaz de realizar feitos espetaculares. Ou ainda para a falsificação de milhares de documentos que protegeriam infiltrados, dissidentes e fugitivos. Em um país, digamos, livre, seria o bastante para lançar um candidato com boas chances de ascender ao primeiro escalão da política, dependendo do preço dos votos. Também daria para alimentar e vestir uma comunidade de despossuídos, alfabetizar crianças e camponeses, conscientizar uma parcela minúscula, mas não desprezível, da população para multiplicar anseios e somar as condições que gerariam os dividendos da revolução. As possibilidades se desdobravam em muitas frentes, mas tive a impressão de que Nara gostava mesmo era dos estampidos da pólvora e do cheiro de pneus queimando, pendores inequívocos de uma idealista romântica. O resto, eu ainda teria tempo de descobrir. A fisgada na ponta da linha decretava aberta a temporada de pesca. E eu preferia o peixe de Jonas ao do Capitão Ahab, que é o retrato da obsessão, enquanto o primeiro glorifica o arrependimento diante de desígnios não cumpridos, oferecendo a esperada redenção.

Nara perguntou como poderia me encontrar e se eu tinha compromisso na quarta-feira à noite. Dei o cartão do hotel para ela, instruí que falasse somente comigo e não deixasse recados na portaria. Se não me encontrasse, eu poderia telefonar no dia marcado. Saquei do bolso a página arrancada da lista telefônica e ela logo entendeu como operavam os espiões, usando os recursos mais elementares, coragem e algum engenho. Nara riu diante daquele improviso tacanho e logo nos despedimos com dois beijos na bochecha. O gesto me aclimatava às práticas locais e me ajudava a perceber que ela tinha baixado a guarda.

Ainda perdi alguns minutos sob o colosso de concreto até me deparar com o cartaz anunciando uma exposição de título longuíssimo do qual me lembro apenas de ser arrematado por coordenadas de latitude e longitude. Meu senso de orientação indicava se tratar de um ponto não muito distante dali. Talvez fosse significativo para o artista e situasse o centro de seus interesses. Como devia ser bom saber seu lugar no mundo.

16. TÍTULOS PARA FUTURAS PALESTRAS

Anotações de Frank Venkman I em uma caderneta confiscada como prova de suas atividades subversivas e inclinações antiamericanas. Curiosamente, os apontamentos foram devolvidos ao autor após serem considerados "inofensivos, jocosos e até mesmo ridículos" pelo agente júnior do FBI Phil Smith, ex-aluno do professor Venkman e testemunha do massacre de Kent. Na época, correram rumores de que Smith, infiltrado na universidade pelo FBI, tirou o professor Venkman da linha de frente minutos antes da intervenção da Guarda Nacional.

Uma rosa é uma rosa é uma rosa — revisão do feminismo combativo pós-maio de 68

~~Antes só do que Mao acompanhado — uma radiografia do isolacionismo chinês~~

Em inglês, perco a piada

Intelligentsia e luta armada: por que o Kalashnikov é mais forte do que o PEN Club

"Quem terá tão livre o pensamento?" — O imperialismo português no caminho do machete em Angola

Do dogma à utopia — Saint-Simon não era nenhum santo

Béla Kovács — a social-democracia húngara, ~~do goulash ao gulag~~

Mãos à obra. Ou como construir uma nova sociedade com tijolos... voando

Práxis socialista e autogestão em uma planta de produção de queijo Monterrey Jack — relato de uma experiência

Ora, se eu não encontrar uma fábrica de queijo tocada por comunistas, ainda posso usar as bactérias fermentando o leite como metáfora de autogestão. Se bem que elas foram colocadas lá por alguém. Existe mais-valia para os microrganismos?

A refutação do Lysenkoismo nas sementes de uma nova era

Obs.: dar um viés agrário para tocar os pequenos produtores do Meio-oeste. Vale quanto? Uns 200 dólares por palestra? Checar o calendário de eventos agrícolas

Ziebart ou ferrugem: a trajetória de um Škoda até Detroit e o que podemos aprender com isso no limiar da terceira etapa da Revolução Industrial

Um volume à esquerda: o protomachismo nos anais da revolução

Quem lê tanta notícia? — o papel da imprensa oficial na desinformação do proletariado latino-americano

Feitos do mesmo barro — fósseis de ideais igualitários na lama de Woodstock

Pelas barbas do profeta! — o descaminho das ideias de um Karl Marx imberbe

Muitos citam, poucos leram e ninguém entendeu

~~Poppy~~ — uma nova ética para o cultivo da papoula, da Guerra do Ópio à obra de William Burroughs

Revisão da conquista do espaço — o triunfo de uma cadela soviética sobre a engenharia dos imperialistas (ou "marcando território no caminho para a Lua")

Parentes que chegam sem aviso — o acolhimento das ditaduras militares e dos regimes de exceção no seio das famílias burguesas da América do Sul

17.

Acordei bem disposto. Meu corpo estava em sincronia com o horário local e a cabeça, livre dos efeitos de qualquer toxina. Antes de afrontar os nativos com uma porção generosa de fritura, resolvi arriscar algumas braçadas na piscina do décimo andar e baixar a pressão com o vapor da sauna, uma experiência desagradável, mas revigorante quando acaba e permite tragar oxigênio em vez de resignação. Depois do esforço, não sentia mais tanta fome e as manchetes não me apeteciam. Restringi meu pedido a uma pilha de torradas ladeadas por um café preto. Se meu encontro com Nara aprumou parte das minhas iniciativas, ainda havia um sem-fim de providências a tomar. Como compositor escuso e condutor da orquestra que se organizava à minha volta, eu tinha o esboço de uma melodia, mas a harmonia e o arranjo ainda exigiriam muita dedicação. O sucesso da estreia, realizada às pressas, diante de uma plateia nada complacente, não poderia depender de improvisações.

Sabia que, logo mais, encararia aqueles arremedos de Rosencrantz e Guildenstern só para lançar areia em seus olhos e convencê-los de que nada do que estava acontecendo estava realmente acontecendo, e que as pessoas não eram exatamente quem eles pensavam que fossem, cada uma interpretando vários personagens em uma encenação de ambiguidades atordoantes. Sem as prerrogativas do major para fazê-los sumir, cabia a mim ficar transparente, envolto em pistas falsas e induzindo-os a interpretações equivocadas dos fatos. Mas que fatos? Até então, a única coisa concreta era ter encontrado Nara, sem saber quem era ao certo, embora desconfiasse. Eu tinha sido treinado para ler as pessoas nas entrelinhas, mas minhas habilidades se restringiam a captar medo, desconfiança, nervosismo, dubiedade e umas tantas reações que permitiam pressentir seus atos e intenções, nada além disso. O resto, o que era substancial e determinante, vinha de dossiês escritos ao longo de meses e até mesmo anos de observação, por agentes que se comportavam como predadores pacientes, esperando a presa sair da toca e se comportar como antes, como sempre, como ditava a sua natureza quando se via acuada por situações parecidas. Eu não dispunha de um dossiê sobre Nara por motivos que Victor tinha deixado claros antes de expirar. Tinha uma coleção de intuições e buscava a certeza de que era uma idealista romântica e não o inverso, o que demandaria uma mudança radical de abordagem. Lidar com todos os matizes das sombras estava entre as minhas atribuições mais banais, mas, para haver sombras, é necessário pelo menos um ponto de luz.

Os riscos implicados eram enormes e demandavam preparação. Eu tateava no cenário, desconhecia as marcas do diretor de cena, ignorava a posição dos atores no palco, a potência de suas falas, a extensão de seus gestos e o desfecho da história cujo libreto estava sendo escrito com a parceria indesejada do acaso. Enquanto isso, eu interferia em uma partitura concebida na velocidade das minhas ações, pronta para se arruinar na duração de uma semifusa. Eu não passava de um contrarregra diante de tamanha empreitada, cabendo a Nara os holofotes de uma história que deveria ser minha, somente minha. Então tive um estalo. Lembrei de minha mãe, de quantas vezes ela tinha defendido que "Otelo" era uma peça usurpada por Iago. E o papel de Iago me bastaria se, no enredo tramado para alguém, eu evitasse o destino daquele alferes com a alma transbordando de veneno. Vilões também podem ser cativantes.

Recebi Estrela e Rosário em uma área apartada do saguão. Eu falava em volume normal e eles se inclinavam para a frente com um cacoete de quem esperava ouvir segredos. Mas não eram segredos o que lhes servia senão mentiras e deixas muito claras para atuarem conforme as minhas instruções. Contei que faria contato com uma agente infiltrada. Ela teria o convite para estragarmos a festa de um grupelho de alcance restrito, mas muito eficiente, ligado a braços mais robustos da luta armada na América Latina. Reforcei que essa infiltração levou meses e que não poderia ser comprometida de forma alguma. Naquele momento, não compartilharia nomes. Deixaria que entrevissem meus movimentos até podermos ensaiar e desferir um golpe certeiro. Confiança e discrição seriam investimentos módicos para colher tamanhos resultados. Sugeri que relatar um plano ainda tão opaco ao major serviria apenas para deixá-lo aflito e, quem sabe, fazê-lo se precipitar, destacar mais agentes para interceder, algo indesejável até que fosse a hora certa e os créditos já estivessem atribuídos aos legítimos mentores e executores da ação. O olhar símio daquele duo, subindo e descendo com movimentos de cabeça, indicava a passagem para o próximo estágio da intimidade, a cumplicidade de piscadelas e subentendidos provada a cada gesto mudo, comandada pelo detentor original do segredo. Se, para Estrela, aquilo não passava de uma chance para intensificar seu brilho, para Rosário pareceria uma incumbência de sentido mais profundo. Estaria calcada na fraternidade pairando acima da lei escrita e da justiça dos tribunais, mesmo que essas fossem furtivas como costumava ocorrer durante os regimes de exceção. Era algo que o colocaria em pé de igualdade com o autor, uma paridade que ele não encontrava em lugar algum, muito menos nos regimentos da corporação.

Terminado o meu discurso, consegui fazer os dois se bandearem para o meu lado. Estava seguro de que colaborariam com sua omissão e manteriam o assunto entre nós até segunda ordem. Usando o jargão, disse que me apresentaria no quartel no dia seguinte. Então pedi uma carona até o consulado americano. Ali, poderia consultar mapas e, com o meu nível de acesso, alguns documentos sobre a situação nas fronteiras entre o Brasil e seus vizinhos.

Calhou de o consulado ficar no Conjunto Nacional, naquela mesma Avenida Paulista para a qual a bússola de minhas andanças sempre apontava. Passar parte da manhã e da tarde entre os meus era um alívio e uma boa desculpa para gozar de um mínimo de privacidade. Na sede de um órgão oficial do governo que supostamente me regia, minhas credenciais abriam portas, arquivos e gavetas. Consegui cópias de mapas rodoviários e me aprofundei no esquema de cooperação entre os regimes vigentes na América do Sul, aquela prima bêbada que, embora morasse longe, dava tanto trabalho à sua homônima do hemisfério norte. Pegar um voo até Mendoza ou Santiago do Chile parecia uma boa opção para depois alugar um carro e rodar pela Rodovia Panamericana até a altura de Calama. Seguiríamos pela estrada que Che Guevara, ainda um médico jovem e asmático, cruzou de ponta a ponta, mas pararíamos antes de chegar à Bolívia, terra agourenta que tragou gente do calibre de Butch Cassidy e Sundance Kid. Trazer nossa carga preciosa de volta, supondo que voltar fosse uma opção e que eu ainda estaria acompanhado, seria uma outra história. Envolveria assumir mais riscos por estradas secundárias e cruzar fronteiras nos pontos menos vigiados. Talvez fosse necessário traçar uma rota pelo norte do Paraguai ou o sul da Bolívia, que eu preferia evitar, chegando ao estado do Mato Grosso cujo nome sugeria uma boa camuflagem. Mais do que indicar o caminho, aqueles mapas e guias ofereciam alternativas que engasgariam em face do menor imprevisto, fosse a qualidade do asfalto ou a ação de guerrilheiros nas zonas de floresta, passando pela cobiça de policiais rodoviários e soldados cuja suscetibilidade a um maço de dinheiro não se podia antecipar.

Já passava das três horas quando saí. Ao descer do elevador e vencer a catraca, me deparei com uma livraria que, pela pressa, não tinha notado ao entrar. Procurei por um mapa rodoviário dobrável, com linhas de tinta imprecisas a ponto de não servirem para muita coisa além de proporcionar a sensação de estarmos no caminho certo. Mapas não passam de planos. O trajeto é bem diferente, e decorar cada curva não traçaria as sendas que eu deveria percorrer antes de a viagem sequer começar. Até lá, precisaria de um mínimo de orientação no terreno desconhecido que Nara representava, esboçando a rota do ponto A — a confirmação de sua existência — ao ponto B — o lugar onde ela se tornaria o que estava previsto no roteiro. Seria o começo da minha nova jornada.

18. INFORME DO CABO AUGUSTO LIMA

São Paulo, SP, 10 de outubro de 1973.

RELATÓRIO ESSENCIAL DE INFORMAÇÕES

Nº 1/73b

A) Encontro com o agente Frank Venkman
B) Informações coletadas em operação de vigilância

Na terça-feira, 9 de outubro deste ano, eu, Cabo Augusto Lima, acompanhado pelo Aspirante Cláudio Alves Pereira, seguindo instruções e respondendo às ordens diretas do oficial no comando, estivemos na presença do agente "a serviço do governo norte-americano" FRANK VENKMAN nas dependências do Hotel Hilton, situado na Av. Ipiranga, nº 165, das 11h00 às 11h45. Da "visita" requerida pelo supracitado, apreenderam-se os fatos a seguir:

1. Confirma-se que FRANK VENKMAN está hospedado nesse hotel, tendo sido reconhecido pelos funcionários da recepção como autor da reserva de um quarto padrão para solteiro pelo período de duas semanas contadas a partir de 6 de outubro, com pagamento adiantado, ao qual foi aplicado desconto corporativo, feito em dólares americanos. Ele também foi visto entrando e saindo do estabelecimento em diferentes horários, inclusive por este relator.

2. Durante a "visita", o supracitado alegou que estaria em contato com um agente infiltrado em suposta célula subversiva sediada na

cidade de São Paulo, embora tenha evitado fornecer nomes para proteger sua identidade e salvaguardar o sucesso da missão cujos detalhes se esquivou de revelar.

3. O supracitado ainda sugeriu que informações sobre suas incumbências em solo nacional não fossem levadas ao conhecimento do oficial no comando, alegando que isso evitaria "aflição" e "precipitação" para deflagrar ações de desbaratamento da célula.

4. Pelos resultados apurados na operação de vigilância realizada no dia anterior, quando o Aspirante Pereira seguiu o supracitado até o Museu de Arte de São Paulo, sabe-se que ele se encontrou com NARA OLIVEIRA, brasileira, 23 anos, sem ficha criminal, estudante de Psicologia na PUC — Pontifícia Universidade Católica de São Paulo. Tal encontro leva à suposição, a ser confirmada em momento oportuno, de que ela seria a agente infiltrada. Na ocasião, conversaram. Nem muito nem pouco. Talvez muito, mas sobre algo que parecia ter pouca importância.

5. Finda a visita, o supracitado solicitou que o conduzíssemos até o Consulado Americano em São Paulo, onde permaneceu por aproximadamente quatro horas. Na saída, comprou mapas rodoviários na livraria do saguão do Conjunto Nacional.

6. Ainda sobre os hábitos do supracitado no referido hotel, aonde retornamos para levantar mais informações, soubemos, por depoimentos informais de funcionários, que tem uma predileção por bacon no café da manhã e que, às vezes, frequenta a piscina e a sauna. De modo geral, de acordo com os testemunhos colhidos, é discreto, cordial, não recebe visitas, telefonemas ou correspondência.

7. Chamou a atenção deste relator um único comentário sobre o comportamento do supracitado: para surpresa da camareira que atende no andar ao qual o hóspede foi designado, por três dias

seguidos, quando entrou no quarto para realizar serviços de limpeza, encontrou a cama arrumada. Segundo ela, causava-lhe maior estranheza por parecer que "nunca havia sido desfeita".

8. Com base nos dados coletados até o momento, este relator recomenda que a vigilância continue e que as informações prestadas pelo agente FRANK VENKMAN sejam objeto de escrutínio para checagem de sua acuidade e relevância. Até o momento, acredita-se ser verdade o que disse sobre si e o seu plano, ainda que seja uma verdade parcial.

19.

Sol escaldante, terra poeirenta. Dias e dias, meses e meses sem chover. Nara arrasta uma mala pesada. Mal consegue andar. Precisa se desfazer de parte da carga para continuar a jornada. Abre a mala e, dentro, encontra milhares de páginas arrancadas de listas telefônicas. Nada mais.

Encontrei esses garranchos sobre o criado-mudo. Era o relato de um sonho ou de um pesadelo que anotei às pressas, antes das imagens se misturarem ao pó da paisagem ampla e estéril onde eu também estava, mas não de forma corpórea.

Não costumava anotar meus sonhos porque raramente me lembrava deles. Talvez por isso não me importassem os presságios e significados que muitos profissionais de fé, de sacerdotes a psicanalistas, lhes atribuíam. Mas o que a mala carregada de fracasso insinuava me fez ponderar sobre a certeza dos riscos e os desfechos prováveis. Eram riscos que, cada um do seu jeito, correríamos nós, eu e Nara, embora os resultados da empreitada pudessem divergir, refletidos por nossas ambições particulares. Estávamos prestes a enganar os donos do mundo e lhes tomar um dinheiro sujo, mas que também era muito e poderia limpar meus dias para sempre. O dinheiro dissolveria a gosma em que vivi imerso desde o abandono paterno até o asilo oferecido por quem me iludiu para depois me desenganar sobre o estado das coisas. Para Nara, talvez sobrassem uns trocados, o suficiente para pagar mais uma rodada de ilusão.

Aquilo só podia ser o meu inconsciente se sobrepondo às convulsões do dia, dando pistas sobre os anos que devotei a ser quem não era. Não tive a vantagem ou a vontade de fazer escolhas quando minha vida, a ponto de descarrilhar, tomou outra via em sentido, digamos, oposto. Desci no fim da linha, busquei refúgio e vivi abrigado em uma nova rotina até puxarem o tapete sob meus pés com um tranco de muitos braços. Fizeram pior: demoliram a casa a marretadas enquanto eu estava lá dentro e, a título de ressarcimento, me permitiriam ficar com o tapete. Só precisaria varrer os escombros para baixo dele a fim de viver com uma impressão razoável de normalidade.

Na fibra de sonho envolvendo a mala, éramos todos uma infinidade de nomes sem contrapartida tangível, aglomerados de células substituídos pela tinta que um papel dos mais ordinários absorvia e recompunha em linhas breves, relacionando endereços e números que nos situavam na geografia sem lugar que é existir. Mas ter o consolo de um nome não nos atribuía identidade. Estávamos dissolvidos entre gente que se chamava como nós ou quase como nós, com variações sutis e muitas coincidências distribuídas entre vocativos que a bagunça das páginas só aumentava. Se encontrasse e lesse meu nome, restariam dúvidas sobre a designação que me definia, me distinguia entre todos e, ao mesmo tempo, me reduzia a mais um?

Em dez anos, com a falta de opção que usava para me convencer, fui tantos que me perdi nas dissimulações, sendo único apenas quando me reconhecia em alguém tão dissimulado quanto eu. Falo de Victor, engolido pelo vão de sofá que é carregar uma miríade de identidades. Já aquela menina, Nara, ela fez suas escolhas. Era única em sua ânsia de integrar um conjunto quase infinito de tantos idênticos quanto haveria de nomes inscritos nesse livro da vida sem deus que é o mundo, uma lista telefônica universal, sem ninguém na outra ponta para fazer a ligação tão esperada que todos correriam para atender gritando "deixe tocar", "é para mim", "esse é o interurbano que sempre esperei".

Não sou dado a remordimentos. Sempre acreditei que fazia o melhor ou, no mínimo, o necessário diante das condições impostas. Afinal, não era eu quem executava as ordens senão versões imperfeitas e incompletas de mim, criadas por conveniência, a serviço de crenças emprestadas e, até certo ponto, satisfatórias. Assim, sem torpeza, delatei os primos esquisitos de Carrie, uma namoradinha que conheci quando ainda era calouro na universidade. Compus um dossiê friamente técnico e nada lisonjeiro sobre Jeffrey, um colega com quem dividi o quarto e que me emprestava seus livros. Com distanciamento, alertei meus superiores sobre o teor discutível das aulas do Professor Jansen, mesmo entendendo só metade do que ele dizia e a outra metade soasse como uma preleção para iniciados. Uma única vez, deixei motivos pessoais se mesclaram aos meus informes. Insinuei que, bastava terminar seu turno de trabalho, o servente do refeitório vestia uma boina à la Black Panthers com a qual parecia habituado. Tudo porque, certa vez, discordamos sobre a superioridade dos quaterbacks negros do time estudantil. Dali em diante, quando chegava a minha vez de receber a tão esperada porção de frango frito, ele recolhia a bandeja para reposição e a fila me empurrava adiante, para o desgosto de salsichas e hambúrgueres ressecados. Pode parecer uma desforra bastante fútil, mas passar meses à base de carne queimada faria qualquer um perder a cabeça.

Esses são apenas alguns exemplos das atividades que preenchiam meus dias no campus, entremeando a morosidade das aulas com os serviços prestados ao pessoal do tio Norman. Em nossos encontros, seus emissários me ouviam sem pressa e me agradeciam com tapinhas nas costas para fingir respeito e apreço. Os agentes reforçavam o quanto meus préstimos contribuíam para diagnosticar e extirpar o mal que corroía a nação por dentro. Segundo eles, cada vez que alguém se insurgia, punha em xeque a segurança e o bem-estar de todos os outros, os adormecidos, os inofensivos, os inculpáveis.

O grau da minha displicência nos estudos apontava a interferência de tio Norman como crucial na obtenção do diploma que me livrou não só do ambiente escolar, que eu detestava, mas também da obrigação de delatar como meio de sobrevivência. Para mim, não havia nenhum imperativo moral a condenar meus atos, mas ser um dedo-duro não ajudava a tecer relações saudáveis nem duradouras.

Em qualquer grupo de que participasse, sempre havia alguém para desatar os laços, e esse alguém era eu. Se "lux et veritas" regiam a vida no campus, eu era sombra e ambiguidades.

A insensibilidade dos meus relatórios me alçou ao posto ocupado por um tempo, até me formar, para depois receber treinamento específico em Londres e ser transferido para Berlim, onde seria um agente de segunda classe sem saber quantas classes havia abaixo de mim. Ali, estar deslocado apaziguava a solidão. Tomava o fato de não dominar o idioma e não conhecer ninguém pela causa do meu isolamento. E foi assim até topar com Victor, meu companheiro de trabalho que, a despeito da experiência em campo, tinha um emprego tão monótono quanto o meu, livre de ameaças constantes à integridade física, destituído de palpitações porque até nossa clandestinidade era consentida. Como ele gostava de dizer, éramos mais carteiros do que espiões, embora cuidássemos de correspondências perigosas não pelo teor, mas por sua própria existência. Éramos o teste de canal que mantinha uma via sempre aberta e disponível para desfazer mal-entendidos e clarear o que os códigos obscureciam a ponto da mais completa ilegibilidade de intenções. Assegurávamos um pingo de bom senso naquele oceano de ameaças veladas, com marés carregando agressão na vazante e na cheia. Éramos os tradutores que diziam "tudo bem, os tanques perfilados não carregam munição letal" ou "evitem enervar os guardas na semana de aniversário da Revolução" ou ainda "trens levando remédios para Praga" de maneira inequívoca e, ainda assim, irrelevante. Isso porque agentes de ambos os lados, com seus microfilmes e gravações, atestavam haver "tanques nervosos a caminho da Tchecoslováquia", "guardas revolucionários sem munição, que remédio?", "fila de trens mortalmente atrasados em Praga" ou ainda uma "tia tcheca ocupada no tanque, lavando uniformes para o aniversário da Revolução". Se tudo falhasse e a comunicação dependesse de uma contraprova, leriam nossos despretensiosos relatos e todos poderiam respirar aliviados. *Und wir sind dann Helden für einen Tag.*

Gostava de fazer parte desse vai e vem entre gente que jogava um xadrez tão perigoso, mas nosso tempo se esgotou com a queda estabanada de Victor e a constatação de que nossa contribuição não era pequena, tímida ou irrisória senão absolutamente dispensável. A batalha não era travada com blindados, mas com cofres inexpugnáveis repletos de efígies de reis, heróis e marechais com seus valores de face dispostos em pilhas, preparados para negociar. De fato, ideias valiam bem pouco. Valiam tanto quanto a vida do meu colega Victor, aniquilado antes de aplicar um mísero ponto e vírgula nos incisos da Realpolitik.

Então a apropriação de três milhões de dólares me tornava credor de uma vingança devida após sofrer na pele a fricção daquele antagonismo de araque. Meu pai, definitivamente um romântico idealista, merecia padecer na Sibéria de seus equívocos. Tio Norman e seus empregadores bem poderiam sentir o frio das moedas depositadas sobre suas pálpebras, uns trocados para pagar o barqueiro que os levaria à outra margem quando o cheiro de morte já fosse insuportável. Isso me soava como um castigo justo para quem tentava enganar a todos o tempo todo, incluindo a si mesmos, em certo grau, e a mim, que tinha no bolsinho do colete um par de certezas reconfortantes sobre os rumos da humanidade. Eu contava com o resguardo de cercas brancas para fazer a separação definitiva entre Nós e Eles, independente de quem tivesse razão. O problema é quando, de repente, somos forçados a abrir os olhos para ver que Eles e Nós pouco importamos e manda mesmo quem fabrica as cercas.

Ora, eu queria juntar umas tábuas e me isolar de tanta tolice. Queria comprar um ingresso para uma vida nova, longe de bombas de gasolina e coquetéis Molotov. E preferia que meu passe livre para fora do desconcerto do mundo fosse subsidiado pelos tempos em que não passei de um panaca, rebelado contra as convicções de meu pai, abraçando gente cujo único convencimento era a adorável certeza de estarem certos. Não concebiam que o errado não passasse da latência de um ponto de vista tentando se provar do mesmo jeito escuso e daninho.

Quando me parecia tarde demais para resgatar as escolhas nunca feitas de maneira ponderada e com o voluntarismo que as escolhas exigem, me vejo às voltas com uma menina capaz de arriscar tudo pelo que acreditava ser correto e abrangente. Ela não desistiria mesmo que a pendurassem pelo tornozelo, tentando dissuadi-la do altruísmo a ser imposto à força e pelo bem maior. Menina estúpida! Se soubesse o que eu sabia, se visse as rachaduras no muro e imaginasse que ficaria órfã de seus valores mais caros, caso sequer intuísse que seria traída no que existia de mais íntimo e profundo em suas crenças...

Mais do que acreditar que faria a diferença na amplitude do desenho final, Nara adorava aqueles traços breves. Aos pouquinhos, dos cantos para o centro, eles formariam uma figura diferente. Em comparação, eu não passava de um cínico sem os álibis que, listados, me inocentariam. E se eu não era inocente, tinha que carregar nas pálpebras o peso de ser apenas ingênuo. Dinheiro nenhum pode reviver a inocência. Essa era a minha pequena sina, era a mala que eu tinha que arrastar, vagando desorientado por um mundo que já estava perdido.

20. CARTA ESCRITA POR MARÍLIA GUTIERREZ

A remetente se justifica por não ter convidado Nara Oliveira para sua festa de vinte e um anos, embora, na época, segundo as más línguas, fossem amigas muito íntimas.

Minha mais querida Nara,

Disse antes e volto a explicar, mesmo com você insistindo que eu não precise justificar nada, que entre nós tudo está perdoado e isso não representa ofensa nem traição nem tem importância alguma.

Não ter você em minha festa, quando tua presença seria motivo suficiente para fazer uma, não foi escolha senão uma imposição dos meus pais. Na verdade, do meu pai, Gutierrez, o Terrível, porque minha mãe não tem vontade própria. Bem treinada, se contenta em repetir suas falas como uma papagaia submissa, com o perdão dessas aves divertidas.

O Inspetor Geral Gutierrez, se não desconfia de algo mais, abomina tuas dissidências, essas que você berra para quem quer e não quer ouvir. O vice-rei também implica com as pessoas que você frequenta, mesmo sabendo que metade dessas pessoas me é cara. Talvez por isso, buscando um denominador comum, tenha te escolhido para multiplicar suas pequenas fúrias. Ele cantarola o "diz-me com quem andas" para lá e para cá, desprezando a ideia de que possa haver qualquer vontade própria nas roupas que uso, nas músicas que ouço, nas coisas que leio e digo. Aos seus olhos, sou uma pessoa de personalidade muito fraca, burocraticamente alçada à categoria de indivíduo, embora não reconheça minha autonomia.

Mesmo contagiada por uma felicidade restrita, eu não podia perder a chance de celebrar a chegada da maioridade civil, uma conquista que empacotarei cuidadosamente com minhas roupas, um frasco de perfume e alguns livros, e levarei comigo para o Marrocos, pois já não devo satisfação a ninguém.

No sábado, vieram Carla e Jane. Jane está aflita por causa do irmão preso. Já são duas semanas sem contato. Não há registro nem inquérito e, por isso, advogados não fazem diferença. Falei com minha mãe que falou com meu pai que falou que vai dar uns telefonemas para ver se resolve ou apazigua, mas sem garantias. A linha dura aperta a venda e cega até mesmo a espada dos juízes.

Entre uma música e outra, o Zeca perguntava de você. Agia como um menino apaixonado, perdido em desvarios que se esforçava em conter, mas não enganava ninguém e virou motivo de piada entre os mais chegados. Se bem te conheço, por mais conveniente que fosse laçar esse rapaz rico, suscetível e meio bobo, ele não teria a menor chance. Teu coração anseia por mar aberto enquanto o dele é todo âncora.

Também compareceram mais uma dúzia de gente querida e uns três penetras para fazer número e abrandar a gravidade da tua ausência. Ah, Nara! Por que justo você, que prega a igualdade absoluta, faz tanta questão de ser diferente? Por que não segue meu exemplo e finge um pouquinho para dar aos donos do mundo, os Gutierrez da vida, uma mentira qualquer a que eles possam se aferrar? É mais fácil ser pirata quando a névoa protege o navio e permite uma abordagem repentina, sem defesa. Se fosse mais esperta, você poderia se escamotear, entrar na máquina e emperrá-la por dentro, assim como fez para me tomar de assalto. Isso nos pouparia do aborrecimento e dessa gargantice constrangedora a acusar os costumes e se intrometer na vida alheia.

Voltando aos planos, agora que posso traçá-los sem pedir permissão, se o Marrocos for longe demais para as mesadas juntadas às custas da fome, vou tentar Letras na ECA, um país exótico segundo os parâmetros do Excelentíssimo Senhor Doutor Gutierrez. Não seria como viver entre os berberes, mas, pelo menos, teria você por perto, com a chama dos teus olhos a orientar meus descaminhos, ofuscando as Três Marias, apagando as reticências da nossa história. E vamos ficando por aqui. Não há sexo bom que compense poesia ruim, não é?

Para sempre tua,

Marília

P.S.: Ganhei um compacto dos Novos Bahianos. Numa das faixas, a moça pede um disco em troca de um beijo. Venha ouvir quando Gutierrez, o Empalador, não estiver por perto. Ele detesta música alta e emoções elevadas. Te dou um beijo e, se quiser, você leva o disco. (Não soa como esse teu Santana, mas acho que vai gostar.)

21.

Um funcionário se preparava para baixar a porta de aço quando entrei na loja e tentei avistar o dono. Nara tinha dado a pista de que ele estaria usando um quipá bordado com o distintivo de um time de futebol. O que os locais chamavam de futebol sempre desafiou meu entendimento e não ajudava ver aqueles remos cruzados com uma âncora ao fundo enfeitando seu cocuruto. Quase encoberto pela caixa registradora, ele confirmou meu nome. Então apagou as luzes, mergulhando na penumbra dezenas de manequins e balcões envidraçados.

Fomos para os fundos da loja onde uma escada levava ao primeiro andar. Atravessamos mais um salão comprido e estreito, com máquinas de costura enfileiradas, até toparmos com a portinhola de um alçapão recortada no teto. Ele golpeou a portinhola três vezes com um cabo de vassoura e ela se abriu. De lá, surgiu uma escada de madeira. Subir foi como nascer para cima, eu enfiando a cabeça e depois deslizando o corpo por aquela passagem apertada que dava em um sótão coberto pela poeira de décadas.

Fui recebido por um rapaz de olhar maníaco. Ele não correspondeu à minha mão estendida. Trocou duas palavras com alguém fora do meu ângulo de visão, recolheu a escada e fechou a portinhola com cuidado para não fazer barulho. Apontou na direção de umas caixas que protegiam aquele encontro como a paliçada de um Forte Apache. Atrás das caixas, avistei Nara sentada em uma roda com três barbudos. Ela os apresentou, traduzindo seus nomes para facilitar a minha compreensão: Henry, Charles, Peter e Mika, o único sem barba e o primeiro a me desdenhar. Apartado do grupo, ele retomou as minúcias de válvulas, molas e gatilhos dispostos à sua frente.

Começamos a conversar em inglês. Nas primeiras sílabas, o tal Charles disparou que inglês era língua de imperialista. Eu estava acostumado à pecha, sabia que eles me viam como um dos responsáveis pelas incontáveis chagas do mundo, ainda que eu jurasse lealdade a outros princípios. Talvez não tenham me estendido a mão por assepsia, evitando o contágio pelos germes que eu carregaria por ter nascido onde nasci. Em sinal de boa vontade, ofereci espanhol como opção. Não sei o que os convenceu a reconsiderar o inglês, se foi o meu sotaque ou o desconhecimento que os brasileiros têm do idioma de seus vizinhos, mas preferiram a língua franca que assegura um certo grau de incompreensão bilateral.

Ao redor, apenas o mimeógrafo indicava algum tipo de atividade subversiva. Latas e mais latas de cerveja sugeriam momentos de descompressão para o ar grave com que se investiam. Por que estavam tão sérios? Embora a situação fosse complicada, era preciso reconhecer alguma graça até mesmo no infortúnio, como se uma piada irônica e longuíssima determinasse nosso destino como espécie. Charles me encarava, Henry não tirava os olhos de Nara e Nara olhava fixamente para Peter enquanto ele examinava a minha carteirinha do CPUSA. Mika, logo ali, continuava ausente.

A garota resumiu o que eu tinha dito para ela dois dias antes. Sem esbarrar em pormenores, recapitulou a história que os outros já conheciam e, com uma votação rápida, Peter angariou unanimidade para aprovar nossa expedição. Aproveitando o clima de consenso, Charles sugeriu ser designado como acompanhante de Nara, sugestão refutada antes de alguém contrair um músculo sequer. Expliquei que apenas eu poderia conduzi-la ao local do encontro e isso pareceu razoável para os demais. Eles concordaram em manter a discrição para reduzir riscos. Para todos os efeitos, seríamos apenas um casal em férias.

Prático, Henry perguntou de que tipo de apoio logístico precisaríamos. Eu disse que tinha algum dinheiro e tudo esquematizado, o que era mentira, mas servia para despistá-los desde o ponto de partida. Com a exceção de Charles, o grupo parecia aliviado por limitar sua atuação à retaguarda, restritos a nos desejar boa sorte e torcer para que a grana chegasse rápido, como se a vida acontecesse em um balcão da Western Union.

As coisas estavam fáceis demais e veio à baila a realização do assalto. Foi a primeira vez que o rapaz de olhar maníaco largou seus afazeres diminutos, salivando de antecipação. Fiquei quieto porque Charles marcou sua dissidência, quis votar para remover aquela ação arriscada da pauta quando tinham algo maior e mais rentável para se ocuparem. Seu tom de voz mal escondia a ganância e uma certa inclinação a respeitar a lei do mínimo esforço.

Para minha surpresa, Nara se adiantou e defendeu a realização do assalto para o embarque imediato dos outros três, favoráveis e dispostos a agir. Mika, um tanto louco e um pouco néscio, batia palminhas silenciosas e imitava uma rajada de metralhadora, lançando respingos de cuspe nos presentes àquela assembleia improvisada no sótão de uma loja de roupas femininas.

Achei que me intrometer só aumentaria a resolução da turma para fazer algo digno de nota. Assim, me limitei a defender a tese de que Nara deveria ficar de fora, pois precisávamos partir para o Chile o mais rápido possível. Dessa vez, foi ela quem discordou. Disse que não viajaria antes do assalto nem do show do Santana, uma piada da qual todos riram, menos eu e Charles, nós e nossos votos vencidos. Por um instante, a iminência de roubar um banco os descontraía em vez de gerar aflição.

Peter convocou outra reunião para sexta-feira, em local a determinar. Até lá, cada um tinha a tarefa de ir sozinho até o banco para observar a rotina e o entorno. Queria juntar informações para decidirem o melhor horário para o ataque e traçarem as rotas de fuga. Não que eu fosse especialista em crimes violentos, mas algo assim tomaria algumas semanas de preparação e o envolvimento de gente tarimbada, recursos de que não dispunham. Eles se contentavam com disfarces, pistolas enferrujadas e a sorte atribuída aos principiantes.

Henry contou que tinha conseguido o carro, um Dodge com placas falsas. Perguntou quem poderia se encarregar das armas, e essa me pareceu a melhor oportunidade para interferir e conquistar alguma credibilidade. Disse que meus contatos conseguiriam armas e munição, talvez uma submetralhadora e pelo menos uma granada de mão — um arsenal de respeito para quem não tinha nada. Naquele momento, foi como se a lâmpada pendurada brilhasse com uma voltagem mais intensa. Nara acariciou meu ombro e olhou para os outros quase com orgulho de apresentar um espécime raro, disposto a encantar a plateia. Mika se aproximou e perguntou se eu gostaria de ver seu protótipo de lança-chamas, montado com peças de um fumigador de jardim. Sei que alguns loucos são inofensivos, mas aquele não era da estirpe.

Um a um, fomos deixando o local. O dono já tinha ido embora. Peter tinha uma cópia da chave para abrir o recorte na porta de aço. A orientação, desnecessária para alguém como eu, acostumado a simular, era para sairmos com intervalos de alguns minutos e seguirmos em direções opostas. Nara se ofereceu para me guiar para fora daquele bairro comercial, entrecruzado por ruas desertas. Tomaríamos um ônibus até um lugar mais movimentado e ela me indicaria onde pegar um táxi com segurança. Não era tarde, eu tinha fome e convidei Nara para jantar, alegando a necessidade de discutir os preparativos de nossa excursão quando, na verdade, queria dissuadi-la do assalto sem sentido para quem podia sacar milhões de dólares. Também queria entender melhor quem eram aqueles palermas e sua relação com cada um deles. Dava para ver que, embora não admitisse, ela os tinha nas mãos pelo simples motivo de ser mais esperta, ou assim me parecia.

Andamos três quarteirões até chegar a uma espécie de taberna grega atulhada de mesas, a maioria desocupada. Era o lugar ideal para trinchar minha situação como as suculentas camadas de mussacá, prato que tinha provado uma única vez em um restaurante típico em Berlim. Eram estratos fibrosos entremeados por molho, creme e flocos de carne. Separados, não faziam muito sentido, mas, uma vez sobrepostos e aquecidos, passavam a formar um amálgama de sabores e texturas harmonizados em profundos contrastes. Bastou uma garfada para saber que aquela mussacá, se tomada pela soma das partes, tinha gosto melhor. Até a confusão pode ser bem palatável.

22. CARTA CIFRADA

Texto microfilmado do relato de Dimitri, codinome de Pietr Klebnikov, agente soviético atuante na Alemanha Ocidental, reportando tentativas mal sucedidas de contato com Victor Sorge.

Caro tio Grinko,

Fui ver "Solaris" de novo no Tali. Além de belo, é um filme cheio de significados subjacentes, como você bem sabe. Nada é o que parece ser e, o tempo todo, imprevistos traçam novos rumos para a história.

Lembra como o encontro com Burton muda o destino de Kris? Até ali, sua missão era muito simples: ir até a estação espacial, investigar e chegar a certas conclusões encomendadas que embasariam a decisão do comitê de encerrar as pesquisas solarísticas. Ou seja, ele foi designado para ir até lá e garantir que tudo desse errado. Porque era melhor que desse errado, percebe?

Antes de viajar, sabemos que conversou com Burton, mas, daí em diante, não fazemos mais ideia do que passou pela cabeça de Kris nem de seu nível de compromisso com a missão. Já pensou que ele pode ter deixado o planeta com intenções que se revelariam irresistíveis quando chegasse a Solaris? O silêncio de rádio durante a jornada nos permite certas interpretações.

Também sabemos que, na estação espacial, ele encontra todos muito transtornados com a morte de Gobarian. Cientistas em isolamento espartano sabem como ser sentimentais. Então testemunhamos a materialização de Hari, a esposa suicida de Kris.

Primeiro, ele recusa o presente que Solaris lhe reservou e a despacha para o espaço em um foguete de evacuação. Ela é uma distração e, portanto, uma ameaça aos objetivos da missão. Mas os sentimentos prevalecem diante do segundo avatar de Hari, e aprendemos que esses avatares são inumeráveis como os xales idênticos que deixam sobre a poltrona. Eles podem retornar dia após dia até ele ceder ou se acostumar com a presença animada pelo espectro de suas emoções. Ora, um cientista não deveria desalojar a razão para acolher tamanha nostalgia.

Ele precisa levar aquela Hari ao conhecimento de Snout, o cientista velho e drogado, imerso nos delírios que inundam o lugar — embora esteja mais lúcido do que Sartorius, ocupado na busca de uma técnica para controlar as alucinações vívidas produzidas pelo oceano de Solaris. Com sua sabedoria dopada, Snout parece ter respostas para Kris, e elas reverberam na mente do cosmonauta enquanto baila com Hari uma valsa sem gravidade, uma coreografia de corpos ancorados pelo peso do desejo. Tudo muito lindo e evocativo, mas...

... a beleza de "Solaris" já não me interessa ou provoca. Nem a viagem de Kris às profundezas de sua consciência, com aquele oceano infinito alimentando os apetites mais vorazes da alma, excitando-o a reviver um amor impossível porque todo amor é impossível para além da devoção. Não me tocam nem mesmo as materializações de Hari tentando acrescentar parágrafos a uma biografia apenas imaginada a partir do eco das lembranças de Kris. No final do filme (que revi mais de uma vez, como você bem sabe), resta sempre uma pergunta para roubar minha atenção e me fascinar. O que aconteceria se Burton, sabendo o que sabia, e não Kris, fosse enviado de volta a Solaris? Será que Burton seria capaz de levar a cabo a missão de Kris, ainda que de forma involuntária e estabanada? Seria um filme completamente diferente, não é, tio Grinko?

Gosto de pensar nessa hipótese uma vez que Kris, tão calado e fora de alcance, não pode mais justificar suas escolhas.

Saudades,

Dimitri

23.

Sem disposição para mergulhar na vida noturna da cidade e encontrar uma Big Eden qualquer, propus que nos reuníssemos em um lugar amplo e insuspeito. Ao telefone, Rosário sugeriu um parque de nome impronunciável e engraçado para quem não sabia nada da etimologia local. Ali, trabalho e lazer poderiam se fundir na discrição da paisagem, com a cobertura de copas frondosas, quase impenetráveis.

O ponto de encontro ficava em frente a um pavilhão imenso. Pelo que me contaram, era obra de um arquiteto comunista brasileiro. O colosso era interceptado por uma marquise que recobria outras estruturas menores e uma floresta de colunas brancas. Em frente, via-se o topo de uma esfera enterrada, com seu raio descomunal. Soube que o autor do complexo também tinha assinado os projetos da capital federal e desenhado aquele prédio em ondas, perto do meu hotel que, em comparação, parecia singelo, conformado em um cilindro meio sem graça. Pelo visto, o Brasil gostava de arquitetos comunistas ou haveria um pendor da categoria para abraçar esse credo.

Procuramos uma clareira no meio das árvores que não respeitavam a concepção geométrica dos jardins europeus, sempre tão ordeiros, com suas plantas perfiladas, equidistantes, exaltando a capacidade humana de se impor ao caos das sementes levadas pelo vento ou carregadas no ventre dos pássaros. Ali, em um rasgo de selva no meio da cidade, nos sentamos na terra úmida e nos deixamos reconfortar pelos poucos raios de sol atingindo o chão. Saquei do bolso um pacotinho de chicletes que lhes ofereci e eles recusaram. As mastigadas ajudariam a encobrir meus repentes. Então retomei minha resenha do ponto onde tinha parado. Enquanto mascava e falava, meus olhos seguiam uma fileira de formigas, essas operárias compenetradas, dispostas ao trabalho duro em um espaço que convidava ao ócio.

Não dei as caras no quartel como tinha prometido. Nem por isso eles pareceram se importar. Talvez estivessem tão fartos de sua incumbência quanto eu estava do cabresto disfarçado que representavam. Estrela demonstrou maior interesse pelos rumos da operação do que Rosário, fiel às normas da nossa tríade. O aspirante insistiu em saber nomes e locais de encontro que eu continuei a sonegar, insinuando que o peso do segredo era quase insustentável, mas precisávamos seguir os protocolos de uma missão meticulosamente delineada. A pressa pelos resultados poderia comprometer não só o sucesso, mas também a identidade do infiltrado e o efeito em cascata que pretendíamos iniciar, ampliando o alcance de nossas ações para além daquela celulazinha.

Contei ter recebido informações sobre planos para assaltar um banco. Não tinha detalhes, mas aconteceria em breve. Isso tudo era verdade porque não fui convocado para a reunião de sexta-feira, quando os preparativos foram discutidos e combinados com as minúcias possíveis para um bando de idiotas. Talvez estivessem ressabiados com a participação de um gringo que carregava algum aval e nenhuma história para contar além da trama de suas intenções. Ainda teria algum tempo para convencer os comparsas a abortar o assalto. Era isso ou sabotagem. Pouco me importava o destino dos barbudos ou a expropriação de capital, mas precisava manter Nara fora de perigo e convencê-la a partir para Calama o mais rápido possível. Precisava realizar o ritual previsto e receber as bênçãos de Humberstone, além da recompensa de outro plano astral porque, cá entre nós, o dinheiro cairia mesmo do céu.

Afoito, Rosário quis saber se aquela não seria a melhor oportunidade para prender a todos e extrair informações. Eu disse que era nosso dever frustrá-los, mas não prendê-los. Reduzir a letalidade da ação seria uma boa estratégia, com o assalto sendo realizado pelo poder da bravata e não do chumbo. Reforcei que o bando era o broto visível, havendo conexões arraigadas que precisariam ser nutridas até descobrirmos suas ramificações. Afinal, que peixe queríamos pescar? Eu me contentava em partilhar a aventura de Jonas, mas aqueles ali, representando os interesses de seus superiores e de todos os que compunham um sistema intrincado de poderes e privilégios, estavam medindo com a régua de Melville. Será que conheciam a desproporção das frustrações de Ahab? Duvido. "Moby Dick" não devia estar incluído entre as leituras obrigatórias da escola pública.

Perguntei se teriam acesso a um arsenal obsoleto, com armas apreendidas e sem registro. O estado de conservação importava pouco, desde que parecessem funcionais e amedrontadoras. Precisaríamos de algo precário para sugerir as origens humildes da revolução e a improvisação a que está disposto o cidadão aviltado, recorrendo a pistolas enferrujadas, pedaços de pau e um punhado de frases feitas. Mas nada tão amador que fosse ridículo ou risível porque estávamos lidando com gente que queria ser levada a sério. Pedi revólveres de baixo calibre, uma submetralhadora qualquer, uma granada sem detonador e muitos cartuchos de festim. Em situações como aquela, fossem outras as circunstâncias, plantar um Kalashnikov seria adequado para indicar a interferência dos soviéticos, mas não queria a prepotência de um fuzil de assalto nas mãos daqueles débeis mentais nem de brincadeira. Queria que fossem levados a sério, mas sem tanta presunção. Então pedi armas pouco precisas, de curta distância e com algum poder de persuasão para neutralizar até mesmo o ímpeto dos mais valentes. Caso acionassem os gatilhos, a culpa recairia sobre sua imperícia. Você sabe o que acerta quando dispara um Kalashnikov. Quanto à granada, estaria reservada para manter o louco com as mãos ocupadas, tão inofensivo quanto ela.

Estrela disse que seria difícil tirar as armas do quartel. Difícil, mas não impossível, segundo Rosário, principalmente se o empréstimo ocorresse em um domingo, dia de segurança frouxa e permeável na hora em que todos colam seus radinhos de pilha no ouvido e se teletransportam para os gramados verdes dos campos de futebol. Seria uma brecha para subtrair o arsenal modesto sem o inconveniente de requisições e formulários. A voluntariedade investida na proposta de Rosário me tranquilizou sobre a manutenção do nosso segredo, protegido por folhas enormes de cumplicidade sob as quais Estrela também se abrigou. Insisti que não revelassem nada ao major. Disse que guardaria os detalhes laudatórios para o informe e a carta de recomendação que escreveria, indicando-os para uma temporada no National War College. Lá, eles poderiam se especializar em técnicas avançadas de repressão, com hospedagem e material didático gratuitos.

Finda a combinação, quis andar ao sol que Berlim sempre me negava naquela época do ano. Precisava fazer a fotossíntese de pensamentos, transformando devaneios em sinapses para alimentar meus planos. Nara ligaria à noite para passar instruções sobre nosso próximo encontro e, até lá, não havia muito o que fazer ou preparar de antemão. Decidi reconhecer a topografia do terreno onde ocorreria o assalto. Sugeri que fôssemos ao centro da cidade para um passeio longo. Tirá-los da vista do major, além de ser um favor ao oficial, era a prova forjada de que estavam cumprindo suas ordens.

Subimos no fusca verde e, dessa vez, me deixei conduzir. Queria observar como um turista as dimensões nada modestas de São Paulo. Cruzamos bairros por largas vias expressas que serpenteavam por vales ladeados de construções. Chegando ao centro, deixamos o carro em uma garagem automática e seguimos a pé, no fluxo de um mar de gente apressada, com passos coordenados para fazerem as cabeças subirem e descerem em ondas perdidas no horizonte. Para mim, era curioso notar que, segundo nossos relatórios, mesmo sob o jugo de uma junta militar crudelíssima, os dias seguiam seu curso, imersos na rotina de quem tinha mais o que fazer do que pensar nos rumos da humanidade ou na infinidade de escolhas que se apresentavam a cada momento. Toda grande cidade tem uma dormência que resiste ao raiar das possibilidades, uma inércia de quem acorda cedo, trabalha muito e esquece seus sonhos pelo caminho. Ao tomar São Paulo como amostra, tipo de generalização que não se recomenda aplicar a um país com um continente na barriga, o futuro do Brasil me dava uma tremenda preguiça.

24.

Apontamentos de Antônio "Mika" Krauss em papéis juntados com um clipe e encontrados por uma enfermeira da instituição psiquiátrica onde o autor está internado desde 1995. Em relato para o diretor Beto Chascon, os antigos colegas de militância, Carlos Matta e Henrique Almeida, dizem que as frases têm a ver com a fixação de Antônio em encontrar um discurso e divulgar os princípios do grupo durante o assalto ao Banco Mercantil, em outubro de 1973. Segundo eles, o mimeógrafo emperrado impediu a impressão de panfletos para deixar no local da ação. Discrepâncias na grafia, nas canetas utilizadas e nos tipos de papel indicam que os escritos foram feitos ao longo de anos.

Morte aos imperialistas,
Achacadores da liberdade,
Merceeiros da penúria e aos
Abutres com suas fardas!
Temos um plano em marcha:
Expropriação do capital com
Luta armada e
Ação de massas.
Somos o MaMaTeLA!

Melhor agora?
Agora é tarde...
Melhor na hora.
Agora!

Temos pressa,
Esperança e
Liberdade a conquistar.
Avante pela Revolução!
MaMaTeLA já!

Mamilos
Arfantes,
Molhados
Amantes.
Tarados,
Excitados com
Lambidas e
Afagos.
Ah, MaMaTeLA!

Mãos ao alto!
Alto lá quem não quiser morrer.
Morrer pela pátria é um ato de amor.
Amor ao camponês, ao estudante e ao trabalhador.
Trabalhador humilhado por um governo espúrio.
Espúrio e que nos tolhe a liberdade.
Liberdade ainda que tardia? Queremos agora!
Agora vai: MaMaTeLA!

Mãe do céu!
Ai, Jesus...
Meu Deus!
Ave, Maria!
Te Deum! Te Deum!
Ele está no meio de nós.

Louvado seja!
Adianta rezar?
Para os problemas terrenos, MaMaTeLA!

Ninguém está à espera do MaMaTeLA!

A nossa arma ~~principal~~ é a surpresa. ~~A surpresa e o medo.~~

As nossas duas armas são a surpresa e o medo. E uma ~~eficiência implacável.~~

As nossas ~~três~~ armas são a surpresa, o medo e a eficiência implacável.

(Onde entra a devoção quase fanática pelo Socialismo?)

Entre nossas armas constam elementos como o medo, a surpresa, a eficácia implacável e uma devoção quase fanática pelo Socialismo.

Em conformidade com nosso inconformismo, nestes termos, pedimos deferimento e compensação pelos ferimentos terminais que não compensariam sem a fé na revolta e nas reviravoltas da revolução feérica que, finalmente, já se avista em curto prazo. Um fim que justifica os meios e, nesta altura dos autos, já não faz a menor deferência ao que possa nos diferenciar dos que estão na metade do caminho para a conscientização, abraçados por essa solidariedade tão solitária a que fomos destinados, nós, os cidadãos de Benz, que detemos o passe livre para o futuro coletivo e igualitário que é nossa parada. MMDC. CMTC. PCB. MaMaTeLA! E ponto final.

Abecedário da Revolução

A de amor entre os povos
B de baixinho, aumentando o volume até o grito
C de coração do Che, batendo no peito
D de docinho será o porvir
E de escola para todos
F de feijão em cada prato

G de gente feliz, realizando a utopia
H de humano, plenamente humano
I de igualdade como condição
J, juventude à frente da luta
L, liberdade para fazer o que quiser
M, molecagem para desafiar o poder
N, natureza de nossas escolhas
O, obrigado por todo sacrifício
P, proteção aos oprimidos
Q de quero mais e quero já
R de riacho de sangue dos heróis a alimentar a Revolução
S, saudade dos tempos em que éramos livres
T de terra, pão e paz para todos
U de universo sem a tutela imperialista
V de vitória do proletariado, hoje e sempre
X, o que que é?

25.

Pedi que me mostrassem as atrações daquele quadrilátero chamado de Centro Velho onde prédios centenários resistiam à invasão de edifícios mais modernos. Em uma lacuna de concreto, havia uma enorme loja de departamentos confrontando um teatro construído no estilo eclético, muito apreciado pela elite de outras épocas. Os chapéus já rareavam entre os homens, mesclando-se a calças boca de sino e bornais, indicando um hábito que talvez não cruzasse o umbral do próximo século. Mulheres e moças, em menor número, secretariavam, datilografavam, serviam cafés e limpavam cinzeiros nos escritórios da região. Sem tempo para colocar os assuntos em dia durante o expediente, se juntavam em trios e quartetos na hora do almoço, afinados nos timbres das novelas, dos temas de família e das agruras de uma jornada dupla que seus maridos e noivos não se dispunham a enfrentar. Não que eu entendesse uma palavra da conversa, mas a cena era mais ou menos igual às presenciadas em outros lugares, metrópoles que também perderam o rumo antes de abrir às meninas as tantas chances que nem uma cultura, digamos, igualitária como a soviética se predispunha a oferecer. O contingente masculino sempre precisaria de alguém para cozinhar, estender toalhas, pendurar a roupa e desinfetar mictórios. Naqueles tempos, as mulheres, os negros e os imigrantes se alternavam na escala das tarefas esperadas por amos que se impunham pelo sustento provido, pela superioridade alegada ou pelo abuso a que os explorados estavam dispostos porque seria menos doloroso se comparado às condições de vida garantidas por sua origem. Imaginava quais oportunidades estariam reservadas a uma mulher negra e imigrante, só para citar um exemplo de condição marginal que as décadas seguiam reproduzindo. Vinha daí a rebeldia de Nara? Da constatação de que, aos olhos do mundo, devia obediência e respeito

a um pai,

a um marido,

a um chefe,

a um padre,

a um filho ou

a um médico que lhe prescrevesse vitaminas a fim de manter seu corpo

sadio,

fértil,

robusto e

atraente para cumprir suas funções?

É claro que, mesmo naquela época, e até muito antes, havia mulheres que se insurgiam. E galgavam posições na sociedade, fazendo o respeito nascer a fórceps, com uma cabeça oblonga que demoraria a se conformar com a redondeza esperada. Ao longo do tempo, não seriam vistas como pioneiras, título cunhado para coroar glórias masculinas, senão como meras exceções às regras do mundo que as mantinha na condição

vulvar,

uterina,

ovular,

placentária e

umbilical,

com sua natureza destinada a tão pouco gozo.

Talvez fosse contra isso que Nara se insurgia: um futuro reservado para ela havia milênios, contando com sua submissão para perpetuar a primazia dos homens a reivindicar necessidades e direitos incontornáveis. Alguém precisava satisfazer esses caprichos a despeito da falta de vontade ou de inconvenientes dores de cabeça, sendo essas um código que nunca enganou ninguém, mas hasteava uma bandeira branca por uma noite. De resto, sempre haveria a naftalina em baús para realizações canceladas e gavetas fundas onde armazenar páginas e mais páginas sobre Shakespeare que jamais veriam a luz do dia.

Quem sabe Nara não estivesse engajada na luta contra a pequenez das perspectivas e a estreiteza de pensamentos que tentavam engoli-la, assim como as milhares de companheiras de luta espalhadas pela América Latina e alguns pontos da África e da Ásia. Seus esforços encampavam a solidariedade de umas tantas europeias defumadas por sutiãs em chamas, que não se depilavam, mas compravam iogurte todos os dias para manter os intestinos funcionando e a cútis resplandecente. Talvez não desconfiassem de que o problema não era defecar, mas o que eram forçadas a engolir. Seria a revolta contra a condição feminina uma arma terrível contra o conservadorismo e a vacilação? Na luta revolucionária, haveria homem que quisesse retroceder se, na vanguarda, encontrasse a mulher combatendo? Basta rememorar personagens tão opostos e quase reais quanto James Bond e Mata Hari para saber que o pagamento pela ousadia depende do gênero e muda de espécie. Para ele, um colo quente e o aconchego do dever cumprido. Para ela, o calor das balas perfurando o peito, disparadas por um pelotão arranjado às pressas e sem cerimônia. Depois, essas lendas são vendidas em celuloide e papel barato para eternizar certas crenças: mudar as coisas é coisa muito masculina.

Em pé, com os cotovelos apoiados perto de uma estufa de vidro, voltei das andanças pelos muitos quarteirões do meu pensamento para a realidade de um naco de camarão empanado que fazia a fama de um movimentado restaurante de esquina. Devoramos o salgado com goles de uma cerveja escura, com um touro no rótulo e da qual não lembro o nome, o que seria útil para recusá-la uma próxima vez. Preferia o frescor que os pinguins sugeriam e entregavam de forma exemplar.

Então, meio empanturrados, nos embrenhamos por ruas e ruazinhas que esquadrinhei com atenção, traçando um mapa na memória. Localizei o banco na confluência de duas ruas estreitas. Não importaria muito por onde chegassem, mas, pelos meus cálculos, precisariam correr por uma dessas ruas até chegar à que ficava imediatamente abaixo, na base do triângulo, onde o carro de fuga os esperaria no ponto combinado. Uma multidão transitava por ali, o que os ajudaria a escapar ziguezagueando entre os pedestres. Também haveria o inconveniente das muitas testemunhas ou, por outro ponto de vista, a vantagem de serem escudos para eventuais disparos. Caso a situação tomasse um rumo desesperado, fazer reféns seria uma colheita fácil, criando uma saída para quem precisava ganhar algum tempo.

Para profissionais, aquele teatro de operações não seria dos piores, mas não tinha certeza do que um jorro de adrenalina poderia produzir em um grupo de diletantes altamente motivados em um cenário onde motivação era sinônimo de estupidez sem medida. Para mim, a parte mais importante do plano era convencê-los de que Nara não deveria estar na linha de frente, coisa que ela queria muito fazer e que, com a ascendência conquistada, soaria como um conselho amortecido por sua vontade de escrever a própria história. Se ela quisesse fazer, ela faria, e ninguém poderia detê-la nem com três milhões de dólares convertidos em argumentos.

Armar uma boa encenação me daria algum controle. O problema era controlar trupes diferentes sem que soubessem fazer parte da mesma peça. De um lado, os saltimbancos armados e municiados com balas de festim, pegando todos de surpresa com suas exigências descabidas de justiça e paz universal. De outro, meus pajens e seus pares que precisariam acreditar piamente nas minhas intenções, deixando o grupo conduzir o assalto com o espanto reservado apenas para uma plateia atônita de funcionários e clientes do banco. A polícia precisaria estar do nosso lado, em marcações muito exatas e, como bons coadjuvantes, com a incrível disposição de não intervir na nossa brevíssima comédia de erros. Seria a melhor coisa a fazer para evitar que os saltimbancos fossem surpreendidos pelos disparos de guardas tão motivados quanto eles. Aceitariam comprometer a celeridade da lei, ainda mais em um caso com tamanhas implicações? Assim, como em um bom roteiro, todas as reviravoltas estariam previstas e, se tudo corresse bem, nenhuma das partes se daria conta de que tinha sido enganada.

26.

Trechos de artigo acadêmico publicado na revista do programa de pós-graduação em História da UFSC. No texto de 2013, Irenildo Holanda, Mestre em História, discorre sobre a influência da Guerra Fria nas manifestações artísticas populares — em especial a música — dos anos 1950, 60 e 70.

Os avanços tecnológicos acentuados no auge da Guerra Fria expandiram ao espaço a batalha entre os dois blocos hegemônicos, excitando a mente de gerações com adventos antes restritos à imaginação de visionários como Jules Verne e Georges Méliès. Pela primeira vez, na segunda metade do século XX (e, em grande parte, como resultados colaterais da pesquisa armamentista intensificada no pós-Segunda Guerra Mundial), artefatos criados pela mão do homem, com coragem e algum engenho, não só passaram a orbitar nosso planeta como eram capazes até mesmo de alçar voos mais altos, mirando a Lua e os confins do sistema solar.

Era de se esperar que os impactos desse progresso admirável determinassem a absorção de um novo léxico e de novas referências para traduzir não só o assombro, mas também a expectativa do que estaria por vir, com as mudanças nos espreitando de qualquer esquina do universo que passamos a tatear. Assim, além de exaltar os símbolos de pujança, superioridade e poderio engendrados por essas conquistas, a Cultura era desafiada a dar significado à viagem que nos lançava a tão desconhecidos destinos.

(...)

Mas se o espaço sempre povoou a imaginação humana em suas manifestações mais sublimes, aqui ela pula o muro da Lírica e da Filosofia para encampar realidades mais chãs, imersas na rotina de quem tinha mais o que fazer do que pensar nos rumos da humanidade ou na infinidade de escolhas que se apresentavam a cada momento. Tomemos como exemplo uma criação popular gestada no arrebatamento causado pela Corrida Espacial, com o lançamento do primeiro satélite artificial da União Soviética. Na canção "Eu Vou Pra Lua", de Ary Lobo, composta em parceria com Luiz "Boquinha" de França em 1960, percebe-se que o espanto diante das novas tecnologias e dos grandes feitos inaugurados cede espaço para o cotidiano, para os passinhos do homem comum tão mais curtos e menos marcantes que o lendário passo de Neil Armstrong.

Eu vou pra Lua,
Eu vou morar lá.
Sair do meu Sputnik
Do Campo do Jiquiá...
Já estou enjoado aqui da Terra,
Onde o povo a pulso faz regime,
A indústria, o roubo, a fome, o crime.
Onde os preços aumentam todo dia.
O progresso daqui, a carestia,
Não adianta mais se fazer crítica.
Ninguém acredita na política
Onde o povo só vive em agonia.

Nota-se a confusão ideológica que os sistemas contrapostos provocavam nos povos de países periféricos, cercados de demandas mais prementes impostas pela sobrevivência. Eram incapazes, em grande medida, de abstrair os conceitos que impulsionavam a(s) disputa(s) entre americanos e soviéticos, ora atacando práticas liberais ora questionando princípios claramente socialistas como resposta às mazelas da população, como se não conseguissem entender a causa dos problemas nem apontar um culpado.

(...)

E se o verso *"Onde o povo a pulso faz regime"* encontra ecos no "Holodomor" stalinista (que, nos anos 1930, forçava a organização de fazendas coletivas para aumentar a produção agrícola e, com isso, financiar a industrialização), a contraposição de *"progresso"* e *"carestia"* em uma sociedade onde *"os preços aumentam todo dia"* — mas onde haveria liberdade de expressão para se fazer críticas, ainda que não surtissem efeito — indica que a organização econômica e política escorada no capitalismo também não trazia as respostas almejadas. Para o letrista, a única saída seria o exílio: migrar para longe de um país de onde se está *"enjoado"* e cuja população descrente *"só vive em agonia"*.

(...)

Na Lua não tem
Nome abreviado:
IPSEP, IPM
Nem COFAP
Nem IPASE
Nem TIPE
Nem COHAB
Nem contrabando
De mercadoria.
Lá não falta água,
Não falta energia,
Não falta hospital,
Não falta escola.

Nesse lugar idealizado por Ary Lobo, o que é ruim fica de fora e o cidadão tem seus direitos fundamentais assegurados, com acesso a serviços públicos de qualidade, típicos de uma social-democracia nos moldes escandinavos, mas construída bem longe das influências terrenas, por selenitas ou lunáticos, dependendo da inclinação ideológica do leitor. Na estrofe, parece que o autor reconhece os benefícios, se não de uma sociedade igualitária, de um socialismo brando para reduzir a agudez das desigualdades e proporcionar uma vida digna para a maioria da população. A crítica ganha contornos ainda mais irônicos quando joga no mesmo balaio as siglas de dois institutos previdenciários, de um imposto, de uma marca de amortecedores e de uma iniciativa para habitação de interesse social. É como se, misturadas, as siglas embaçassem o espelho da burocracia que encobre soluções insuficientes para os problemas do povo (excluindo-se do rol a marca de amortecedores — deve ter sido usada apenas em razão de rima e métrica).

(...)

Embora idealize um paraíso idílico fora deste planeta, o autor não se eximiu de expor os recalques de uma sociedade extremamente conservadora e chauvinista, projetando o futuro ideal com reflexos de uma tradição reacionária, calcada em valores do patriarcado.

(...)

Em "É fuzilado lá/Quem come *bola./E morre na rua/Quem faz anarquia*", lemos traços do comportamento antidemocrático que regeria a sociedade brasileira a partir de 1964, sob o jugo de uma junta militar crudelíssima.

(...)

O moralismo e a rejeição da ruptura com o comportamento normalizado se apresenta nos versos *"Lá não tem juventude transviada,/Os rapazes de lá não têm malícia./Quando há casamento é na polícia,/A moça é quem é sentenciada."* É notável o rechaço ao desvio que a próxima geração abraçaria para amplificar a turbulência sociocultural no final dos anos 1960 e o clamor para que o poder institucional e suas forças dominassem as esferas da vida privada.

(...)

Até o machismo tupiniquim é levado a reboque na nave do autor:

Porventura se a mulher for casada
E enganar o marido, a coisa é feia.
Ela pega dez anos de cadeia.

(...)

De Recife, do Campo de Jiquiá (antiga estação que recebia os zepelins vindos de Hamburgo), decolaria o Sputnik de Ary Lobo. Sua missão: encontrar alento para as agruras terráqueas e um tanto de "mais do mesmo" em solo lunar.

27.

E Nara ganhou plumas, garras de obsidiana e uma cauda longuíssima, cravejada de escamas grossas. No outro extremo do corpo, dançava uma juba trançada com fios de ouro, adornada com cacos de velhos discos de setenta e oito rotações de Blind Willie Johnson. Pensando bem, Nara não era uma esfinge, pois seus enigmas não admitiam uma resposta única, uma única resposta possível para urdir tantas incongruências. Apenas dava pistas de ser uma idealista romântica e não uma romântica idealista. Sim, era uma idealista romântica, disso eu ainda tinha certeza. Mas até quando?

A contragosto, segui suas instruções — justo eu, que estava acostumado a dá-las — e nos encontramos em frente à pinacoteca recém-inaugurada em uma sede cheirando a tinta fresca e séculos de história. Pelo visto, a arte perpassava nossa relação, embora eu não desse a mínima para a arte de qualquer tempo ou lugar e ela estivesse mais ocupada em me olhar nos olhos, buscando sabe-se lá o quê. Talvez perscrutasse um traço de insinceridade ou a dubiedade de um pensamento em formação, adivinhado através das pupilas.

Entre obras crípticas demais para ganhar minha atenção e pinturas muito convencionais, imitando o estilo praticado na Europa em outras épocas, contei que o trâmite das armas estava arranjado. A encomenda chegaria a tempo, entregue por uma kombi de carreto na loja daquele amigo que abrigava a célula como quem nutre um tumor. Ela sorriu e seu contentamento não guardava nenhum mistério, sendo esperado como o de uma menina que ganha o presente pedido por meses a fio, anulando a surpresa, mas não a satisfação de ter conseguido o que queria, uma conquista alcançada com seus parcos meios. Dei detalhes do pequeno arsenal e, a cada item listado, um meneio de cabeça sinalizava aprovação.

Ela me entregou a foto que eu tinha pedido ao telefone e a coloquei a par da pequena narrativa criada para a nossa viagem: uma lua de mel. Seríamos um casal insuspeito celebrando as bodas, em busca de alguma reconexão telúrica na imensidão do deserto. Um novo passaporte e a certidão de casamento em que ela carregaria meu sobrenome seriam providenciados às pressas, nos poucos dias até o primeiro parágrafo da epopeia que escreveríamos juntos.

Enquanto caminhávamos por corredores e galerias, ela apertou meu braço com força, colando o rosto no meu peito. Eu tentava sentir sua pulsação, mas tudo o que reverberava era meu próprio coração acelerado, irrigando o entusiasmo produzido mais abaixo, ali naquela zona livre de qualquer razão, que só fazia o que queria, quando queria. Foi quando as evocações sagradas e os grunhidos de uma guitarra feita de caixa de charutos revelaram as plumas e o mistério. Diante de mim, se configurava uma quimera ornada de mitos irrealizáveis. O volume na minha calça era a prova de seus poderes, de que seus encantos funcionavam a contento. Interpretei haver algum tipo de reciprocidade e lancei mão dos feitiços que minha própria varinha de condão produziriam em uma metáfora pouco lisonjeira à minha anatomia. Tentei beijá-la e o constrangimento da recusa foi um golpe duro em todos os flancos pelos quais eu tentava atacar. Nara saiu andando e passei a segui-la a uma pequena distância, o suficiente para desenhar um desentendimento qualquer na cabeça de quem tivesse visto minha tentativa fracassar. Adiantei alguns passos, tomei seu braço e, com o repuxo, ela se voltou para o meu rosto. A resistência de seu corpo cedeu quando lhe disse que era bom aprendermos a fingir. Então ela enlaçou meu pescoço e se colocou na ponta dos pés. Suas fibras desistiam, as vértebras se espaçavam e as cartilagens não se opunham mais. Sua boca se aproximou da minha, sua língua se enroscou à minha e seus olhos abertos penetraram fundo nos meus, telegrafando estímulos que eu não conseguia decifrar, mas que não eram a desconfiança de quem nunca se entrega a um impulso para não desguarnecer sentidos e instintos. Depois de um tempo difícil de medir, ela se afastou e sugeriu que nosso disfarce precisaria ser completo, acima de qualquer suspeita.

Não me lembro das palavras exatas que usou, mas o furor com que me conduziu para fora do lugar, baixando os degraus de dois em dois, foi investido da mais completa veemência. Atravessamos a avenida, vencendo buzinas e freadas que nos xingaram até a calçada oposta, de onde nos embrenhamos por ruas repletas de vestidos de noiva. De longe, aqueles vestidos eram o óbvio: símbolos do enlace entre duas pessoas que afrontavam o laicismo da época em nome da tradição. De perto, não passavam de amontoados de tecido cuja nobreza variava de acordo com o preço e o esmero de artesãos habilidosos em tecer sonhos. Ali, plumas, escamas, garras e tranças zuniam nos meus sentidos, me impedindo de interpretar as intenções de Nara, coisa para a qual fui treinado e que, pela primeira vez, não fui capaz de realizar a contento.

Entramos em várias lojas. Nara falava muito rápido. Eu não entendia nada da conversa que dispensava às atendentes nem do discurso feito de gestos revestidos de propósitos que eu não alcançava. Na loja mais sofisticada de todas, o ímpeto de Nara arrefeceu e deu lugar à admiração verdadeira diante de um vestido reto, composto de um brocado fino e cachos de pérolas aplicadas no busto e nos ombros. Ela mandou eu me sentar. Levou pelo menos vinte minutos até sair do provador envolta naquela embalagem resplandecente que, fosse aquilo a vida real, e eu, um noivo sortudo, abriria como um presente. O cabelo ensebado e a falta de maquiagem não ofuscaram o brilho da noiva iluminada por trios de lâmpadas fluorescentes, entrando no salão ao som do que havia de mais meloso tocando no rádio. Estava linda, cercada por duas aias a fincar alfinetes nas pequenas imperfeições do vestido que parecia feito sob medida, se não para Nara, para a esfinge prestes a me devorar. Lamentei não ter um par de alianças no bolso, sabendo que, em nome da verossimilhança do disfarce, precisaria providenciar.

Passei mais meia hora atordoado na banqueta da loja onde me serviram café morno e alguma simpatia até Nara reaparecer em trajes civis. A aia trazia o vestido em uma caixa e, na mão livre, o preço daquele capricho. Nara me abraçou e, no meu ouvido, com uma entonação de risada contida, disse para eu esvaziar os bolsos e pagar o sinal. O vestido ajustado seria entregue no meu hotel, no dia seguinte, mediante o pagamento do saldo. Instruiu que eu colocasse o vestido na bagagem porque ela não iria a lugar algum sem ele. E que era bom aprendermos a fingir.

28. TRANSMISSÃO DA RÁDIO MARCONI

Repórter policial paulistano reconstitui os trágicos acontecimentos relatados por testemunhas do assalto ao Banco Mercantil

Era sexta-feira
    sexta-feira
    dezenove de outubro
    mais uma sexta-feira no Centro de São Paulo
as moças
    voltando pro trabalho
os rapazes
    falando de futebol
    voltando pro trabalho
os velhos
    andando devagarr
    eles não traBAAlham mais
    já trabalharam deMAAIS na vida
agora andam devagarr
    lentamente
    conversando
    apreciando o tempo bom
    olhando os prédios bonitos do Centro
    como nos bons tempos

MAS NÃÃO!

NÃO FOI assim
NÃO FOOI mais uma sexta-feira
NÃÃO FOOI uma sexta-feira como as outras
    foi um dia de medo
    foi um dia de SANgue
    foi um dia de TERRRORR!

foi no DIA DEZENOOve de outubro
que as pessoas passando ali no Centro
    se chocaram
    se escanDALIZAAram
    se HORRRORIZAAram
com a história do assalto
    do assalto que não podia ter dado MAIS ERRRADO!

porrque dinheiro
diNHEEIro é a mercadoria
    mais cara do País
dinheiro é caro
é muito CAAro, o dinheiro
    você paga com trabalho
    você paga com suor e
às vezes
    você paga com SANGUE

e SAANGUE foi o que as pessoas viram
em PLEEna sexta-feira
    DEZENOOve de outubro
    quase duas da tarde

por volta das CATOORze horas
    calmamente
CALMAMEEnte o grupo entra no Banco Mercantil
    disfarçando

falando baixo
com movimentos calcuLAAdos
movimentos ENSAIAAdos
como quem não querr nada

o banco está cheio
é sexta-feira
e TOOdo mundo ali
pra sacar um dinheirinho de bolso
pra descontar um cheque
pra pagar uma conta
pra quitar um carnê

MAL SABEM EELES o que vai acontecerr
não POOdem imaginarr
NÃÃO sabem
NEM susPEEItam

Luzinete, mineira, vinte e sete anos
primeiro emprego com carteira assinada
trabalha no banco
ela é caixa do banco
— em treinamento

a fila
a fila está grande, e Luzinete
Luzinete quer que o dia passe rápido
quer ir pra casa
cuidar do filho pequeno
Edson, um anjinho
cuidar do marido
Genival, mineiro ele também
quatro anos mais velho
motorista de ônibus

sem trabalho
procurando emprego

Luzinete conta o dinheiro
ela conta na frente do cliente
pra não ter erro
pra não ter desconfiança
pra não dar diferença no caixa
porque se dá diferença
Luzinete TEEM QUE PAGAR
pagar do PRÓÓprio BOOLso (lógico)

Luzinete conta as notas
está de olho nas notas
empilha as notas e confere
confere de novo
mas alguma coisa estranha
começa a acontecer
uma coisa estranha
muito ESTRAAnha
chama a atenção dela

é um HOOmem
um homem branco, magro
cabelos pretos
cabelos pretos, compridos, presos atrás
camisa marrom, calça bege
de óculos escuros

ele FUURA a fila
ele vai DIREEto na boca do caixa
EELE interrrompe Luzinete
que conta as notas
que se atrapalha e para de contar

atrapalhada
brava
nerVOOsa
    porque vai ter que contar
    TU-DO-DE-NOO-VO

ela para e diz pro homem
    que tem uma fila
    se ele não viu a fila
    é pra todos, a fila
    ele precisa entrar NO FIM da fila

mas o homem
    branco
    magro
    de bigode
    cabelo preto, comprido
    de óculos escuros
ele não arreda pé
    ele ri
    ele RII e se abaixa
se abaixa e de uma bolsa grande
    ele tira UMA METRALHADOORA!

ele aponta a arma
    BEM PRA CAARA de Luzinete

e a metralhadora GRITA
    passa a grana
    PAASSA A GRAAna
    senão eu te mato
    EU TE MATO
    ouviu bem?
    EU TE MAATO!

os clientes (lógico)
os CLIEENtes se assustam
    eles gritam
    eles se agitam
    eles se DE-SES-PEEram

os vigias (lógico)
    eles não reagem
    eles não SAAbem o que fazer
    eles ficam EM-BAS-BA-CA-DOS
    eles ficam PA-RA-LI-SA-DOS
    não SAAbem o que fazerr
então, eles são rendidos
    são renDIIdos pelo bando
um, dois, três, quatro...
    QUAANTOS ERAM?
    não sei
    NINGUÉÉM sabe
todo mundo nervoso
    muito NERVOOso pra contar

estão armados ATÉ OS DEENtes
    ranGEENdo os dentes
    mosTRAANdo os dentes
todos ARRMADOS

eles gritam
    TODO MUNDO NO CHÃO
    DEITADO NO CHÃO
    TODO MUNDO CALADO
com medo
medo de morrer
pavor
todo mundo CALAAdo de pavorr

então
    então, eles fazem um jogral
eles falam
FAAlam sem pararr
    falam de revolução
    de capital
    de camponeses
    de trabalhadores
    de estudantes
falam de solidariedade
    de injustiça
    de exploração
    de oprimidos

MAS NÃÃO!
eles não esTÃÃO do nosso LAAdo
eles escoLHEEram o CRIIme
    são CRI-MI-NOOsos
    são BANDIIdos
    uma quaDRIIlha
    um BAANdo que não merece
a consideração de NIN-GUÉÉM
    são pessoas vioLEENtas
    pessoas agresSIIvas
    são ANORMAIS
não passam de ANORMAAIS!
    que ROOUbam
    que ASSAALtam
    que ameAAçam
a seguRAANça
    de gente trabalhadora
    de gente honesta
    que anda na linha

que trabalha DUUro
pra ganharr o pão

enquanto isso
a metralhadora apontada BEEM pra cara
bem pra caBEEça de Luzinete
— pobre Luzinete
ela está petrificada
ela pensa
vai dar diferença no caixa
vou ter que pagar
o dinheiro não sobra
o dinheiro nunca sobra
meu ordenado não dá pra isso
Luzinete não saBIIA
ela não LEEMbrava
ela esqueCEEU
que o banco tinha seguro
justamente pra essas coisas
ela não saBIIA
que era melhor encher a sacola
enfiar TOOdo o dinheiro na sacola

e a metralhadora grita
PAASSA A GRAAna

pegar a sacola e esvaZIIAR o caixa
era o que ela TIInha que fazer
era o que seus colegas
seus colegas TOOdos estavam fazendo

e a metralhadora grita
EU TE MAATO!

limpar o dinheiro do caixa
era o que TOOdos
A-CO-VAR-DAAdos
estavam fazendo
TOOdos MEEnos Luzinete

uma menina se aproxima
ela tamBÉÉM é ladra
ela está com os bandidos
ela faz parrte da quadrilha
ela usa um lenço na cabeça
está de óculos escuros grandes
então, ela chega mais perrto
chega BEEM perrto
e mostra o que tem na mão

(intervalo comercial)

Em ritmo de samba:
Quem entende de eletricidade
Sabe bem o que eu faço
E que eu não crio embaraço
Sou um fio muito importante
Sou Pirastic Antiflam Deslizaaaaante
Sou importante pois não dou trabalho
Comigo não tem fogo, não tem confusão
Quem tá comigo sabe que não tem engano
Eu não sou de dar o cano
Ou de deixar alguém na mão

Locução: *Fio é Pirastic Antiflam Deslizante*
Qualidade Pirelli

(fim do intervalo comercial)

ela tem na mão
UUMA GRANAADA
UUMA GRANAADA DE MÃÃO
proonta pra mandar TUUdo pelos ares
ela puxa o pino
ela segura o gatilho
ela olha NOS OOLHOS de Luzinete

Luzinete começa a encher a sacola
ela enche a sacola e reza
ela mentalMEENte pede ao Pai
pra viver mais um DIIA
Mãe do céu!
quero ver meu filho de novo
quero ver meu maRIIdo outra vez
Ai, Jesus...
Meu Deus!
Ave, Maria!
Te Deum! Te Deum!
Ele está no meio de nós.
Louvado seja!
Luzinete entrega o dinheiro

e o bando
o bando pega as sacolas
e começa a se afastar
os bandidos vão pra saída
parece o fim daquela agoNIIA

mas quando estão QUAAse na porrta
ArLIINdo, um dos vigias renDIIdos
ele saca a arma que leva esconDIIda
ele saca seu reVÓÓLver e atira
atira uma

duas
TRÊÊS vezes
e a quadrilha corre
para encontrar A PIORR surpresa de suas vidas

do lado de fora
uma viaTUUra está esperando
a radiopatrulha está à espreita
a postos
do lado de FOOra
e os PMs (lógico)
os PMs começam a DISPARARR
é CHUUMbo
é bala pra TOOdo LAAdo
e as pessoas corRRRENdo
buscando aBRIIgo
se proteGEENdo como dá
e os ladrões
eles também COORrem
eles FOOgem
SAEM CORRRENDO DALI
ELES ESCAAPAM
TOOdos eles
TOOdos menos um
ele leva um TIIro na perna
ele deixa cair o dinheiro
ele vai cambaleando
ele TEENta se levantarr
mas ele sabe
sabe que não tem pra OONde irr
não tem como escaparr
SEUS DIAS DE CRIIme acabaram
e ele sabe disso
ele cai

enquanto seus comPARRsas fogem
    ele cai nas mãos da polícia
o sangue
    a POOça de SAANgue aumenta na calçada
os curiosos
    eles se aproximam
    eles querem ver
    querem olharr de PERRto
o banDIIdo do Banco Mercantil
    que é PREEso
    é deTIIdo
    que é joGAAdo no camburão
    e vai diREEto
diREETO PRA CADEEIA

e a mineirinha Luzinete
    perplexa
    assustada
    TRAU-MA-TI-ZAAda
Luzinete espera a segunda-feira chegar
    e pede as contas
vai voltar pra Minas
com Edson
    com seu filho Edson
e o marido Genival

29.

Não há protocolo que resista a uma mulher intempestiva, muito menos ao desespero de uma situação imprevista no que há de mais grave entre seus componentes. Desprezando o combinado, Nara deixou diversos recados na recepção do hotel, tendo ligado de um telefone público a poucos quarteirões dali. Sem resposta, ocupou uma poltrona no lobby até me ver entrar.

Eu não estava menos nervoso do que ela ao presenciar o relativo fracasso de minha estreia como dramaturgo, com as vaias incandescentes zunindo nos meus ouvidos, ecoando nas paredes e no pavimento enquanto meus atores fugiam. O resultado só não foi pior porque, horas depois, a tensão arrefeceu quando vi Nara ali sentada, meio ofegante e com os olhos úmidos, amargando as consequências de sua teimosia. Imaginei que o blefe com a granada também não lhe inflava os ânimos, marcando uma certa vileza e a prepotência dos que acreditam ter a justiça ao seu lado.

Fingi surpresa quando, aos soluços, ela me contou sobre o desfecho do assalto. Ela sequer imaginava que eu tinha assistido a tudo de camarote, sem poder intervir, na companhia de Estrela e Rosário. Eles se comunicavam por rádio com os PMs, todos a postos para conter as muitas eventualidades que a falta de ensaio e preparo poderiam inaugurar. Então, da sobreloja do prédio em frente ao banco, apontei os integrantes do grupo conforme chegavam. Estavam barbeados, como se fazer a barba fosse disfarce suficiente. A pouca prática os induzia a olhar para os lados repetidas vezes como só os piores figurantes fazem. Quando Nara chegou, embrulhada em um lenço estampado e portando óculos escuros tão grandes que esconderiam a cara de um orangotango, identifiquei-a como minha informante e avisei que não deveria ser abordada em nenhuma circunstância. A instrução foi repassada ao comandante dos PMs, de quem esperava o comportamento de observadores neutros.

Depois do suspense da falta de contato visual, os estampidos vindos de dentro do banco prenunciavam os improvisos a seguir, com os policiais fechando o cerco e atingindo Peter enquanto Nara e Mika escapavam encharcados de medo. Da ação, ouvi apenas os relatos entrecortados das testemunhas cuja fala meu cérebro traduzia aos cacos. Confesso que a descrição de Nara sacando o pino da granada me deu calafrios. Mesmo sabendo que o fuso da bomba estava corrompido, sua atitude, seu desprendimento diante do risco de ser esfacelada pelo impacto, aquilo me tocou. Nara Oliveira, vinte e poucos anos, estudante de psicologia, deixou pais e marido, sendo eu transformado em viúvo e herdeiro de uma grana que nunca veria, impossibilitado de reclamar meus direitos e devastado pela perda de algo que nem tinha conquistado.

Pela primeira vez, a ideia de não ter Nara por perto me afligiu para além de significar que permaneceria atado às minhas pequenas misérias. Pela primeira vez, meus objetivos se embaralhavam e, no corte das cartas, a figura pendida pelo tornozelo enunciava a confusão de propósitos que minha vida tinha se tornado. Pensando em retrospecto, sua disposição ao sacrifício por algo em que acreditava apequenava minha existência. E o brilho de sua alma, se é que essa ideia se sustenta para além da metafísica, fazia de mim uma casca, um recipiente vazio de desígnios que não fossem contradizer meu pai, vingar minha mãe, enganar tio Norman e seus asseclas, todas essas realizações pouco transcendentes que me tornavam uma caricatura de Hamlet. De repente, as pilhas de dinheiro que me libertariam também empobreciam meus princípios já tão ralos e reduziam meus valores a cifrões. A meu favor e contra mim, conste que meu torpor era condizente com o vácuo que arrebatava os ronins, condenados a viver sem um mestre a apontar a direção de seus desejos. E se as devoções de Nara traíam sua ingenuidade —

dela que não via as fissuras no muro, cimentadas por camadas e mais camadas de ideologia sem lastro —, meu cinismo e a profunda solidão imposta por minha atividade não prenunciavam um final feliz. No escalão em que operava, as cápsulas de cianureto e as lentíssimas execuções não eram regra, mas apenas os propósitos justificariam morrer sem glória ou reconhecimento. De maneira atrapalhada e sem grandes premeditações, me deixei dissolver no espírito do tempo e virei mais um ingrediente nesse grude de paranoia que cozinhávamos, Nós e Eles, e que éramos obrigados a tragar todas as noites, envoltos em cobertores comidos por traças e calçando as meias puídas de nossas convicções.

Mas digamos que, naquele momento, eu ainda não estivesse tão convicto da minha indigência moral e as moedas tilintando ainda soassem como redenção. O que eu senti apenas tornava mais doloroso enganá-la. Então, ao ver Nara ali sentada, sã e salva, soube que estávamos saindo gosmentos das entranhas da baleia. Precisávamos cumprir a missão designada por um deus que dava de ombros para os nossos desvios miúdos.

Subimos para o meu quarto. Nenhuma palavra interrompeu os zumbidos do maquinário do elevador. Abri a porta e Nara correu para o banheiro, fechando o trinco para manter minha curiosidade do lado de fora. Ouvi os sons que os seus espasmos produziam e os jorros de vômito atingindo a água. Depois, o ruído do chuveiro encobriu todos os outros. Era preciso se limpar das lamúrias e da lama impregnada nos maus passos que tinha dado. A água desata músculos tensos, mas também carrega um sentido de purificação. Os brasileiros se banham demais para os padrões europeus, mas nem isso tira do ato uma certa sacralidade. Pelo que me lembro, em tempos bíblicos, e para algumas seitas dos nossos dias, o batismo também era sacramentado em água corrente, marcando um renascimento quando os pecados eram dissolvidos e levados pelo fluxo.

Meia hora se passou até Nara sair do banheiro. O vapor ainda se desprendia de sua pele. A ideia de estar me acostumando a esperá-la me incomodou. Aos poucos, eu me dotava da paciência dos cativos. Estava deitado na cama quando ela entrou no quarto envolta em felpas que só uma rede de hotéis internacional é capaz de prover. Impávida, olhando fixamente na minha direção, Nara usou o polegar para desfazer o nó frouxo da toalha. Não houve constrangimento, apenas uma surpresa de razoável proporção quando ela se lançou sobre mim e me abraçou como se agarrasse um salva-vidas. Deste ponto em diante, vou poupar detalhes. Não há prosa boa que compense sexo ruim.

30. MATÉRIA DA REVISTA POP

O texto, publicado em janeiro de 1974, descreve os shows que o guitarrista Carlos Santana realizara no ano anterior, em várias capitais do Brasil

Entre retratos de Jesus Cristo e de Sri Chinmoy, seu guru e líder espiritual, Carlos Santana pediu um minuto de silêncio com a promessa de que, depois, tocaria quanto o público quisesse. Era um ritual a ser cumprido. E Santana é um homem de palavra. A meditação inicial concentrou energia suficiente para explodir em quase três horas de música, começando com uma versão de Aquarela do Brasil que levou a plateia ao delírio. Mas aquelas milhares de pessoas não estavam lá para ouvir acordes tupiniquins. Então o grupo composto por Mike Shrieve (bateria), José "Chepito" Areas (tumbadora), Doug Rauch (baixo), Richard Kermode (piano), Tom Coster (piano e órgão) e Leon Thomas (vocal e percussão) abraçou um som místico e contemplativo, alinhado com as aspirações de um artista que, recentemente, contou em entrevista: "Sinto-me como uma vela acesa e só tenho um propósito: iluminar meu cérebro e a mente de todos os meus irmãos."

No começo, a turma estranhou aquela nova sonoridade. Era bem diferente do rock latino que alçou Santana ao estrelato. Soava como uma esparsa consciência cósmica alastrada nas fissuras do asfalto, do aço e do concreto. Apertando a guitarra contra o peito, com os olhos fechados como se estivesse conectado com outros planos astrais, ele extraía sons incríveis de seu instrumento, criando uma atmosfera transcendente, perfumada pelo incenso e os vapores da erva. O lume das brasas intermitentes vagava de mão em mão, abrindo passagem para a zoeira de uma turma cada vez mais ouriçada, pedindo rock. E rock foi o que Santana ofertou no altar dos melhores sons, com a batida quente e frenética que o consagrou. Em sequência, disparou *Light of Live*, *Yours in the Night*, *Samba de Sausalito* e *When I Look into Your Eyes*, todas tiradas de seu novo long play *"Bienvenido"*. O enorme talento do grupo elevava temperatura e pressão, fundindo o jazz e o funk com uma música difícil de classificar, mas fácil de absorver. Os solos de Santana flutuavam no ar, "Chepito" voava entre as tumbadoras como um louco, e Shrieve dava um show à parte na bateria. A essa altura, todo mundo dançava e as camisas giravam no ar como ventiladores improvisados para amenizar o calor. Mas os momentos mais intensos ainda estavam por vir. Foi com o hino *Oyé Como Va?* que o espetáculo virou catarse como acontece em todas as suas apresentações.

Depois de quase três horas, diante de um público extasiado, Carlos Humberto Santana Bustamante, filho de mexicanos, criado em San Francisco, se retirava do palco com a consciência de ter cumprido sua missão: "Quando estou tocando, sei que as células de meus irmãos sentem os sons que saem de minhas mãos. Porque eu não sou eu, sou a própria música. E isto é o que eu quero mais do que tudo". Ao final do show, éramos todos iniciados.

31.

Acordei com Nara ao meu lado, entorpecida demais para se dar conta de qualquer movimento. Tropecei na maleta buscada na casa dos pais. Ela entrou, juntou suas coisas e saiu sem acordar ninguém. Foi discreta, mas não teve pressa, uma atitude que o taxímetro registrou.

O trajeto do ginásio onde Santana tocou até o sobrado da família era curto, e foi incrivelmente rápido sem o trânsito que, durante o dia, coagulava os fluxos da cidade. Esperei no táxi enquanto Nara recolhia o necessário para a viagem. O motorista fumava dentro do carro. A fumaça, misturada ao cheiro de maconha impregnado nas minhas roupas, começou a me deixar mareado. Depois do fiasco da tarde, achei que a última coisa que Nara poderia querer fosse celebrar ao som de rock latino, mas ela quis, como é de praxe entre os imprevisíveis. Se a evasiva não criava um álibi, pelo menos indicava uma leveza de espírito incompatível com uma criminosa de quem eu tinha livrado a cara de antemão e de cujo comparsa baleado não tínhamos notícia.

Compramos meu ingresso de um cambista que ficou feliz em aceitar dólares. Não discuti sobre a taxa de câmbio ou o sobrepreço, estava conformado pela urgência e com as pontadas de justiça social que essas pequenas ilegalidades produziam. Já não me sobrava muito do dinheiro local. Os últimos maços graúdos foram convertidos nas passagens aéreas que nos levariam a Buenos Aires e, de lá, para Mendoza. Era um desvio caro e inconveniente, mas ajudaria a apagar os rastros.

Durante o show, o ritmo que contagiava a todos não me fisgava. Tenho a cintura travada e nenhum apreço por aquela fusão musical indigesta. Mas, para Nara, não era sobre a música, era sobre comungar com a multidão em que ela se deixava diluir. Era como se, alterada pelos baseados correndo soltos na plateia, ela vibrasse na mesma frequência de todos os outros até se converter em uma célula de um organismo maior, harmônico com suas partes. Ela dançava e seu suor purgava as dores que tinha passado a carregar, liberando espaço para tornar mais toleráveis as que viriam. Catarse, enfim, como convém a uma idealista romântica.

O dia pedia providências. Agrupei meus poucos pertences, ordenei os documentos e deixei um bilhete para tranquilizá-la. Disse que, quando voltasse, deveríamos partir sem demora. O vestido de noiva estava na caixa e, se realmente quisesse levá-lo, caberia em qualquer bolsa. Insisti que não tentasse contato com ninguém. A culpa e o desengano precisariam ser deixados para trás. Pelo menos para ela, nossa excursão ganhava os contornos de uma fuga, e quem foge viaja com bagagem leve.

No elevador, cruzei com um casal do Missouri. Eles reconheceram meus modos, a assertividade que nos caracteriza em solo estrangeiro. Puxaram papo, e conversar era o que eu menos queria. Ainda assim, fiquei sabendo que ele, funcionário da Chevrolet, juntou trabalho e lazer ao conjugar a inspeção da fábrica local com sua viagem de lua de mel. Um cara de sorte: conseguiu reembolso das despesas. Quando perguntaram o que eu fazia, apelei à câmara de comércio. Joguei areia nos olhos de quem, havia pouco, tinha recebido uma chuva de arroz embalada por hinos batidos e os desejos de felicidade negados a mim.

Passei pela recepção do consulado. Retirei o passaporte e a certidão de casamento. Tudo produzido conforme minhas instruções e com o nível de discrição que alguém na minha função poderia solicitar. De lá, peguei um táxi até o quartel. Queria serenar a desconfiança, avisando que estaria fora de circulação por uma semana ou mais. Isso nos daria certa liberdade de movimento caso as mentiras começassem a esgarçar a trama. Também precisava saber se minha posição permanecia segura.

Ali, em busca do major, cruzei com Rosário. Ele me confidenciou os pormenores de um relatório informal. Peter estava sob custódia e já tinha sido interrogado. Os médicos, de plantão para essas eventualidades, garantiram que o ferimento não comprometia sua integridade física e os procedimentos de costume foram postos em prática: a extração da bala, as suturas necessárias, a administração de alguns antibióticos e uma sessão de choques que esterilizariam qualquer resistência a cooperar. Segundo Rosário, o major participou da primeira rodada, procurou conter o ânimo dos demais, regulando a voltagem de acordo com seu treinamento e não com a disposição para castigar. Perguntei se Peter tinha contado alguma coisa de valor e me surpreendi com a resposta. Não imaginava que alguém como ele se recusasse a entregar mais do que nome de guerra e patente, como faziam nossos rapazes engaiolados ou imersos em fezes de porco naquele ponto da história, do outro lado do planeta. Ele não tinha treinamento para isso, então devia ser fibra mesmo.

O cabo me acompanhou até o prédio contíguo onde os presentes dispensavam as continências, investidos da cumplicidade peculiar às sociedades secretas. Estávamos atravessando o corredor quando vi dois soldados arrastando um homem prostrado e bastante ferido. Era Peter. Refuguei, mas ele me notou. Seus músculos se retesaram e as pálpebras inchadas tentaram se arregalar no caminho de volta para a sala de interrogatórios. Não demorou para um dos soldados nos alcançar na passagem e confidenciar algo a Rosário. “Ele quer ver você”, foi o recado retransmitido para mim.

Fui até o lugar onde Peter se perdia à medida que as pancadas minavam sua capacidade de negar evidências. Pedi para ficar a sós com o prisioneiro. Rosário deu de ombros como acreditava que Estrela faria em seu lugar. Entrei e fechei a porta atrás de mim. Encarei Peter atado à cadeira. Não havia o que eu quisesse saber além do fato de ele não ter contado nada nem delatado ninguém. Seu raciocínio rápido conectou as pistas da minha presença ali. Sem disposição para o risco, me fixei na memória daqueles bonecos de anatomia bem proporcionada. Fiz o que fiz e narrei logo na primeira página disto que é tudo menos uma confissão. Só confessa quem espera algum tipo de perdão que não estava reservado a mim e ao qual nunca pensei ter direito. Agindo por conta própria em um mundo de comprometidos, privei Peter das sensações que imperam deste lado do muro, aqui onde nós, os vivos, mantemos a vida em funcionamento.

Certo de que ele não respirava mais, me recompus, fingi urgência e gritei para os soldados entrarem. Teve um ataque fulminante, me adiantei a sugerir. Era um diagnóstico tão bom quanto qualquer constatação a que pudessem chegar caso se interessassem pelos acontecimentos daquele intervalo. Todos ali sabiam que o prisioneiro estava a ponto de se desmanchar quando voltou à sala. As correias serviam menos para conter seus ímpetos do que para manter partes do corpo suficientemente expostas para os flagelos. Que pusessem a cruz nos ombros de seus interrogadores seria plausível. E para quem controla os relatos oficiais, dar sumiço no corpo não representaria um contratempo. Assim, quando a confusão se instalou, aproveitei para sair à francesa enquanto podia, evitando o constrangimento das suspeitas.

A partir daquele momento, meus vínculos com a história toda eram um vestido de noiva e um par de alianças comprado no caminho do hotel, símbolos que me atribuíam um dote por direito tão legítimo quanto a certidão enfiada no bolso do meu paletó. Na falta de quem proferisse as bênçãos, pulamos o "na riqueza e na pobreza", uma jura agourenta e inconveniente para alguém na minha situação, que tinha acabado de desposar a pobre Nara em busca de uma fonte inesgotável de bonança. Se a vida é um vale de lágrimas, eu preferia estar na nascente, invocando as chuvas que alimentam esse rio caudaloso, mas com meu bote sempre à vista.

32. RESERVADO 26409724

Declarações que presta PEDRO CAFIERO (sem codinomes identificados) à equipe de interrogatório preliminar B das 21:30 às 23:40 do dia 20/10/1973.

1. Que o depoente faz parte de uma organização de esquerda ("MAMATELA"), idealizada e fundada por ele, a fim de conduzir operações para a desestabilização do governo e da ordem pública.

2. Que o aparelho da referida célula se situa na Rua Aimorés, nº 1... (não se recorda quais são os algarismos finais), no Bom Retiro - SP, no sótão da confecção "COQUELUCHE", de propriedade de IDALINA HIRSCH.

3. Que IDALINA HIRSCH e seu filho, JAN HIRSCH, gerente da confecção "COQUELUCHE", desconhecem a natureza das atividades da organização, tendo cedido o espaço por acreditarem se tratar de um grupo de estudos de poesia.

4. Que, juntamente com CARLOS MATTA, HENRIQUE ALMEIDA DE SOUZA, ATÔNIO KRAUSS ("TONY BAKUNIN" ou "MIKA") e NARA OLIVEIRA, planejou a tentativa de assalto ao Banco Mercantil, realizada na tarde desta sexta-feira, 19/10/1973.

5. Que as armas foram providas pelo cidadão norte-americano FRANK VENKMAN, de quem o grupo não tinha conhecimento até o dia 11/10/1973, quando este foi introduzido na organização por NARA OLIVEIRA.

6. Que, no primeiro contato, FRANK VENKMAN apresentou suas credenciais do CPUSA (Partido Comunista dos Estados Unidos).

7. Que FRANK VENKMAN afirmou ter como missão conduzir NARA OLIVEIRA até um local secreto no CHILE para coletar $3.000.000 (três milhões de dólares americanos).

8. Que a quantia será entregue à NARA OLIVEIRA por um contato a ser identificado quando esta chegar a um local específico no norte do CHILE.

9. Que o local do encontro não foi mencionado por FRANK VENKMAN.

10. Que, ainda segundo FRANK VENKMAN, os fundos foram destinados pela U.R.S.S. para o fomento de atividades subversivas na América Latina.

11. Que haveria uma "tia tcheca" (sujeito não identificado) ocupada no tanque, lavando uniformes para o aniversário da Revolução (possivelmente uma mensagem cifrada emitida antes do depoente ser reconduzido à enfermaria).

33.

Antes de subir, acertei o que faltava da conta do hotel. No quarto, encontrei Nara sentada na única poltrona da mobília. Sua mala pequena e uma bolsa de mão espreitavam ao lado da porta, como cães de couro esperando para passear. Ela tinha seus motivos para se abraçar ao mau humor. Embora não quisesse eleger uma única causa entre as alternativas disponíveis, o que tinha acontecido entre nós pesava na média. Não posso dizer que foi um ato mecânico e impensado, mas foi algo, digamos, explosivo, como se compensasse a granada e seu poder frustrado de desagregar a matéria. Talvez estivesse arrependida. Talvez estivesse arrependida de tudo e esse arrependimento pegaria carona conosco, viajando no banco de trás, refletido no retrovisor. Coloquei seu novo passaporte sobre o criado-mudo. Ela guardou o documento no bolso da jaqueta sem sequer checá-lo. Então, com um pinote, se levantou, pegou sua bagagem e saiu na direção dos elevadores.

O chofer do hotel nos deixou em Viracopos, de onde embarcamos para Buenos Aires. Foi um voo curto. Nara passou parte do tempo olhando nuvens de tédio que, tragadas pelo anoitecer, pouco a pouco perdiam seus volumes. Conversamos. Nem muito nem pouco. Talvez muito, mas sobre algo que parecia ter pouca importância diante da seriedade envolvendo nossas ações. Frases ocas e interjeições, falas que ecoavam no cérebro sem ganhar a expressão dos lábios. Tanto melhor. Era recomendável não revelar detalhes da missão. O avião podia estar recheado de ouvidos atentos, e Nara ainda estava se habituando ao silêncio de sua recém-conquistada clandestinidade.

Depois de uma escala breve, rumamos para Mendoza. Em um quarto de hotel barato, dormimos de costas um para o outro, criando parênteses invertidos para domar a intimidade a que nos dispusemos antes, mas que eu duvidava ser possível reconquistar.

Mal tinha amanhecido quando a recepcionista nos despertou com o toque insistente do telefone. Poucas sílabas interromperam a mudez que nos embalou no táxi, a caminho da rodoviária. De lá, tomamos um ônibus para cruzar a fronteira permeável de Santiago. Os militares estavam vigiando o fluxo oposto, empenhados na captura de dissidentes que fugiam às centenas, todos os dias, para o país vizinho. Tentavam controlar o êxodo e evitar que seus desafetos operassem em um exílio tão próximo, mas não desperdiçariam atenção com um casal em lua de mel, munido de intenções fingidas e documentos falsificados para levantar cancelas.

Por muitas horas, a neblina nos acompanhou na estrada que desafiava os contornos da cordilheira. Quando uma clareira de céu dominou as janelas do ônibus, nem o cenário exuberante parecia animar Nara. Permaneceu recolhida em si por centenas de milhas até desistir daquela agonia branda e aninhar a cabeça no meu ombro. Foi uma espécie de trégua concedida ao desprezo. Traçávamos o percurso como linhas sobre mapas de filmes antigos, cruzando territórios para chegar ao ponto culminante da viagem que também seria o marco zero de nossa aventura, uma estaca fincada para assinalar onde começavam os riscos e as incertezas de quem sabe o que procura, mas não tem a menor ideia do que vai encontrar. Existiria um mapa para se perder?

34. CARTA PSICOGRAFADA

A suposta carta foi entregue pela médium Edilene Souza a Maria Evangelista Cafiero, mãe de Pedro Cafiero, desaparecido em outubro de 1973. É resultado de uma sessão espírita realizada em janeiro de 1975 à qual Maria compareceu, levada por Lola Miranda, sua sobrinha de segundo grau, empenhada em reduzir-lhe as aflições e o padecimento dos nervos. Consta que a mãe refutou a autoria da carta.

Querida mãezinha,

Desculpe a letra, mas tenho pressa. Os agentes da repressão podem chegar a qualquer momento. Acusação: fazer contato sem "permissão superior". É censura mesmo. Só que, em vez de argumentar com cassetetes, eles preferem métodos sofisticados de tortura psicológica, repetindo uma ladainha pegajosa para exaltar o imaterialismo metafísico em que vivemos. Cansei de ouvir que preciso aprender as lições e lidar com minha nova realidade. Isto aqui faz os centros de reeducação de Mao parecerem uma colônia de férias.

Desperdiçamos os dias dando voltas em torno de um plácido lago. Andamos em sentido anti-horário, e deve ser por isso que as horas não passam. O lago é enorme e ficamos dispersos, impedidos de exercer o direito de livre associação. É uma forma eficiente de controle. Quando você avista alguém por quem sente afinidade, há o perímetro infinito do lago a percorrer. E, por mais que se esfalfe, você nunca alcança a pessoa na outra margem. Cruzar ou emparelhar com um conhecido, nunca me aconteceu.

Já realizar o trajeto em sentido horário é impedido pelos efeitos de algum tipo de lavagem cerebral que doma as pernas e lhes controla a vontade. Resta acenar e deixar bilhetes escondidos entre as pedras e em troncos de árvores. Testei a técnica e nunca recebi resposta. Também não encontrei mais os bilhetes que agora devem estar em uma pasta suspensa, compondo um dossiê contra mim. O nível de vigilância é extremo. Somos constantemente seguidos por gente desencarnada há mais tempo, versada no tédio infinito, com seus discursos de conformação e passividade.

As batas brancas que nos entregam na chegada criam uma ilusão de igualdade, mas os privilégios de alguns ficam logo muito claros. As elites podem fazer contato quando querem, têm a tal "permissão superior" negada à maioria. As necessidades básicas são supridas por alguma forma de poder central, o que não é grande coisa. Aqui, ninguém come ou bebe porque não há fome nem sede para fermentar o levante. Mas como a bata está sempre limpa e passada, penso que, em algum lugar ao qual não temos acesso, há uma classe de explorados fazendo serviços de lavanderia por toda a eternidade.

Tenho muitas perguntas e, quando as faço, as respostas são crípticas. Deve ser por conta da vigilância. Aqui, todos andam com a nuca arrepiada e os ouvidos sempre atentos. Ninguém é claro ou direto com essa luz zenital aniquilando as sombras e os meios-tons. Certa vez, questionei por que não arregimentavam os anjos para descer e acabar com a iniquidade aí embaixo ou aqui ao lado (somos tomados por uma confusão que embaralha o espaço-tempo para sempre ou como nunca, para se ter uma ideia do nível de desorientação que sentimos quando as grandezas usadas para medir tudo ao redor rebatem em alguma coisa ou coisa alguma, sem encontrar o tudo nem o ao redor). Riram de mim como se eu fosse uma criança. Só as crianças sabem como essas risadas enfurecem.

Com tanta concórdia, não há oposição, divergência ou dialética que se sustentem. Os dissidentes devem ser mantidos à distância ou rumam para outros reinos de onde esperam ser resgatados por uma espécie de socialismo das almas que garanta livre acesso para além da História, sem o resguardo de cercas brancas que fazem a separação definitiva entre Nós e Eles. Quando o muro cair, as providências serão muitas e urgentes, começando por medidas para acabar com o aborrecimento profundo desse "para todo o sempre" que nos entorpece e nos faz balir com ecos de luz.

Aproveitando, mãezinha, antes que me pergunte, Deus não existe. Ou, se existe, não aparece, o que, na prática, dá no mesmo.

Com muito amor,

Pedro.

BEM-VINDOS AO MEIO DA HISTÓRIA

MARCO ZERO

Jambo e Ruivão estão no planeta Muni Mula em uma reprise do desenho animado a que alguém assiste na manhã de 21 de outubro de 1973 (embora o desenho fosse de 1957, tendo sido televisionado pela NBC dois meses depois do satélite soviético Sputnik completar suas primeiras órbitas em torno da Terra).

Na frente do aparelho Telefunken, está um menino com os olhos meio colados pela remela. O menino toma Toddy e esgarça as mangas do pijama enquanto deixa as imagens engolirem sua atenção.

À mesa da cozinha, os pais do menino comem pão lambuzado de margarina e Karo. Com o pé, a mãe junta as migalhas espalhadas no linóleo. Está pensativa porque é dia de pensar, coisa que não faz em dias úteis porque dá muito trabalho manter a casa em ordem. Aos domingos, não há pressa. Vassouras e tanques também descansam. Até o pai deixa o lufa-lufa para a segunda-feira, quando as atividades são retomadas a todo o vapor e ninguém mais segura este país.

Da cozinha, olham para o menino. Não vigiam, apenas contemplam. Estão satisfeitos, parecem contentes e, como pais, sentem-se adequados. No ano que vem, o menino vai entrar no pré, na escola das freiras. É mais longe do que a escola municipal, mas muito melhor, com ensino puxado e mensalidades que espantam maus elementos e as piores influências. Vai ser um sacrifício para quem vive com o dinheiro contado, mas vale a pena. Ouviram dizer que as freiras são compreensivas, que seguram o cheque por um mês ou dois. Se a situação apertar, o pai pode pedir para o gerente do Comind quebrar o galho. O gerente se lembra dele, dos tempos em que eram companheiros de tiro de guerra.

Mais para frente, o menino vai estar com os estudos garantidos pela caderneta de poupança Haspa, com o dinheiro rendendo pouco, mas protegido de qualquer convulsão. Ele se condiciona a colocar as moedas no cofrinho de lata para aprender, desde cedo, a ser comedido e previdente, a se preparar para o futuro negado ao vizinho chileno. O vizinho nunca escondeu sua simpatia por Allende, mas fugiu de uma inflação de quinhentos por cento ao ano quando, aqui, não passa de quinze.

Dez anos passam rápido e o menino não se lembra do que veio primeiro, se a quebra da Haspa ou o ataque cardíaco que lhe tomou o pai. Nem teve chance de recorrer aos cuidados prometidos pelos carnês da Golden Cross pagos sempre em dia. Um médico, amigo da família, contou que a hora do pai chegou um pouco adiantada, talvez pelos cigarros Minister e o uísque Natu Nobilis dos dias de festa e finais de semana, mas não havia como saber ao certo.

Com a Golden Cross cortada à força das despesas domésticas, restam as pequenas contribuições à benzedeira e o cuidado dos avós na duração da rubéola e da caxumba. Da benzedeira, é melhor nem comentar na escola para não ouriçar as freiras que concederam bolsa ao menino até se formar. Se não é integral, representa uma boa economia e ajuda a espichar o ordenado da viúva. Ela se vê obrigada a ganhar o pão e comprar o Karo cujo preço é remarcado na mesma velocidade do preço dos tênis Bamba brancos, sem adornos, que as aulas de educação física exigem e são um atestado de pobreza com tantos iates Rainha tomando o pátio por marina.

Sorte que a mãe sabe costurar e logo arranja emprego em uma confecção feminina no Bom Retiro. É longe de São Caetano do Sul, onde mora com o menino, mas dá para ir de trem. E se ocupar, além de premente, é bom para se manter alheia à fofoca das esposas de maridos provedores e vivos.

Os avós forçam o menino a fazer a primeira comunhão. É para ele poder comungar na missa de formatura e partir dali para os estudos que lhe conferem um diploma técnico. O canudo lhe dá a chance de trabalhar como ferramenteiro na linha de montagem do

Monza, um sucesso estrondoso guiado por quem paga ágio para furar a fila nas concessionárias.

Na General Motors, o menino passa quase vinte anos interrompidos apenas por eventuais licenças médicas, greves organizadas por sindicalistas que não estavam nem aí para a Hora do Brasil e pelo enterro da mãe que, sem o amparo da Golden Cross, padeceu de um câncer de mama aguçado pela falta de tratamento. Nesse caso, não havia muito o que a benzedeira pudesse fazer.

Aos trinta e oito anos, o menino não se lembra de todos os candidatos a presidente da primeira eleição em que votou, marcando a cédula sem fazer muita questão, com o resguardo de um anteparo de papelão com o logotipo da cerveja Antarctica. Ele se lembra, sim, que entre eles estava esse nome agora estampado com spray no muro da casota que herdou. Isso o faz odiá-lo um pouco mais, para além dos discursos proferidos do alto do carro de som nos dias de paralisação. Muito antes de pedir a confiança do eleitor por mais quatro anos, ele e seus comparsas incitaram patrões e empregados à guerra e empurraram a indústria para a automatização, as frequentes férias coletivas e as baixas cada vez mais numerosas na tropa de operários menos dóceis do que os robôs.

Foi com um desses cortes na folha de pagamento que o menino, há oito meses, ingressou nas hordas de desempregados sem qualificação para as crescentes exigências da mais nova e gloriosa fase da Revolução Industrial. O ócio forçado tira o menino do sério e só a manutenção da casa aplaca seus transtornos. Ele pega a brocha, o balde de tinta e começa a dar cabo daquele nome esparramado no muro. Analfabeto! Vagabundo! Esse aí, pensa ele, só se sustenta pelo voto dos ignorantes, dependentes da esmola que escorre pelos bolsos da nação. O que dão em troca? Nada! E querem mais, sempre mais. Comunista filho da puta!, agora pensa em voz alta, sem imaginar que essa tomada de partido o contrapõe à existência de um bilhão de chineses únicos em sua ânsia de integrar um conjunto quase infinito de tantos idênticos em uma nação cada vez menos igualitária.

O menino se agacha, enfia a brocha na tinta e provoca um redemoinho viscoso. É quando a dor espeta no centro do peito. Pensa no pai, sente o ar faltando e desfalece. No chão, tenta virar o rosto para não contemplar sua obra inacabada. Então, mesmo com a consciência turva ou talvez por isso, nota uma fissura no muro de onde brota um ponto de luz, bem ali onde os tijolos fazem ângulo com a calçada em que seu corpo se estende. Em vez de repassar sua vida toda em um relance, o menino alucina e ganha a estranha capacidade de testemunhar, através da fenda, o que nunca aconteceu, mas vai acontecer. Com esforço, seus olhos se focam e ele vislumbra o que o esperaria se, naquele ponto da história, naquele ponto exato do planeta, não estivesse deixando de existir.

O menino vê uma crise que, por anos a fio, engolfa o mundo com efeitos devastadores, como se gafanhotos não fizessem dano à erva da terra, nem a verdura alguma, nem a árvore alguma, mas somente aos homens. Vê a convulsão de países, com todos os montes e ilhas removidos dos seus lugares pela marcha de populações inteiras impulsionadas pela desesperança e o ódio que acolhem no peito. Com clamores difusos e grande voz, a turba exige sangue e justiça. Nem todos querem o mesmo sangue nem a mesma justiça. Invocam castigos diferentes para punir coisas diferentes que não têm forma, mas lhes fustigam a existência sem se deixarem entrever.

E se há culpas a expiar, os reis da terra, e os grandes, e os ricos, e os tribunos, e os poderosos fazem surgir culpados entre os culpados, alguns incautos e uns tantos inculpáveis. Organizam suas tribos em torno das fornalhas da discórdia e lhes prometem agir em seu nome. E há doze mil encarceramentos, doze mil apedrejamentos e doze mil empalações. As tribos se regozijam e se ajoelham com o olhar pregado na concha das mãos onde mentiras fulguram e de onde se espalham como praga a envenenar os ventos.

Então, o poder dos poderosos se renova, e as muralhas se fortalecem, e a terça parte dos homens definha, e a terra queima em sua terça parte, e morre a terça parte das criaturas do mar, e o céu se enrola como um pergaminho, e a vida se torna amarga. O tempo retrocede, e todas as coisas se fundem em um ponto de matéria, e a matéria se acelera até virar um ponto de luz, e a luz atravessa o abismo para estourar no centro da tela de um televisor Telefunken que se apaga com um zumbido. Eis que depois vêm ainda dois ais.

Enquanto isso, Jambo e Ruivão estão no planeta Muni Mula. No país do futuro, há sempre reprises.

PARTE II

O LIVRO DOS MAPAS

1. CHEGADA A SANTIAGO

Do banco de trás do táxi, avisto o Cerro San Cristóbal se impondo como a corcova de um camelo monumental enterrado na planície. Como chegamos tarde, o melhor a fazer é alugar um carro e partir pela manhã, logo na primeira luz. Escolho o Hotel Carrera, vizinho do combalido prédio de La Moneda, epicentro do terremoto que varreu Allende do mapa. Não o faço por nostalgia de tempos recentes ou qualquer significado histórico, mas simplesmente porque, como previsto, está tomado por agentes da CIA e militares americanos que não têm a mínima ideia de quem eu seja. E todo esse contingente dá e sobra para manter a DINA à distância, evitando disputas em nome de uma jurisdição delimitada aos poucos. Para narizes treinados, o cheiro da pólvora que provemos para desestabilizar governos e carbonizar destinos é reconhecível, pungente, ótimo para confundir os farejadores da traição caso nos monitorem.

Nara se esparrama em um sofá no lobby enquanto me encarrego dos trâmites impostos aos viajantes. A recepcionista está às voltas com fichas e passaportes, eu me entretenho com uns guias dispostos sobre o balcão. Em um mapa rodoviário, meus dedos percorrem estradas de tinta até chegar ao ponto final. É quando uma voz se projeta sobre o meu ombro.

"Calama? Não há nada lá. É terra de mineiros. E a poeira é infernal", o homem diz. As estrofes soturnas não combinam com o linho cru do seu paletó. "A menos que você viaje a negócios."

"Estamos em lua de mel", disse para permanecer fiel à farsa. Não sei se a direção do meu olhar me denunciou, mas, imediatamente, ele se volta para Nara, afundada no conforto de couro e espuma.

"Percebo. E isso muda tudo. Permita-me uma sugestão." E a sugestão vem mesmo sem a tal permissão, como costuma acontecer. Percebo um leve sotaque que carrega os erres e aspira agás, típico de quem fala alemão ou é mais afeito a línguas eslavas. Em todo caso, é uma falha muito sutil. "Vão direto para San Pedro de Atacama. É um pequeno oásis. De lá, vocês podem explorar tudo o que há em volta. Os salares, as montanhas, os vulcões, o deserto. A paisagem é fascinante. E a história tem muitas camadas. É medida com muitos calendários."

"Ao que parece, o senhor conhece bem a região."

"Ora, deixemos o 'senhor' de lado. No meu ramo, até os nomes são mera formalidade." A ironia faz minha medula se contrair. "Sim, eu conheço bem a região. E as pessoas, ainda melhor. Digamos que meu trabalho me obrigue a fazer conexões onde for, mesmo em lugares muito inóspitos."

A recepcionista me devolve os passaportes e destaca um carregador para nos acompanhar ao quarto. Agradeço o homem e lhe estendo a mão, feliz por me desconectar da estranha ressonância de suas falas. Quando ensaio o primeiro passo, ele me toma pelo braço.

"Em San Pedro, procure por Humberstone". É a pista que faltava para confirmar a KGB em nossos calcanhares, mas a abordagem não me soa hostil. É como se o fantasma de Victor encarnasse para nos apoiar em solo estrangeiro, em uma situação instável, sujeita a sismos repentinos. "Não se engane. Apesar do apelido, ele é chileno, ligado à sua terra. Organiza excursões satisfatórias e seguras. Mora em Calama, mas, nesta época do ano, vai aonde os estudiosos e os aventureiros estão. E se alguém pode entregar exatamente o que vieram procurar, é ele. O deserto pede um bom guia. Caso contrário, é possível se perder em seus próprios desejos porque as alucinações ali são muito vívidas."

Começo a me afastar envolto pela bruma da cortesia entre espiões animados por um mesmo objetivo. Então o homem deixa escapar um sorriso.

"Já assistiu aos filmes de Tarkovsky, Frank? Veja 'Solaris' quando puder. E boa sorte."

A caminho do elevador, Nara pergunta quem era aquele.

"Não sei, mas é amigo."

Ela dá de ombros diante da resposta cifrada. Assim, nos recolhemos para mergulhar em um sono intranquilo que alguém parecia velar.

2.

Arturo Belano chegou a Santiago do Chile em 1973, com vinte anos e os restos de uma mochila nas costas. Estava em busca da construção permanente da solidariedade entre as nações alinhadas ao que, nos livros enviesados de história, convencionou-se chamar de "Segundo Mundo". O fato de ter saído da Cidade do México e atravessado três Américas de carona só reforçava sua determinação para lutar ao lado dos inconformados com a violenta deposição de Allende.

De certa forma, Belano estava voltando para casa, embora seu lar fosse o México. O país tinha acolhido sua família e nutrido as histórias que viria a escrever, provendo cenários e contextos inimagináveis em qualquer parte do mundo que não cedesse e afundasse pelo menos dois centímetros por ano sem sucumbir ao peso de umas tantas civilizações. Até aquele momento, Belano carregava esboços de poemas embebidos na lírica da juventude e a revolta de quem teve suas crenças expropriadas por uma junta militar que não pouparia esforços para varrer os escombros do socialismo para baixo do tapete.

Belano errava pela cidade em busca de uma célula qualquer a que pudesse se conectar e compor um organismo maior, mais resiliente para enfrentar as condições dos novos tempos. O que ele não tinha como saber era que os poucos contatos mantidos por correspondência tinham fugido ou saído de circulação, esgarçando qualquer resistência possível. Assim, ele bateu de porta em porta à procura de acolhimento, contrabandeando na mochila uns goles de mezcal e duas utopias-anãs mantidas em uma gaiolinha de bambu que já estava ficando apertada mesmo para criaturas tão mirradas.

Atrás de uma dessas portas, encontrou um grupo de resistentes retóricos. Eles não pareciam dispostos a pegar em armas, estando com as mãos atadas à manivela de um mimeógrafo. O equipamento esperava inerte a inspiração lhe psicografar um manifesto ou qualquer manifestação compatível com a indignação imobilizadora que aquelas mãos sentiam. Eram meia dúzia de conhecidos de amigos que não figuravam entre os mais próximos ou queridos, mas, dada a situação, bastavam como contatos com quem dividir meia garrafa de Los Suicidas, uma marca pouco alvissareira para guerrilheiros sem munição e com uma coragem falastrona que não deu as caras quando a polícia chegou. Os soldados levaram todo mundo para a delegacia, apreendendo o mimeógrafo como prova material da subversão e a garrafa com vapores de agave a sugerir certas conexões continentais do grupelho que cheirava um pouco como comunistas, um pouco como mendigos.

Tão enjaulado quanto suas utopias-anãs, Belano via o espaço disponível aumentar enquanto, um a um, seus companheiros fugazes eram levados para a tortura e a morte. Cada pessoa a menos na cela fazia o medo se avolumar, comprimindo as moléculas do seu corpo ao ponto da fricção e do delírio da febre. Dia após dia, na certeza de que seus algozes chegariam a qualquer momento, Belano sonhou com catedrais dissolvidas em fezes de pombos, mapeou um inframundo repelente à estética dos continuístas, vislumbrou a única resistência possível encerrada em um banheiro de universidade e perseguiu a lenda de uma mulher cuja ínfima contribuição para a vanguarda literária latino-americana engendrou o mistério de uma multidão de mulheres desaparecidas no deserto de Sonora, sendo um deserto a paisagem perfeita para desaparecer. Então, no sétimo dia de convulsões, ainda febril, tendo parido as partículas elementares de seu universo estético, Belano descansou. E no oitavo dia, 22 de outubro, reconhecido por dois detetives com quem tinha estudado no colégio, Belano foi libertado. Aqui, as possibilidades se bifurcam e as histórias variam segundo o ponto de vista de amigos e detratores.

Há quem diga que os antigos colegas reconheceram a magreza e a sujeira embaixo das unhas de um menino que vivia trancafiado em livros e era motivo de escárnio dos poucos alunos dispostos a reconhecer sua existência. Suspenderam as queixas contra ele, esclarecendo aos superiores que tudo não tinha passado de um engano. Se houvesse tendências subversivas ali, elas sucumbiriam à realidade que tinta alguma derrete para reconstruir em infinitas páginas de angústia e desassossego. Assim, abriram as grades, lhe devolveram as utopias-anãs quase mortas por inanição e, com um chute na bunda, lançaram Belano ao mundo do qual sempre foi prisioneiro para vagar pela insanidade e testemunhar que não havia pombos suficientes para cobrir de merda a Catedral de Girona. Com o castigo posto em marcha, os detetives riram selvagemente, acompanhando aquela escultura ambulante de Giacometti enquanto desaparecia na poluição que a cordilheira retinha sobre a cidade.

Em outra versão, um dos detetives reconheceu a voz magra que fazia vibrar as grades e ressoava lindamente nas paredes da cela. Eram versos de Dylan Thomas, ele soube depois. Atordoado por aquelas palavras carregadas de música, o detetive cutucou seu parceiro e revelou uma epifania. Em um átimo, viu a sujeira embaixo das unhas do menino verter a tinta com que escreveria um novo apocalipse, revelando a essência do mal em cinco volumes. Previu que Belano desapareceria no deserto e retornaria transmutado em um gigante, tomado por visões que o inspirariam a erigir uma catedral com vísceras de mulheres mortas, invocando os pombos para cimentar a nave principal com seus excrementos. O guano esbranquiçado refletiria a luz do sol em todas as direções, criando um marco para guiar os peregrinos e estudiosos da escatologia de ambas as raízes gregas. Iluminados pela profecia, ao vislumbrarem o destino do rapaz com quem haviam estudado em Los Ángeles, bairro cujo nome confirmava o teor da intuição, os ex-colegas decidiram abrir as grades. Então viram como, esquálido e quase impalpável, Belano flutuava sobre as coisas do mundo. E o mundo ficava menor à medida em que sua cabeça crescia para sustentar a coroa desmedida de maior escritor vivo da Língua Espanhola, alguém cuja obra bombearia sangue mesmo depois de sua morte e ainda mais depois de sua morte, com todo o peso que isso representaria a ponto de lhe apodrecer o fígado.

Como se pode perceber, é difícil identificar qual das duas narrativas é contada pelos detratores.

3. PRIMEIRA PARADA: ARTIFICIO

Saímos cedo. O Peugeot alugado chacoalha sobre a suspensão dura demais para enfrentar as irregularidades do asfalto. Uma vez na estrada, o mapa não traz grandes surpresas, indica uma rota sem desvios ou atalhos possíveis. Talvez por isso, Nara se aborreça muito rápido. Ela abandona as funções de copiloto para buscar no rádio uma canção que encubra o barulho do motor e o vento assobiando pela fresta da janela, emaranhando seus cabelos lisos e grossos. Vejo a anêmona negra dançar sobre os contornos do seu rosto, com os tentáculos ouriçados pelo desespero da fome.

Cravados no pesponto da estrada, os olhos de Nara também enxergam para dentro, acompanham como os nervos bombardeiam o cérebro com sinais do mundo externo. Além de assistir aos pensamentos projetados na tela, ela os vê em formação. São impulsos elétricos carregados de sensações, memórias e juízos acumulados pela experiência de viver. O balanço do carro, o vento, o ruído branco vindo do rádio, a carícia dos tentáculos da anêmona. Aos poucos, suas pálpebras cedem ao chumbo dos cílios. São longos, voltados para o céu feito os ramos de uma planta. A boca crispada se parte e revela uma fenda estreita. O queixo baixa a guarda, levando o pescoço com ele em uma das poucas vezes em que vejo Nara se curvar, ela que é sempre altiva e aponta o nariz para cima em afrontas e desafios. O sono, como a fome e a dor, pode ser um tirano implacável. As narinas começam a fazer movimentos tênues, contrações e expansões ritmadas nos compassos curtos da respiração. Sua cabeça pende para a esquerda e as vértebras passam a compensar as ondulações da estrada. O ângulo dissolve seu perfil em relevos insuspeitos. Milhas à frente, noto um visgo translúcido tecendo um fio que sai do canto de sua boca e se recolhe em uma pocinha no ombro da jaqueta. É quando um solavanco quebra o encanto e a faz despertar, caindo de sonhos inquietos para a realidade de um mundo empurrado para trás pelas revoluções do motor. A baba constrange e, quase sem querer, Nara emite um ruído de sucção. Recolhe a teia cujo fio ela corta com as costas da mão. Uma fina camada viscosa se espalha até a primeira falange do indicador, brilhando sob o sol cuja posição marca nossos avanços manhã adentro. Nara se apruma no banco, desloca o retrovisor, doma a anêmona que cobre seu rosto, empurrando os tentáculos para a toca reservada atrás das orelhas. Pigarreia. Achei que ela estivesse prestes a dizer algo para ondular o mar de estática, mas era apenas desconforto. Tateia atrás do banco até encontrar um copo de água. Fura a tampa com o polegar, bebe tudo em um gole e descarta o copo no assoalho. Então aponta para uma placa: La Calera. Pergunto se precisa fazer uma parada e ela assente sem convicção, ela que é sempre assertiva, sustentada por suas crenças mais íntimas. Pego a estrada secundária para a cidadezinha. Na periferia, cruzamos com caminhões carregados de cimento que jamais construirá pontes para emendar as fraturas do país ou moradias decentes para os "pobladores", incitados às invasões de terrenos e propriedades abandonadas. Estaciono no primeiro posto de gasolina do caminho. Ainda estamos longe do centro que não nos dispomos a visitar porque não somos turistas convencionais a coletar lembranças e suvenires. Ao lado das bombas perfiladas, há um pequeno armazém onde compro chocolates, chicletes, água e uns sanduíches que resistirão bem ao calor. Chicletes são bons companheiros para o silêncio. Na volta, enquanto abasteço o carro, Nara vai ao banheiro e nos descruzamos mais uma vez.

Na saída da cidade, um bloqueio na via nos obriga a testemunhar a fúria explosiva de uma escavadeira. Escoltada por um punhado de policiais, a máquina vocifera, bufa seus fumos, arrasa uns casebres de gente cujo único protesto são o silêncio e as lágrimas que pingam, escorrendo sobre o plástico de sacolas carregadas com menos do que o mínimo para se viver. As lagartas esmigalham o compensado. A caçamba dentada traga as lonas que recobrem o acampamento daqueles despossuídos às voltas com a perda do que nunca tiveram. Sentirão um ódio duradouro ao repisar a fusão de todos os seus sonhos convergindo placidamente para sucumbir às leis do sistema. Sitiando os escombros, a cerca improvisada com galhos tortos permanece de pé. O mundo é feito de cercas.

4.

Padre Hurtado chegou a La Calera em 1727. Estava em busca de enriquecimento espiritual em um território menos hostil às práticas e doutrinas da Companhia de Jesus. Sua devoção fanática pelo papa e uma certa rebeldia aos olhos da Coroa Real da Espanha tornaram Sevilha um ambiente de constantes reprimendas. O comportamento de milícia a que os membros da ordem se entregavam também não ajudava a atrair simpatias. Então era melhor ir para bem longe, para um lugar onde a missão evangelizadora fosse mais premente e a repressão não tolhesse seu fervor.

Hurtado não era dado a visões nem afeito ao sofrimento, bastando a rotina de grande obediência e sacrifícios moderados a que estava habituado. Ao se instalar, percebeu como o espírito empreendedor de seus colegas prosperava. Os jesuítas haviam iniciado a exploração, o beneficiamento e a estocagem da cal na região. Chegou bem a tempo de presenciar a diversificação de atividades, com os religiosos a cargo de um moinho de pólvora construído uns dez anos antes pelo Comissário Geral Pedro de Amaza Hurgoyen, um homem de visão.

Para Hurtado, essas atividades estavam alinhadas com as missões de sua ordem, e levar o evangelho para o Novo Mundo também era uma espécie de mineração. Ele entrava fundo no coração dos homens para extrair alguma bondade ou, com sorte e persistência, encontrar um veio infinito de fé. Por isso, dedicava o tempo, que passava muito devagar, ao estudo e à pregação das palavras de Cristo.

Não demorou para que padre Ibañez, seu superior imediato na pequena congregação, incitasse Hurtado a arregaçar as mangas. Afinal, para além das palavras, havia a obra de Cristo a ser erigida para a Sua glória. Então padre Hurtado adotou uma dupla jornada. Durante o dia, se dedicava a atividades para fortalecer o espírito e as mentes de camponeses e mineiros. Para ele, o poder do verbo sagrado se revelava a quem soubesse ler e ajudasse a propagá-lo. "Primeiro a leitura, depois as Escrituras", costumava dizer para animar seus pupilos. À noite, buscava maneiras de contentar Ibañez e ser ainda mais útil à comunidade que o alimentava, vestia e lhe dava guarida. Começou com pequenos serviços administrativos, fiscalizando as atividades do moinho para a Coroa, garantindo a César o que era de César. Ainda que os olhos e ouvidos de El Rey se espichassem até aquelas bandas, o aborrecimento era menor. No final das contas, a pólvora alimentava o poderio de suas tropas e canhões.

Hurtado nunca confessou que deixava umas tantas coisas práticas para o período noturno porque, em certas épocas, o calor era insuportável sob o sol. Ali não havia o isolamento de pesados blocos de pedra a manter as pessoas em temperatura de cava. Suas habilidades em matemática e uma caligrafia límpida o alçaram ao posto de auditor de estoque. Assim, em noites alternadas, munido de lamparina, pena e livro-caixa, Hurtado inventariava a pólvora disponível aos montes e de que a Espanha tanto carecia.

Era isso que o padre faria na quarta-feira, 22 de outubro de 1727. O que ele não tinha como saber é que, naquela manhã, Juan Muñoz, mineiro que teve suas galinhas devoradas por um lobo renitente, destampou um barril e roubou um punhado de pólvora para o seu bacamarte. A pressa e o medo de ser flagrado esparramaram o pó negro em quantidade mínima, mas suficiente para ser ativado por uma faísca desprendida da lamparina de Hurtado. A onda de choque da explosão transformou o paiol em fragmentos que se espalharam por todos os lados, em uma fração de segundo. A última coisa que o padre sentiu foi um júbilo fugaz ao experimentar a fissão de todas as suas partículas divergindo violentamente para enfrentar as regras do cosmo. Em um lampejo da consciência prestes a se vaporizar, achou que estivesse sendo arrebatado de corpo e alma pelo Criador.

Reza a lenda que o estrondo e os clarões produzidos pela combustão imediata de toneladas de pólvora inspiraram os moradores da região a rebatizá-la de Artificio, uma homenagem ao feito acidental de alguém que subiu aos céus ou, literalmente, foi pelos ares.

5. SEGUNDA PARADA: LA SERENA

À certa altura, um cotovelo na estrada nos apruma com o mar, criando uma amplitude de horizonte que cintila como prata velha. O vento é fresco e ralenta a gravidade da cabine. Nara continua tocada pela truculência que desalojou aquelas pessoas, mas, sobre isso, prefere calar. Esboça comentários de cartão postal sobre a imponência da cordilheira, se admira com as constelações de insetos mortos acumulados no para-brisa e que, de tempos em tempos, o limpador transforma em arco-íris amarelados. Ela apanha um dos sanduíches comprados no posto de gasolina, crava os dentes na ponta e grunhe enquanto tenta afastar as mãos sem que cedam o mínimo. Com a mandíbula presa ao naco de pão, ela começa a rir e a risada contagia porque a cena é realmente engraçada. Ela atira o lanche pela janela e essa atitude, composta para ser cômica, cria o efeito desejado. Pela primeira vez a risada é franca e corre solta, dissolvendo o nó na garganta a que nos acostumamos. Com a palma, Nara finge recolocar o queixo no lugar. O ouro da aliança reflete o sol encoberto. Com o polegar, sinto a presença do aro em minha mão esquerda, simbolizando um laço eterno que, para nós, é apenas um disfarce. Será mesmo? Se repetir esse gesto mil vezes e ali encontrar a aliança, talvez alguma verdade se imponha. A ideia me conforta, contrariando meus instintos, meu treinamento e a prática cotidiana de nunca estar atado a nada de que não possa me livrar em segundos.

Há poucos carros no mesmo fluxo. Cruzamos com três caminhões de hortaliças de tamanho modesto, restritos ao abastecimento local. Aproveito a qualidade aceitável do asfalto e o ar cristalino à frente com a meta de cobrir umas duzentas milhas antes da próxima parada para comer, agora que nos livramos do lastro intragável dos sanduíches. Acelero no limite que o Peugeot responde. Não é grande coisa, mas nos projeta na direção do nosso destino. Ou seriam nossos destinos, forçados a uma bifurcação quando o momento chegar? Como revelar um futuro marcado para breve e amortecer as farsas que virão à tona quando o muro cair? Dinheiro, nós teríamos o suficiente para arrendar uma ilhota e viver protegidos por um passado impreciso, inventado para manter a curiosidade dos outros sempre tateando. Quem sabe fosse a topografia ideal para fincar raízes e tentar reconstruir alguma coisa perdida não por descuido, mas por inocência e uma burrice moderada, cimentada pelas mentiras que nos venderam os poderosos e seus arautos, segregando Eles e Nós em um clima de disputa pelas parcas batatas que resistiriam a um inverno nuclear. Se o arranjo lhe conviesse e Nara quisesse fazer jus ao metal em torno do seu dedo, poderíamos viver sem mestre nem senhor, como ronins. Vi em um filme, mas nunca na vida real, que cabe ao homem propor casamento de joelhos. Com a certidão e as alianças arranjadas, resta saber qual será a melhor hora para sacramentar um enlace firmado por conveniência, fingimento e engano. Já fomos longe, ao ponto da consumação. Basta acertar o começo e retomar as etapas que saltamos sem a menor cerimônia.

A placa "La Serena" convida e, confundindo as letras, tomo a palavra pelos seres mitológicos de canto irresistível. É hora de parar. Atravessamos pomares de onde pendem graviolas e abacates. Casotas se espalham por colinas baixas que convergem para a formalidade das pedras e das varandas de uma arquitetura neocolonial recente demais para ser autêntica, embora alguns dos prédios se imponham à passagem dos séculos. Estaciono em uma via perpendicular ao oceano e seguimos a pé. Da avenida da praia, vemos o gancho da baía amansando o mar que, em outros pontos do litoral, refuta seu nome de batismo e ruge com ondas incansáveis. A temperatura é amena, é dia de semana e pouca gente se aventura a entrar na água gelada. É o que o gritinho das crianças indica cada vez que a espuma lambe seus calcanhares. As camisetas desbotadas, os calções com elásticos frouxos, quase se desfazendo, não negam sua origem humilde, e o comportamento de bando se impõe na ausência de qualquer adulto.

Na faixa onde se pode cavoucar areia úmida, uma menininha de olhos indígenas como os de Nara, mas com a pele mais escura, curtida pelo sol, faz um castelo que mais parece uma pirâmide. Nara me entrega as sandálias e vai até ela. Observo os momentos de desconfiança cedendo passo para o objetivo comum de edificar um monumento, uma impossibilidade arqueológica a ser confirmada pela próxima subida da maré. Juntas, e até certo ponto irmanadas, elas constroem os pavimentos avançando ao céu e fortificam a posição de onde formigas e pequenos caranguejos poderiam divisar o infinito. Contentes com a altura, agora elas se ocupam da grandeza, cravejando as paredes com cacos de conchas e pedriscos para compor mosaicos tão belos quanto aleatórios. Mas crianças não se deixam conter pelo esmero ou a perenidade das grandes obras e logo a menina se distrai. Com a promessa de outras realizações, segue o caminho do grupo para explorar uma praia que só é imensa nas possibilidades de diversão. De pé, Nara observa a força da água corroer as fundações do castelo. Seria uma metáfora para a vida a que se dispôs? Construir os pilares impermanentes de uma revolução que se supunha eterna? Só então me aproximo e me coloco ao seu lado, projetando uma sombra sobre aquela catástrofe figurada. Sinto os pelos de seu antebraço roçando os meus em um arrepio que a brisa acentua e se reflete no estômago. Seus dedos se entrelaçam aos meus, nossas falanges se comprimem e ativam o reator de uma nova cumplicidade vertical, algo que ainda não conhecemos. Percebo seus olhos alinhados ao horizonte, mirando na direção da entrada da baía como se avistassem um navio fantasma.

6.

O pirata inglês George Anson chegou à Baía de Coquimbo em 22 de outubro de 1741. Quando zarpou da Ilha de Santa Helena, estava em busca de ouro, glória e as graças da Coroa Britânica que tinha experimentado em ocasiões mais propícias e lhe renderam honrarias e títulos. Antes dele, Francis Drake, Bartholomew Sharp, William Knight e Edward Davis se aventuraram pela costa do Pacífico, atormentando as forças espanholas, coletando seus prêmios e, claro, sofrendo alguns reveses.

Aqui reside o problema das biografias. Enquanto as paixões e repulsas dos biógrafos temperam os acontecimentos, restam as inconfidências sussurradas, as lacunas da memória, a imprecisão dos relatos indiretos e até mesmo os mistérios insolúveis para dar conta do que não aconteceu. Nesses casos de hesitação, titubeio e vacilação, há especulações de sobra para alinhavar histórias mal contadas, ainda que muito bem escritas.

Sobre Anson, diz-se que ancorou a sete milhas de La Serena e, depois de alguns dias, simplesmente desistiu de atacar — algo estranho, pois bucaneiros costumavam ser tenazes na perseguição de seus objetivos. Do convés do Centurion, com seus setenta canhões alinhados, observou a faixa de águas tranquilas que o separavam da conquista de alguns tesouros, mesmo sendo menos promissores do que os butins das melhores fortificadas Valparaíso, Concepción e Valdivia. Então, com a mente brumada pelo orgulho que se evaporava no calor de desditas inéditas, o pirata refez sua viagem em retrospecto até a Ilha Juan Fernández, onde o antes majestoso Gloucester jazia em frangalhos. Mais atrás, lembrou-se de como o Wager tinha desaparecido ao sul do Golfo de Peñas, tragado pela tempestade derramada sobre a esquadra que, naquele ponto, ainda conservava poder de fogo e contingente suficientes para cumprir seus intentos. Ao recuar ainda mais, Anson testemunhou as mandíbulas do Estreito de Magalhães triturando o Severn, o Perle e a chalupa Tryal. O último a ver a frota completa tinha sido o brigadeiro José da Silva Pais, governador de Santa Catarina. Avisado dos planos de Anson para mapear as fortificações da ilha, ele lhe deu o troco e enviou informações para o inimigo, em Buenos Aires. Antes do brigadeiro, foram os estivadores do porto do Rio de Janeiro e, antes ainda, da Ilha de Santa Helena, que acenaram para os marinheiros intrépidos a caminho de se estrepar nas águas do Pacífico.

Enquanto isso, de um posto avançado na praia de La Serena, os chilenos vigiavam o Centurion com uma luneta, seguros de que não atacavam porque a tripulação tinha sido devorada pelo escorbuto ou uma das epidemias que assolavam navegantes mundo afora. Vindo da costa, o reflexo do sol na lente cegou Anson e o despertou de seu transe. Postado ao seu lado, com o livro de bordo aberto e a pena molhada na tinta, um oficial fazia as vezes de amanuense e esperava o ditado para registrar o que tinha se abatido sobre a frota, além de instruções sobre como deveriam proceder a partir daquele momento. O pirata olhou em volta. Havia apenas dez homens em condições de manejar o navio enquanto os outros, resignados, esperavam a morte ou uma improvável salvação que só a fé sustentava. Com raiva, Anson lançou um sextante ao mar como se o artefato fosse culpado por alinhar astros desfavoráveis. Hesitava porque todos os relatos que conseguia imaginar soavam embaraçosos, comprometiam sua reputação, desqualificavam seus feitos e colocavam em dúvida os títulos que o distinguiam. Afinal, retornaria para a Inglaterra de mãos vazias, em um navio carcomido e com um punhado de sobreviventes de um total que chegava a quase mil e novecentos homens embarcados no momento da partida. Então, tomado de ressentimento, deu ordens para levantar âncoras e içar velas. Pensaria em algo menos vexaminoso no caminho para casa.

O que Anson não tinha como saber é que, havia meses, o Wager tinha ido à pique nas bordas de uma ilhota desolada na Patagônia, e os sobreviventes se dividiram em dois grupos: um, liderado pelo desafortunado capitão David Cheap, que, chegando em terra firme, negociou com nativos e foi levado de canoa até Chiloé, onde foi obrigado a se render às autoridades espanholas; outro, composto por amotinados que deixaram Cheap para trás, improvisaram uma embarcação menor e rumaram para casa, contornando a costa leste da América do Sul. Entre os tripulantes leais, estava o aspirante John Byron, que viria a ser recompensado com outros postos na marinha britânica e, anos depois, com a reverberação de seu relato pela pena do neto, o famoso poeta Lord Byron.

Sobreviventes de ambos os grupos chegaram à Inglaterra entre 1743 e 1745, quando, a partir dos relatos do capitão Cheap ao almirantado, enfrentaram corte marcial para o deleite da opinião pública, gente entretida pela acareação de imperícias, heroísmo, negligência, escaramuças, mentiras e vingança. Foi um tremendo furor que, para alívio de Anson, eclipsou seu fracasso, digno da pena de alguns, do escárnio de outros e de um coro de lamentos por conta do grande prejuízo trazido a reboque.

7. DUZENTAS E OITENTA MILHAS (MAIS OU MENOS)

Os otimistas podem imaginar o Chile como a espinha dorsal do continente, com as vértebras da cordilheira a mantê-lo ereto, altivo e insubmisso. Mas os conhecimentos contidos em nossos dossiês sugerem que o país não passa de uma tripa longuíssima por onde se esgotam os dejetos de três Américas, coliformes contaminando tudo no caminho até a Terra do Fogo, misturados aos nutrientes que sustentam os regimes, digamos, engajados com as nossas causas. Aos outros, ministramos o remédio que expele a rebeldia entranhada para novos parasitas se instalarem e governarem as vontades de um organismo debilitado demais para se insurgir. Sob a ótica dos detentores do poder, trata-se de um procedimento legítimo, com efeitos comprovados e justificados a posteriori. Depois, basta seguir com a profilaxia.

Esse discurso, Nara entende e aprova. Para mim, basta inverter alguns sinais e colocar ênfase em certas palavras para manter a farsa sem trair a verdade. Sim, porque essa é a expressão clara do meu pensamento, uma mera constatação que tempero com lamentos e condenações por conveniência. Daí o estado das coisas em conjugações que a língua inglesa, entre outras, não distingue para marcar transitoriedades adiadas e negadas pela injustiça.

Em trânsito, estamos eu e Nara, forçando a concórdia dos nossos sentimentos. Conversar com ela provoca o mesmo alívio de minhas conversas com Victor em que buscávamos conexões possíveis a despeito de nossas divergências. E como acontecia quando estava com Victor, com Nara me sinto menos sozinho. Se sua presença me conforta, sua ausência deve doer na medida em que, mais uma vez, me obrigará a ficar a sós com alguém por quem não tenho muita estima.

Meio absorto, enquanto minha boca fala de maneira irrefletida, meu pensamento conflui para a monotonia do asfalto. Deixamos La Higuera para trás e avançamos até Punta Colorada, na divisa impressa no mapa para separar as regiões de Coquimbo e Atacama. Basta nomear o deserto para sentir as mucosas secas, invadidas por uma poeira que, neste ponto do percurso, é puramente imaginária. Passamos por Los Choros e, um pouco mais adiante, quando vejo o verso da placa de Cachiyuyo no retrovisor, noto o aumento do trânsito no caminho para Domeyko. O espaço entre os carros vai rareando até os veículos formarem uma fila imóvel. Nara abre a porta e sobe no estribo para ver se há um acidente obstruindo a estrada, mas o fluxo normal no sentido inverso indica que, se fosse esse o problema, bastaria contornar os destroços pela contramão e seguir viagem, com a curiosidade ainda presa às ferragens. Não demora para um jipe com três soldados cruzar com o nosso Peugeot pela pista livre. No banco de trás, um dos soldados usa o rádio. Minhas suspeitas de que há uma barricada à frente se confirmam. Para camuflar a aflição e não contagiar Nara, ligo o rádio e tento sintonizar uma canção sobreposta ao falatório dos locutores. As vibrações de uma cúmbia agitam o ar ao nosso redor e começo a dançar sentado, exagerando animação, batucando no volante enquanto acompanho a aproximação de um soldado pelo espelho. Se não entende o entusiasmo, Nara pelo menos me acompanha no ritmo que balança o carro até sermos interrompidos pela visão de um fuzil pendente na altura da minha janela. O soldado se inclina e revista a cabine com olhos displicentes. Faz um sinal que entendo como uma ordem para desligar o rádio quando, na verdade, ele quer que eu baixe o vidro, providência tomada com deferência e um sorriso de descontração. “Norteamericanos?”, pergunta. Assinto e começo a tatear a jaqueta em busca do meu passaporte. Com um gesto, ele demonstra que o procedimento é desnecessário. Pelo acostamento, o jipe se emparelha com o Peugeot.

Os três soldados confabulam por instantes que parecem horas para quem está encurralado. Então o jipe dá ré, o soldado enquadra a cabeça na janela de Nara e aponta para o acostamento, indicando para seguirmos por ali mesmo. "Adelante, adelante!" Ao se levantar, dá um tapa no teto que faz Nara se contrair em uma exclamação de músculos. O motorista transmite uma mensagem pelo rádio e antecipo uma emboscada a qual nos dirigimos sem escapatória.

O descampado à beira da estrada torna arriscada qualquer tentativa de fuga a pé, a menos que consiga atrair a atenção dos binóculos apontados para nós nas duas pontas do percurso. Minha ideia é arremeter contra um carro de porta aberta e gerar um tumulto moderado em torno do prejuízo, com gente se aglomerando para apartar a briga ou esquentar os ânimos. Quero criar um hiato na vigilância para que Nara possa chegar às colinas e desaparecer, um plano que ela ouve apenas para refutar. Eu me admiro não só com sua cumplicidade, mas com o meu altruísmo. Fossem outros tempos, e ela, outra pessoa, não hesitaria em abandoná-la como uma presa fácil para garantir minha escapada. Se me enternece, isso também me preocupa. Reluto em aceitar que algo esteja mudando entre nós e que tio Norman tivesse razão a meu respeito. É uma hora muito inadequada para me tornar um romântico idealista.

Sigo adiante em marcha lenta. Procuro atrasar ao máximo o encontro que pode marcar o final da nossa jornada tão breve e promissora. Se há desespero diante do inevitável, o que não pode haver é pressa. Meu passaporte e algumas mentiras talvez abram uma brecha nesta situação, mas não há nada que eu possa fazer por Nara. Nosso governo está comprometido com o sucesso do regime brasileiro, não vai criar um estorvo baseado nas explicações questionáveis de um agente que nem deveria existir. Para ela, que só conhece metade da história, a metade que contei, restarão a mão de ferro da DINA e uma extradição clandestina para o Brasil, onde vão querer escutar a história inteira. Nara se apruma no banco, doma os cabelos e respira fundo. Parece tomada pela confiança de que nossas alianças e a certidão no meu bolso sejam amuletos contra toda a fúria. Ela nem imagina o rastro de evidências que deixei para trás, embora fossem verdades parciais, coisa que toda verdade é quando se descola do relâmpago dos fatos. Diferente de mim, Nara segue para a martelada no crânio sem ter a certeza de que alguém empunha o martelo. Fico com as prerrogativas do desalento até avistar o bloqueio na pista. Aqui, a possibilidade de perdê-la para sempre me amarga a boca. Antecipo a pressão da corda em seu tornozelo, o tranco que vai fazê-la tombar, as puxadas cadenciadas que vão pendê-la de ponta-cabeça para que tenha razão e mais nenhuma felicidade, estando a felicidade reservada aos ignorantes mansos. Com o peito desprotegido, Nara sentirá a faca a lhe arrancar o coração enquanto sua mente escorre e uma poça de sangue lhe invade o nariz incapaz de borrifar um gêiser de revolta. Seus pensamentos liquefeitos, misturados a crenças e sentimentos, formarão um redemoinho em torno do ralo que os engolirá com um jato de mangueira. Acelero disposto a tudo para evitar a confirmação do presságio e, num passe de mágica, a cancela se levanta, os caminhões retrocedem e os soldados permitem nossa passagem. Enxugo o suor da testa e rio em espasmos, tentando manter o Peugeot na pista. Nara ri por contágio, sem captar todas as nuances de nossa pequena vitória. Milhas à frente, contido pela realidade da situação, jogo o carro no acostamento e beijo Nara com a intensidade de um último beijo, a solenidade de um último pedido, o sabor de uma última refeição. Ela concede o que era para ser roubado e o carinho ganha duração relativa dos beijos bons. O que quer que tivéssemos sido um para o outro até aqui ficou para trás. Sinto meu dedo pulsar com o garrote da aliança. Dou a partida e decido sair da rota principal e mais direta para o coração do deserto.

Na altura de Vallenar, tomo a via de volta ao litoral. Duvido que bloqueiem todas as estradas deste fim de mundo. Também duvido que nossa passagem tenha sido liberada por acaso. Os militares levantarem o bloqueio inebriados pelo livre arbítrio me parece tão impossível quanto a abertura do Mar Vermelho sob a batuta de Moisés. Mastigo a paranoia enquanto Nara se contenta com a sensação espúria de que tivemos sorte. Piso fundo em direção a Puerto Viejo, a partir de onde podemos seguir no sentido contrário das águas do rio Copiapó para um último pouso no caminho de San Pedro de Atacama. Copiapó, se não é longe, é um desvio. Ajuda a confundir o traçado de nossas pegadas. Queria estar mais tranquilo, mas, como delirou o apóstolo João, tenho a impressão de que ainda restam dois ais.

8. TERCEIRA PARADA: COPIAPÓ

A careta de Nara pontua sua impressão imediata sobre aquela periferia. É o sebo, aquilo que a faca pontuda separa e a mão descarta, segurando com a ponta dos dedos para diminuir o nojo. Conheço sua indignação. Ela sabe que é em lugares assim que o dinheiro surge e se impulsiona para nunca mais voltar e limpar o ranho das crianças, alimentar os camponeses ou cuidar dos velhos arruinados em minas e fábricas indiferentes ao seu padecimento. É uma visão clara, mas incompleta. Tomada por suas convicções, ela não intui que é disso que o mundo precisa para funcionar: gente descartável extraindo matéria bruta e produzindo coisas seguidamente descartadas a muitas milhas dali. As coisas são como são e configuram um tipo de utopia da qual pouquíssimos participam, cabendo aos elos da cadeia produtiva o mínimo necessário para que continuem produzindo. O problema de gente como Nara é semear fantasias em que o trabalhador não só dispõe dos meios de produção, mas também de uma solidariedade imensa com cada um dos integrantes da corrente. Assim, ele seria capaz de abrir mão de porções do seu conforto para que todos — um conceito difícil de definir, mas quantificado em alguns bilhões — tenham algo, sendo algo um conceito definido por comitês para determinar o máximo divisor comum para a igualdade. Nara se esquece de que, na outra ponta, há os detentores do verdadeiro poder, nutridos pelo que retêm e acumulam ao longo dos ciclos de riqueza circulante, vertida das entranhas de lugares como Copiapó, gerada por gente sem nenhum dinheiro ou qualquer poder porque se contenta com a sopa rala servida à mesa do mínimo necessário. De um lado, temos os que se esbaldam de tudo e não se contentam com algo.

De outro, os que aceitam algo de bom grado, embora seja muito menos do que precisem ou mereçam, com medo de abrir mão da sopa. Para eles, a sopa é a utopia, coisa que Nara não entende porque vê o mundo de ponta-cabeça e o prato estatelado no chão. Em seus devaneios, ela não percebe que, para essa gente, a sopa é tudo, algo que os poderosos querem manter no estado das coisas porque faz o povo acordar de manhã, disposto ao que for para ter o privilégio de levar a colher à boca. Infelizmente, não se mata a fome com dioramas do paraíso.

O céu tingido de luz refuta os ponteiros do relógio. Os pneus rodam lentos sobre as vias de terra enquanto tentamos nos entender com as muitas dobras do mapa que não esquadrinha nada na escala da realidade à nossa volta. É uma cidade plana, sem o relevo de prédios para nos orientar em direção ao centro. Alcanço um cortejo saindo de uma casa. Noto suas camisas limpas, vestidos decorosos e sapatos de missa. Baixo o vidro para pedir informações, mas mantenho o carro em movimento, no ritmo das pessoas, com cuidado para não levantar poeira. Nara aperta meu braço e freio por reflexo. Ela arranca a chave do contato, desce e corre para o porta-malas. Carregando sua valise, abre caminho entre as pessoas até chegar a uma moça de traços indígenas bem marcados, cabelos escovados com capricho e uma barriga saliente, escondida atrás de um buquê. As flores contrastam do fundo bege do vestido a sussurrar humildade e uma certa vergonha pela situação. Depois de alguns segundos de conversa, a procissão estaca. As pessoas se entreolham, dão de ombros quando Nara toma a noiva pela mão e a dupla volta ao começo da jornada, entrando na casa que pariu toda essa gente. Imagino a pressa aplicada aos procedimentos pois, minutos após recuperar a chave espetada na fechadura de trás e encostar o carro no meio-fio, vejo a noiva surgir emoldurada pelo pórtico para onde convergem todas as atenções. Finalmente, o vestido de Nara adorna a felicidade de alguém.

Ela decide pajear a moça no caminho até a igreja que fica logo ali, a alguns quarteirões. Mulheres e moças disfarçam risadinhas, imaginando que minha participação é maior do que realmente foi. Um homem me cumprimenta e sinto tapinhas nas costas vindos de todas as direções. Observo a satisfação de Nara transbordar em um sorriso que dura até a entrada da igreja sem ornamentos, consagrada a um deus austero, onde os convidados se juntam aos poucos que já haviam chegado. Eu e Nara nos contentamos com um dos bancos mais ao fundo, mas perto o suficiente do altar para vermos o suor escorrendo na testa do noivo. Com um tique, o moço ajeita o costume emprestado. Se fosse de segunda mão, teria providenciado um ajuste para que lhe caísse melhor. Ele alterna olhadelas entre a ponta dos sapatos e a porta de madeira sem entalhes que vai se abrir a qualquer momento. A crocância da borda de vinil precede as dobradiças rangendo, ruído logo engolido pelos acordes da marcha nupcial fora de rotação para embalar a entrada da noiva. Escoltada pelo pai, ela flutua pelo corredor central para a surpresa do futuro marido. Ele jamais esperava tamanho luxo.

Para quem já presenciou uma cerimônia católica, esta não reserva qualquer surpresa, embora esteja ungida com um senso de comunidade e sentimentos sinceros que nem sempre dão as caras. Ao final, concedida a permissão para beijar a noiva, vejo o moço pousar a mão com ternura sobre seu ventre enquanto o ponto focal do público é o toque de lábios que já se conhecem muito bem. Gravo esse retrato na mente enquanto procuro a mão esquerda de Nara e a tomo em um enlace mudo.

No cortejo de saída, com passos minúsculos, como se quisesse adiar o fim de tamanha alegria, a noiva murmura um agradecimento para Nara, produzindo uma lágrima instantânea presa à beirada dos olhos. Em frente à igreja, um parente aguarda o casal com as portas do carro abertas enquanto as crianças amarram as últimas latas ao para-choque e abençoam o matrimônio com o espírito da algazarra. A mãe da noiva nos confidencia que trocaram a festa por uma estada na praia, em Bahia Inglesa, para aproveitarem os três dias de licença que conseguiram negociar. Ao saber que buscávamos hospedagem, a mulher insiste para pernoitarmos com sua família. Nara aceita a oferta sem pestanejar, dando chance para a retribuição equilibrar suas gentilezas.

Reconduzidos à casa, somos apresentados ao quarto onde aqueles jovens iniciarão a vida a dois até terem condições de alugar um imóvel para três e os que ainda virão. O quarto fica destacado dos outros cômodos e isso nos garante alguma privacidade. No catre estreito, em sincronia com os significados que a cerimônia inaugurou, nos entregamos aos ritos de uma verdadeira noite de núpcias.

9.

Charlotte Gallo chegou a Copiapó na virada do ano de 1859. Estava em busca de uns trocados que o pai, um rico empresário local, pudesse lhe dispensar para manter o nível da vida que tinha levado em Paris. Em dez anos por lá, estudou em regime semi-interno, sob os cuidados da irmã de sua mãe, sendo ambas as mulheres muito afeitas às influências do Velho Mundo. A tia era permissiva com seus hábitos noturnos e desinteressada do seu envolvimento com grupos de pensamento dissidente que germinaram a partir das convulsões de 1848. Já o pai não parecia tão inclinado a fazer seus gostos. Tinha pago por seus estudos para domesticá-la com boas maneiras e a submissão esperada como parte substancial de seu dote.

Enquanto o velho Gallo buscava um pretendente de boa cepa para arranjos que, em vez de transferir, multiplicariam seu prestígio e a extensão de seus recursos, Charlotte flanava entre aulas que ampliariam sua habilidade ao piano e no manejo de agulhas de crochê. Esse procedimento garantia convites para saraus e encontros de moças casadouras aos quais nunca comparecia, usando as ocasiões para obter permissão da mãe para sair de casa e se juntar à turma de intelectuais e artistas da região. Para os padrões de Charlotte, era uma turma pequena, e a conversa soava requentada, ecoando ideias liberais e socialistas que, se impuseram apenas uma breve interrupção à monarquia francesa, pelo menos ajudaram a enterrar o romantismo em prol das efervescências da realidade em suas múltiplas manifestações.

O radicalismo de Charlotte na presença de seus compatriotas — tão tímidos, tão contidos, tão limitados! — fez dela uma espécie de musa. Sua voz tinha o efeito devastador do canto das sereias, cativando a atenção dos rapazes para torná-los rivais no momento seguinte. Nesse ponto, é claro que seus encantos ajudavam, assim como o espalhafato de seu comportamento que duas taças de vinho bastavam para acender. Para aqueles jovens, Charlotte trazia notícias do futuro, embaladas no riso solto contraposto à seriedade com que tentavam se investir para criar seu lugar na História.

Em um desses encontros, enquanto o nível da pipa de vinho baixava rápido, Charlotte nutriu uma antipatia imediata por Eduardo Barazarte. Eram muito diferentes e com muito em comum, ele também filho de ricos e recém-chegado, custando a se aclimatar às perspectivas modestas da cidade depois de se especializar em metalurgia, em Londres. Com negócios declinantes no ramo do guano, a família tinha assumido muitos riscos com a abertura de minas de prata e cobre que demoravam a se provar rentáveis. Eduardo, muito mais circunspecto do que os demais, ironizava os conceitos sociais e estéticos de Charlotte. Pior: ele não ria de suas piadas, inflamando o ódio da garota acostumada ao cortejo acrítico que o grupo lhe dispensava. Ela dava o troco, cochichando que o trinômio que Eduardo levava pendurado ao nome só provava o óbvio: o rapaz gostava de bares, sua fortuna era fruto do acaso, e de arte, bem, de arte ele não entendia nada, um inconveniente para quem se supunha cultivado. Na mesma chave, Eduardo ressaltava o galicismo caipira da menina que cacarejava frases feitas enquanto o pai se esfalfava para encontrar uma ave estúpida o bastante para empoleirar na sua vida. Enquanto isso, Charlotte vaticinava o fracasso do rapaz porque o negócio da mineração exigia um tino que sua família não tinha, acostumada a extrair riqueza de montanhas de bosta.

Charlotte e Eduardo se desagradavam tanto que, naturalmente, se apaixonaram. Se os cursos para civilizar a menina viraram desculpas para as reuniões, as reuniões viraram pretexto para as tardes que passavam juntos, mitigando suas diferenças em posição horizontal e com movimentos ritmados.

Copiapó não era grande, com a vida alheia compondo assuntos públicos na velocidade implacável da fofoca. Assim, as famílias logo ficaram sabendo dos encontros que, em outros tempos, cessariam com o exílio agradável de uma temporada na Europa até o desejo virar cinzas. Mas as habilidades de Eduardo eram requisitadas para a diversificação dos negócios do velho Barazarte, e o velho Gallo não estava disposto a devolver Charlotte à dissolução da vida em Paris. Ambos estavam muito mais preocupados em juntar forças para impulsionar a autonomia da região, cansados de patrocinar a pujança do governo central com as riquezas que desencavavam da terra seca. Fossem feitas de metal ou bosta, tanto fazia, essas riquezas compunham o cacife necessário para aumentar a influência dos empresários locais enquanto os latifundiários do sul também espremiam Montt, todos querendo conquistar um quinhão de poder que os conservadores retinham, redobrando esforços para repelir os novos ideais.

Em segredo, os patriarcas resolveram frustrar o arremedo de "Romeu e Julieta" que pretendia trocar o fausto de Verona por aquelas plagas poeirentas. O que o velho Barazarte não tinha como saber era que os argumentos práticos e cordiais do velho Gallo, na maior parte bem-intencionados, também tinham raízes escondidas. Sua fortuna se irrigava pelo sangue de Vivienne, mãe de Charlotte, em uma genealogia torta e duvidosa, com ramos estendidos até Versailles. E a senhora Gallo, agarrada a uns fiapos de aristocracia, não tolerava a ideia de macular sua linhagem com guano. Assim, combinaram que o melhor seria elencar um pretendente para Charlotte que lhes aportasse alguma musculatura política enquanto, para Eduardo, um posto de destaque no futuro Colegio de Minería garantiria sustento, autoridade e ascendência.

Os detalhes do plano foram expostos aos diretamente envolvidos e indiretamente interessados durante um jantar que juntou as famílias e os conspiradores. Para surpresa geral, Charlotte foi apresentada a seu futuro noivo, filho de um importante apoiador dos constituintes de La Serena, enquanto Eduardo foi integrado ao quadro diretivo da escola que ainda levaria alguns anos para sair do papel. E, desse ponto em diante, a pena trágica de Shakespeare parece inspirar, senão o enredo, pelo menos o desfecho reservado aos jovens amantes.

Desesperado para reverter seu destino e angariar a simpatia da família que o tinha dispensado, Eduardo decidiu provar seu valor e, sem o consentimento do velho Barazarte, se alistou na tropa de insurgentes comandada pelo tio de Charlotte. O rapaz tombou em Los Loros, vítima de um balaço. Segundo boatos, o incidente tinha sido encomendado pelo velho Gallo ao saber que a saliência crescendo na barriga da filha frustraria um casamento tão bem arquitetado. De Charlotte, conta-se que passou seus últimos dias reclusa depois de um aborto facilitado pelas ervas de uma índia velha. Muito debilitada, ela morreu de tristeza em 22 de outubro, embora o diagnóstico oficial apontasse uma tuberculose que também é mal do peito.

10. O CAMINHO PARA SAN PEDRO DE ATACAMA

Para onde vocês estão fugindo?, a mulher pergunta. Ainda estou pouco vigilante para entender que não há malícia na frase. Os galos mal despertaram e acabo de deixar o quarto em busca de uma lâmpada mais clara para desvendar as rugas do mapa, nosso guia até o ponto de chegada que nunca chega porque não há hodômetro para dar conta de tantas expectativas. Enquanto prepara café, ela insiste em sua curiosidade. Menciono San Pedro de Atacama. Suas sobrancelhas se arqueiam. Com palavras simples, confessa espanto por uma escolha pouco usual para quem não está em busca de um veio promissor ou dos vestígios de quem andou por ali uns dez mil anos atrás. Fora isso, há os hippies esparsos e os astrônomos de sempre, olhando para mais além com a mínima distorção possível. Nara se junta a nós sob a luz e a mulher aponta caminhos que serpenteiam por uma superfície plana demais para ser real. Há o caminho do litoral e o caminho entre os montes, ascendendo aos poucos para nos acostumarmos à falta de oxigênio, mercadoria rara daqui em diante. Enquanto Nara limpa as remelas de uma noite curta, decido sair imediatamente para enfrentar as mais de quinhentas milhas que temos adiante. Sem entender a urgência, a mulher prepara um farnel com comida para a viagem e, depois de fuçar no quintal, nos empresta um galão de metal capaz de estender nosso alcance além de Calama. Os preparativos para a largada se resumem a agradecimentos e um abraço. São palavras e gestos definidos pela pressa.

Na saída da cidade, paro para abastecer e encher o galão. É o suprimento necessário para cruzarmos o nada sem ficarmos à mercê do acaso, empacados em um ponto de tinta impossível de distinguir. Nara, minha idealista romântica, fala pouco. Talvez calar seja um sintoma da falta de intimidade que vencemos devagar, com a revelação sutil de um segredo, de um pecado, de uma preferência. Não posso prolongar essas reticências por muito tempo. Preciso encontrar pretextos para desenganá-la, tendo atado o destino do dinheiro ao meu e ao dela. Seus gastos estariam vinculados à pureza de suas intenções enquanto os meus seriam contabilizados no saldo da desforra. Uma realização liliputiana se analisada na dimensão do mundo real, sendo esse também um mundinho que se encolhe todo para caber na proteção das cercas, espetos talhados de desconfiança e de uma ignorância oportuna. Da ignorância, já não posso me valer para justificar nada, ainda menos as escolhas feitas para colocar as mãos nos três milhões de dólares, grana que pode ser aplicada para descobrir e batizar uma estrela fora do espectro visível, mas talvez não seja suficiente para manter Nara ao meu lado. No Peugeot alugado, na estrada para San Pedro, avançamos para o momento em que o xeque-mate será inevitável e a jogada, prevista em regras obscuras, demandará explicações difíceis de engolir se não forem envolvidas por uma cápsula de verdade cristalina.

Pelas minhas contas, três milhões de dólares quitam a teimosia de meu pai. Ele sempre preferiu uma multidão de milhões aos dólares que forrariam os bolsos dessa gente. Refaço o cálculo usando tio Norman como parâmetro e sobram apenas os dólares, com profunda repulsa aos milhões que somos todos e tantos. Se sacar os dólares e os milhões, resta minha mãe e o valor da sabedoria espalhada em centenas de páginas escritas há séculos e ainda assim tão frescas. Subtraio Nara e não sobra nada, sendo milhões as mentes abrangidas por seus sonhos, dólares a essência de seu desprezo e três uma conta que não fecha porque inclui uma pessoa que já não sou, mas de quem é difícil me livrar. Agora, se mantiver Nara e deduzir tudo o que meu pai me deve, o que minha mãe nunca reclamou e o que tio Norman me proporcionou para depois me negar, chego ao valor exato que aplacaria minha frustração. Pena essa matemática fajuta não resolver o problema que é convencer

Nara a encomendar umas cercas para marcar a fronteira oficial desse mundo inventado, onde qualquer contenda entre Eles e Nós será deixada do lado de fora.

Talvez meu lado de dentro seja menor do que Nara espera, restrito demais para abarcar uma visão de mundo totalitária em que a felicidade é não apenas irrestrita, mas obrigatória. Está disponível a todos e ninguém seria louco a ponto de desprezar uma oferta tão, digamos, generosa. Mesmo se tentasse converter em devoção toda a tranquilidade que esse dinheiro compra, conseguiria tirar Nara de seu mundo ideal com três milhões de abraços de dez segundos, totalizando umas oito mil horas de afeto? Seria possível diluir esse amor em uma vida que compensasse o crime de abraçar o dinheiro como a medida de tudo? Assim, turvados por meus dilemas mesquinhos, seguimos sob as bênçãos de um orgasmo ou dois, acompanhados pela bondade de estranhos. Avançamos pela estrada que se recusa a ser direta, tangenciando as sobras quando a mineração engole tudo de valor, regurgitando a pobreza exaurida de qualquer dignidade.

11.

Kori e Sisa chegaram a San Pedro de Atacama em 1955. Sisa estava além de qualquer desejo. Já Kori tentava escapar da miséria entranhada em cada poro de seu corpo desde seu nascimento. Tinha passado a infância seguindo seus pais em uma longa jornada. Eles, por sua vez, seguiram a linha traçada por ancestrais fora do tempo e da memória, pastoreando um rebanho que escasseava, coado por fronteiras fluidas. Quando os bichos já eram muito poucos, morreram os pretextos para o deslocamento. Então a família sossegou em um assentamento onde vivia outro punhado de aymaras. Como o artesanato que produziam era sofrível, dependiam da complacência e das esmolas dos forasteiros abordados em San Pedro. O esforço rendia menos do que precisavam para comer.

Nas primeiras semanas, Kori foi poupada da humilhação de implorar por moedas, ficando no acampamento enquanto seus pais tentavam comover quem cruzasse seu caminho. No barraco feito de restos de outros barracos, Kori enganava a fome e a solidão brincando com Sisa, a única posse transmitida por várias gerações de nômades que não sabiam ao certo quem ela era, de onde tinha vindo e desde quando os acompanhava. Embrulhada em um fardo, Sisa conservava os traços de boneca e era tratada como um pequeno tesouro cujo valor os pais de Kori desconheciam, mas do qual não duvidavam, mesmo que fosse puramente simbólico ou sentimental. Aceitavam cuidar de Sisa como sua responsabilidade e, um dia, seria a vez de Kori se encarregar da tradição por onde fosse.

Sisa não tinha um baú, um altar ou vitrine. Era mantida em um cesto de palha, envolta em tufos de lã suja, porém macia. Quando dava a hora de os adultos voltarem, ela era enrolada nos trapos e devolvida ao berço improvisado. Mais de uma vez, a mãe tinha advertido Kori de que Sisa não era um brinquedo. E não era mesmo: para Kori, era uma irmã com quem compartilhar impressões e confidências que ninguém mais tinha disposição para ouvir e abarcavam um sofrimento tão palpável quanto o pó que invadia as narinas, retesava a pele e deixava os cabelos duros como arame.

Aconselhados pelos vizinhos de que as crianças levantavam um bom dinheiro, o pai de Kori emancipou-a aos dez anos de idade para se tornar, ela também, uma pedinte. Era uma atividade leve, só consumia a alma com a corrosão da pena ou da reprovação dos outros. No final do dia, o prato cheio era um consolo e ajudava a menina a se libertar dos diversos papéis desempenhados no teatro da misericórdia. Às vezes, era a filha demente de um homem lutando pelo sustento. Nos dias bons, era a mãe, mais carinhosa e compreensiva, quem a levava pela mão e a apresentava como a menina necessitada de remédios caros demais. Mas o melhor era quando encontrava um ponto tranquilo perto da igreja, protegido pela sombra, bastando estender a mão e murmurar qualquer coisa no tom certo para ganhar alguns trocados dos turistas, fossem aventureiros, esotéricos ou astrônomos em busca da fina camada de atmosfera disposta sobre a região. Ali, sempre cruzava com outros garotos atacamenhos, todos desvalidos como ela, mas que não disputavam migalhas, deixando-se guiar pela solidariedade e uma certa consciência de classe. Às vezes, juntavam as moedas de menor valor e criavam um fundo para comprar balas divididas com justiça e gentileza caso algum cotista tivesse participado com pouco. Formavam um bando acanhado de importunadores. Não incomodavam tanto por sua insistência, mas pelo simples fato de existirem, vendendo alívio para a culpa dos mais abastados, sendo "abastado" uma designação um tanto relativa por ali.

Em uma dessas tardes, os meninos comentaram sobre o padre estrangeiro que comprava as tralhas abundantes entre os povos do deserto. Miudezas sem qualquer utilidade aparente, aumentando o peso morto arrastado em nome do costume. O mais velho, com um bigodinho que lhe falseava os catorze anos, invocou o espírito corporativo e sugeriu a contribuição de cada um. Poderiam compor um lote de cacarecos pelo qual não aceitariam os escambos costumeiros do padre, exigindo dinheiro vivo. Todos tinham a tarefa de subtrair utensílios, amuletos e esculturas do espólio familiar, coisas das quais não dessem falta em um primeiro momento e que viabilizariam novos sumiços caso os negócios prosperassem. Ao mais velho, caberia fazer os contatos e realizar a transação de maneira discreta. Se a história se espalhasse, o mercado ficaria saturado de quinquilharias e toda a vantagem comercial iria para as mãos do comprador. Combinaram de juntar as mercadorias no domingo seguinte, 23 de outubro.

Kori fuçou nos sacos e sacolas de seus pais sem encontrar nada para satisfazer o apetite colecionista do tal padre. Mentalmente, deduziu daquelas tralhas tudo o que deixariam para trás em um incêndio ou terremoto até chegar à última coisa que, por ser a última, deveria ter algum valor. Assim, às escondidas, procurou o cesto de palha e resgatou Sisa do abandono imposto pela maturidade de quem trabalha de sol a sol e não tem mais tempo para brincar. Se havia uma confidência a fazer, não parecia adequado derramá-la naqueles ouvidos.

Os sinos da igreja dobravam ao longe quando Kori se despediu dos pais e seguiu para o encontro marcado. Eles não estranharam que a menina partisse no lusco-fusco da manhã. Sabiam que a saída da missa era concorrida e os paroquianos esvaziavam os bolsos rentes, tocados pela generosidade que a cerimônia incitava. Também não repararam que o bornal da filha estava mais recheado. Sisa era mirrada e a estopa que a protegia não sobrecarregava a alça, bastando deixar o casaco para trás para não levantar suspeitas. No berço ancestral, restaram os trapos. Enfim, sua existência ganhava novos propósitos.

O combinado era se reunirem em um armazém abandonado à beira do córrego, perto de onde o museu do padre ia sendo construído na velocidade de um orçamento modesto. Era cedo para haver testemunhas na rua e entraram sem serem notados. Um a um, dispuseram suas prendas sobre um cobertor puído e os olhos se arregalaram na presença de Sisa. Ganancioso, o mais velho arreganhou os lábios e expôs as fileiras de dentes cravejados de malícia. Comentou que o padre apreciava múmias e aquela parecia ser das boas. Sem carinho ou cuidado, ele a ergueu pela cabeça. Era tão diminuta que tornava difícil intuir se um dia tinha chegado a nascer.

O que o rapazinho não tinha como saber é que sua atitude faria Kori sentir um arrepio, prenunciando o arrependimento que jamais se abrandaria por ter quebrado a corrente da qual fazia parte. Sentiu pena da irmã que dependia tanto dela e de quem dependiam ela, os pais e gerações imemoriais dedicadas a carregar aquele pequeno fardo, sem terras para defender ou onde descansar. Com um arroubo, Kori tomou Sisa nos braços, cobriu-a com seus trapos e começou a recuar, buscando a porta com o braço estendido às costas e os olhos concentrados no grupo que se fechava em torno dela. Ela não iria a lugar algum, o rapazinho avisou e, com um tranco, jogou-a no chão com toda a força para lhe tomar o pacote. Na queda, Kori bateu a cabeça e não demorou para uma auréola de sangue congelar sua expressão. Assustados, os meninos fugiram enquanto o mais velho recolhia as peças que venderia ao padre naquela tarde, incluindo uma valiosa e bem preservada múmia aymara. Fez isso com remorso, mas o dinheiro era mais do que necessário. Antes de sua fuga para o sul, comprar o silêncio dos menores saiu barato pois Kori era pobre demais para justificar uma investigação minuciosa.

Dois anos depois, quando foi exposta pela primeira vez, disputando atenção com o resto do acervo, Sisa parecia sonhar eternamente, embalada pelas duas mortes que pulsavam na palha de suas entranhas.

12. OÁSIS

Pergunto a Nara se tem ideia de qual seria a melhor maneira de dispor do dinheiro. Também tateio para saber se há outros arranjos que desconheço, combinações feitas às minhas costas, movidas por lealdade à célula que a aceitou e para a qual se tornou indispensável. Ela dá de ombros. Argumenta que é preciso encarar um problema de cada vez, pegar o dinheiro é o primeiro de uma lista que tende a se avolumar. Grana costuma ser solução, mas muita grana sem origem cobra taxas e pedágios para circular em segredo. Alega conhecer os problemas que esse dinheiro resolve, mas ainda ignora os que ele cria. No fundo, ela tem razão. Ensaio um tom divertido para sugerir que, com essa quantia, poderíamos desaparecer do mapa, de todos os mapas. Sua reação me interessa, mas se resume a um risinho pouco revelador. Tento outra abordagem e proponho ser o bastante para ela escolher as lutas que quiser lutar, onde o esforço valha a pena e faça maior diferença. Nara aponta para a cabeça, diz que esse é o domínio da luta, o território movediço e perigoso a conquistar. Se ela pudesse vasculhar a minha mente, veria que o território é, ainda por cima, turbulento, sujeitado por ideias que se confrontam sem rendição ou armistício. Se às vezes retrocedem, é para voltarem fortalecidas, dispostas a resistir ao bombardeio de argumentos que o outro lado da história prepara e está sempre pronto a utilizar. Ideias não fazem reféns, mas deixam testemunhas na forma de arrependimento.

O ponteiro do painel indica que meus ardis se esgotaram antes do combustível. Como previsto, o diesel nos empurrou até os arredores de Calama. Por garantia, uso a reserva do galão e isso deve bastar para chegarmos a San Pedro.

As condições da estrada pioram muito. Em alguns pontos, nem há estrada, o caminho foi engolfado pelo deserto. A velocidade da jornada se reduz ao limite do tédio que só não se instala completamente por conta dos solavancos que o Peugeot sente e lamenta com rangidos. Aos poucos, o deserto devolve vestígios da vontade humana se impondo aqui e ali. Barracos viram casebres e os casebres se adensam para desembocar em um traçado regular de ruas e vielas cruzadas, cada uma com sua coleção de casotas e lojinhas que abastecem os locais com o pouco de que precisam até porque mais não há.

Não devem passar de mil pessoas aqui, já contando a população flutuante de gente que veio para encontrar algo ou se perder de vez. De longe, as roupas fazem as distinções necessárias entre os habitantes e os estrangeiros com seus lenços no pescoço, chapéus empoeirados e camisas que resistiram bem ao calor do dia que começa a arrefecer. Aqui, o deserto traga o suor. Há também o movimento como diferença patente. Enquanto os forasteiros vagam no fim de tarde, os locais permanecem imóveis em seus parapeitos, degraus e mesas de bar, conformados com a modorra e o pó.

Reluto em parar e pedir informações que dirão muito sobre nós, sem garantia de resposta. Assim, rolamos por ruas paralelas de ponta a ponta, observamos os estabelecimentos perfilados em busca de um sinal qualquer. O bom senso me faz imaginar que alguém a fim de ocultar atividades subversivas não anuncie seu codinome em letreiros, mas não é o caso de Humberstone. Diante de uma porta estreita, uma placa encabeçada por seu nome alardeia um rol de serviços confessáveis:

EXCURSÕES GEOLÓGICAS E ASTRONÔMICAS
ASSESSORIA TOPOGRÁFICA
SUPERVISÃO DE OBRAS
ACONSELHAMENTO LEGAL
AVISTAMENTO DE ÓVNIS

Nem conheço o tipo, mas já desprezo seu senso de humor.

"Ele está em Chacabuco." Por cima do balcão, onde apoia o cotovelo e esparrama os seios, a mulher sopra essas palavras com a fumaça de um cigarro. Nara pergunta se é longe.

"Longe ou perto, você não vai até lá. A menos que tenha sido convidada."

Não me parece o caso de insistir. Temos que nos contentar com esses fiapos.

"Deixo recado em nome de...?"

"Venkman. Frank Venkman."

A mulher escreve meu nome com a curiosidade pousada em minha companheira.

"E a mocinha?"

"É Nara", respondo.

Sua mão estaca. Deixa o lápis cair e amassa o papelucho. Agora, temos sua atenção.

"Ele chega amanhã. Arranjem um lugar para dormir."

"A que horas a gente volta?"

"Não voltem. Ele vai saber onde encontrar vocês."

Ela aproveita a conversa se apagando para acender um cigarro na brasa do outro, antes de juntá-lo às guimbas pisoteadas. Diante de tantos segredos, certas ironias se tornam irresistíveis.

"E como anda o negócio dos óvnis?"

Ela me encara com a seriedade dos ofendidos.

"Já viu algum?"

Nego com a cabeça.

"Agende uma excursão. No deserto, tudo é possível."

PARTE III

O LIVRO DOS FINS

11 HORAS E 18 MINUTOS PARA O FIM

É verdade que acordamos quando nos observam fixamente. Despertamos sobressaltados sob o escrutínio de alguém que não estava lá quando os olhos se fecharam e que passa a ter o volume de uma ausência desfeita. Tento focar a silhueta adensando a penumbra. Quero ter certeza de que não são resquícios de sonho invadindo a realidade para evaporarem um segundo depois, deixando para trás memórias suspensas de algo que só aconteceu na caixa de ressonância da mente. A adrenalina faz os relevos à minha frente se organizarem devagar, mas é apenas uma impressão. O susto estica o tempo até os detalhes se revelarem. Vejo a arma apontada para Nara enquanto os olhos dele fazem pontaria nos meus. Tento não ser brusco ao me aprumar na cama, mantendo o anteparo frágil dos lençóis que só protegem meu pudor de morrer pelado, estirado em um colchão duro e meio sujo. Mesmo desempenhando essa coreografia na velocidade sutil do constrangimento, foi agitação o bastante para Nara dar um pinote e ensaiar um grito coado na trama dos dedos.

"Bom dia", a inflexão do homem dispensa amabilidades.

Por instinto, Nara tenta enfiar a nudez no vão entre minhas costas e a cabeceira. Meus gestos pedem e tenho consentimento para acender o abajur. Quase dá para ouvir o rangido das testas se franzindo e das pálpebras espremidas para filtrar a luz. Ele joga nossos passaportes sobre a cama. Com a mão livre, examina minha carteirinha do CPUSA antes de dispensá-la como uma carta de baralho de pouca serventia para completar uma combinação que já nasceu arruinada.

"O que traz vocês aqui, Frank? Óvnis?"

Quem sabe devolver a ironia de ontem, ainda que de forma indireta, ajude a diminuir a tensão.

"Já viu algum?"

"Já vi de tudo", Humberstone retruca. Diante de fragilidades tão expostas, ele guarda o revólver no bolso da jaqueta. Seu bigode lembra uma lacraia se movendo lenta para instilar a peçonha nas palavras. "Esperava por ela e um amigo. Tem notícias dele?"

Sem a pressão da ameaça, Nara veste a camiseta e infla os pulmões de alívio.

"Victor está morto. Lamento", minha declaração fecha uma cortina de pesar.

"Em nosso ramo, tanto silêncio é um péssimo sinal." Ele exala um suspiro que restitui ao acender um cigarro. "Quanto ela sabe?"

Tomada por secundária, Nara se exalta. Diz que conversa fiada não faz parte da missão. As baforadas de Humberstone se misturam à risada engasgada e vice-versa. Decido me calar para a cumplicidade ter chances de se estabelecer ainda que de um jeito enviesado, calcado na desconfiança de cada um sobre as qualidades do outro. Nara quer saber do dinheiro.

"Sei exatamente onde está."

"Quando vamos pegá-lo?", pergunto.

Humberstone consulta o relógio.

"Com sorte, ainda hoje."

"Em nosso ramo, não é bom depender da sorte", devolvo o tom jocoso que tanto me irrita.

"Dependemos apenas da disposição dos meus clientes de ir até lá. Uma hora dessas, devem estar lustrando as botas e passando a farda. É gente muito apegada à imagem. E não saem de Calama antes do telegrama com as ordens do dia."

Minha espinha gela. Já o sangue de Nara, esse ferve, e sua indignação ecoa no quarto de adobe. As vogais ricocheteiam porque os brasileiros de São Paulo as pronunciam abertas, um pouco como os argentinos, todos meio italianados. Ao mesmo tempo, ela pergunta e exclama que Humberstone trabalha para os golpistas.

"É o que eles acham. E ainda pagam bem. Para além da ironia, isso me ajuda a sobreviver escamoteado aqui, esperando instruções. Vamos concordar que este lugar não é dos mais excitantes, certo?"

Nara provoca. Segundo seus princípios, se não chega a traidor, ele não pode negar que é mercenário.

"Minhas atividades são arriscadas. E o fato de os meus verdadeiros patrões não serem necessariamente generosos acaba pesando", a lacraia se contorce em um sorriso enquanto ele apaga o cigarro nas lajotas. "É fácil medir a mesquinhez dos outros com uma carga daquelas esperando por vocês. Pelo peso, devem ser uns..."

Três milhões de dólares, ela diz. Eu teria preferido que Nara mantivesse segredo sobre o valor que ejeta Humberstone da poltrona.

"Uau! Essa grana teria ajudado muito, camarada. Pena que chegou tarde. O malote da revolução não é dos mais confiáveis."

Ouvimos leves batidas na porta. É Paco, o rapaz que nos recebeu no muquifo. Reconheço sua voz servil, um recurso para compensar a qualidade das acomodações.

"Senhor Humberstone, ligação do sargento. O senhor vai atender?"

"Estou indo", ele se apressa em responder. "Se aprontem. Venho apanhá-los."

8 HORAS E 43 MINUTOS PARA O FIM

"Dois dias atrás, teve gente estranha rondando por San Pedro. Do tipo que faz perguntas. Mas o pessoal daqui, mais do que confiável, é discreto. Prefere tapar os ouvidos e fechar o bico para ficar longe de encrencas", Humberstone esclarece. "Um deles era negro, coisa rara por estas bandas."

Destinos são traçados por constelações que ligam coincidências impossíveis. Assim, vejo figuras se formarem e ganharem sentidos que nem Nara nem Humberstone suspeitam existir. Por seu informe, se tínhamos pressa, agora temos urgência. Como desconheço seus protocolos, escolho fazer como os locais e ser discreto. Ignorar o perigo pode garantir a motivação necessária para levar a missão adiante.

"Para todos os efeitos, vocês são meus consultores", ele instrui enquanto tenta engatar a ré na caminhonete podre, uma carcaça ambulante com as engrenagens empanadas em óleo velho e poeira. "E podem ficar tranquilos. Eles são raia miúda, quase espantalhos."

Nara pergunta que bico Humberstone está fazendo para o exército.

"Sou uma espécie de empreiteiro. Aos poucos, transformam a salitreira desativada em uma estância para dissidentes políticos. Apenas para os mais salientes. É emblemático terem escolhido uma cidade-fantasma para enterrar gente viva".

Ele complementa seu relato com descrições e detalhes. Está a par de informações que não circulam em níveis mais baixos de confiança.

"Com o Estádio Nacional lotado de presos, é natural ampliarem as acomodações", concluo.

A curiosidade de Nara desponta na camada de desprezo que ainda resiste. Pelo tom e o teor das perguntas, Humberstone colabora com o inimigo. Ele sente o peso das reservas dela e não reluta em rebatê-las com inconfidências. Se decifradas, poderiam lhe custar a vida. É o tipo de moeda que compra consideração.

"Estou a cargo de tocar as tarefas desagradáveis. Coisas mais relacionadas a cavar do que a construir. Meu trabalho é ajudá-los a sepultar alguns segredos capazes de fazer muito estrago", ele sugere sem revelar. Nara quer saber por que escondeu o dinheiro justo lá, e sua pergunta invoca o espírito piadista.

"Vigilância. Isolamento total. Segurança reforçada. Sem contar o gostinho de conspirar bem embaixo de seus narizes", ele se gaba. "Sabe o que foi mais divertido? Pedir para eles carregarem sua encomenda em uma caixa de explosivos. Suaram frio, coitados."

Quando estaciona em frente ao quartel, Humberstone buzina três vezes e aproveita para acender um cigarro pendido no canto dos lábios. Vemos sair a tropa minúscula. Seu jeito de andar até a caminhonete faz supor o desânimo que suas ordens implicam, sendo eles os primeiros hóspedes do desconforto absoluto arquitetado para receberem gente que desprezam. Nara se espreme no banco de trás para acomodar o sargento e o soldado. Mudos, eles a saúdam, desferem tapinhas nas costas do motorista e me estendem a mão por cortesia. Têm a pele seca e fria, como a de uma cobra entocada sob as pedras.

7 HORAS E 21 MINUTOS PARA O FIM

O chassi se retorce para compensar o relevo pedregoso à frente.

"Não falam inglês. Burros demais para aprender. Temo que furem os próprios olhos tentando bater continência", Humberstone zomba em inglês, é claro.

Nara solta uma risadinha que os militares tomam por simpatia e ingenuidade, características atribuídas a mocinhas como ela. Por exclusão, a dupla conclui que não entendemos espanhol. Sentem-se à vontade para dispensar os ritos da hierarquia e abraçar a intimidade como bons compadres.

"E Neruda?", o soldado parece continuar uma conversa que começou mais cedo e ainda consome sua atenção.

"O que tem Neruda?"

"Você acha que mandariam ele para cá?"

"Pouco provável. Faria muito barulho."

"Talvez você tenha razão."

"Claro que tenho. O homem usava aquele Nobel de merda como se fosse um megafone."

"Sim, sim. Mas, no fundo, não passava de um comunista filho da puta."

"Pior."

"O que pode ser pior?"

"Era um poeta."

"Ah, tinha isso também."

"Poetas falam coisas que poucos entendem. E esses poucos passam a se sentir iluminados. Viram apóstolos pregando para convencer os outros de que as palavras do profeta são tão boas, justas e poderosas a ponto de arrebatá-los. No fundo, é como disse:

ninguém entende nada, mas há qualquer coisa... uma música que os encanta. Quando se dão conta, já estão perdidos. Deixam de pensar por si mesmos. Começam a falar e fazer bobagens, meio bêbados pelo efeito dos versos."

"Odeio poesia."

"Eu também, eu também."

"Você acha que ele... simplesmente morreu?"

"Como assim?"

"Quer dizer, você acha que ele morreu ou teve uma mãozinha dos nossos?"

"Talvez alguém lá em cima tenha apressado as coisas."

"Deus?"

"Não tão lá em cima. Estava pensando no alto comando, mas não tenho certeza. De qualquer forma, seria algo estúpido."

"Estúpido por quê?"

"Ora, poetas nunca morrem."

6 HORAS E 47 MINUTOS PARA O FIM

Um jipe interdita a estrada. É a troca de guarda, pelo que consigo entender do gestual implicado. Nossos caronas descem da caminhonete e vão ter com três soldados. Eles insistem em lhes falar ao ouvido e apontar para aquelas ruínas em construção desabrochando no fim do caminho. Humberstone os observa. Tenta captar o teor da conversa e compreender as expressões alternadas com sucessivas checagens em nossa direção, como se quisessem garantir que permanecíamos imóveis.

"Não parece um comitê de boas-vindas", Humberstone conclui.

A preocupação de Nara se manifesta no roer das unhas enquanto tento encobrir meu incômodo bem mais justificado do que as hipóteses que passam por sua cabeça.

"Seja o que for, temos tempo", nosso guia acrescenta. "Ainda não instalaram a antena de rádio e, por enquanto, toda comunicação passa por Calama. Não é grande coisa, mas isso nos confere uma vantagem."

Os caronas retomam seus assentos. Dissimulam muito mal, com sorrisos desproporcionais à cortesia demandada pela situação. São sorrisos nervosos como os que eu costumava dar quando ainda era um aprendiz na arte do engano. Maus atores se deixam reconhecer muito facilmente, fornecem a clave que afina sua interpretação e assim se tornam previsíveis, mesmo com um desfecho desconhecido adiante. Humberstone coloca os destroços da caminhonete em marcha. É inegável que ela se integra bem à paisagem ao redor e pouco destoa do complexo. O salitre foi importante para o Chile até os químicos alemães domarem o capricho dos nitratos.

Estacionamos na sombra e nos dividimos. Seguimos Humberstone em uma rápida visita de reconhecimento, deixando o soldado e o sargento para trás, no resguardo do que já foi uma sede administrativa. Avançamos até umas quadras com construções de adobe. Deviam variar da temperatura de um forno à de uma geladeira quando o frio do deserto faz os ânimos trincarem e os dentes baterem fora de controle. Ao redor, as farpas do arame distendido lembram pássaros mínimos, empoleirados à força, enquanto, nas guaritas mais ao fundo, homens desafiarão os limites do chão para enxergar longe a partir de seu ninho de madeira.

O silêncio entre nós contribui para a desolação de um lugar prestes a se tornar ainda mais deprimente. As dimensões, a disposição das construções, o pátio de terra batida, tudo torna inevitável a comparação com os campos de concentração europeus, ainda mais quando se considera a coincidência de intenções. Se aqui o mal é mais ralo, sua substância não é menos terrível. Nara se intriga com uma vara enorme fincada fora do perímetro que as cercas contêm.

"Nos próximos dias, vista de um ponto específico, é para onde aponta o nariz do cão. E uma sombra longa se projeta, mesmo com a lua minguante. A partir daí, tudo se organiza. O caçador brande sua clava, a lebre escapa e os acontecimentos do céu se refletem na terra escura. Isso se você aprender a observar e projetar no solo, na mesma proporção, toda essa luz velha e ainda tão intensa", Humberstone fala por parábolas. "Trata-se de uma astrologia bem material, embora fugaz. Nunca as estrelas tiveram tanto poder para definir destinos."

Era só o que me faltava: mais um pregador no deserto.

4 HORAS E 32 MINUTOS PARA O FIM

Os pedreiros trabalham com a presteza do desânimo, motivados pela falta de capricho de uma obra com intervenções insignificantes para que se mantenha rústica, inabitável a ponto de revelar a essência da acolhida que seus novos ocupantes receberão. Pelo visto, os trabalhadores de outros tempos não mereceram consideração maior de seus patrões.

Ao longe, uma buzina engasga. Faz as vezes de sirene para decretar o fim do turno. O efeito é imediato e as tarefas se encerram na algazarra contida de quem antecipa uma refeição quente e descanso para os calos. Não passam de uma dúzia e, atrás de si, deixam pás, carriolas e vassouras em suspensão, esperando para recobrarem sua utilidade amanhã. Segundo Humberstone, esses homens preferem voltar a Sierra Gorda na boleia do caminhão de cimento à conveniência de montar acampamento aqui, o que lhes garantiria uma hora a mais de sono. Consigo entendê-los.

Tento perambular dando aos passos um ar de propósito. Caso esteja sendo observado, que se confundam e me tomem por um especialista em técnicas construtivas inalcançáveis ou, pelo menos, tenham uma dúvida razoável até intuirmos a cilada que nos preparam. Se tivermos a oportunidade de surpreendê-los e frustrar seus planos, melhor ainda. Procuro me contentar com a perspectiva de que aconteça apenas o inevitável. Já Nara segue Humberstone a todos os lados. Talvez sejam resquícios da falta de confiança que a fazem não se desgrudar dele. Então acenam para mim e nos reunimos em torno da finalidade que nos trouxe tão longe. Aproveitamos o portão principal aberto, a única via de entrada e saída, e contornamos a cerca até nos depararmos com o descampado avançando em todas as direções.

"Mantenham-se na minha trilha. Sigam-me como sombras", a redundância é um alerta sobre perigos que minha sensibilidade não capta. Nara cobre as pegadas de Humberstone com seus passos. Fazem um caminho meio bêbado, desviando-se do nada com curvas que só contornam a retidão. Dou-lhes alguma vantagem para descoordenar nossa dança ridícula até chegarmos a um barracão isolado do complexo. Visto de cima, pelos olhos de um condor, a paisagem deve estar marcada com um xis imenso.

4 HORAS E 4 MINUTOS PARA O FIM

"Façam por merecer", Humberstone diz e, com a ponta do sapato, espalha um montículo de poeira, indicando onde devemos cravar as pás.

Sem técnica, mas com vigor, Nara começa a revolver a terra seca. Passo a alternar meus movimentos com os dela. O dinheiro está em uma cova rasa. O metal logo golpeia o caixote retangular, transferindo o impacto para nossos braços, e daí para a cabeça que, do lado de dentro, ressoa como um gongo anunciando nosso prêmio. Escavamos ao redor. Com uma alavanca, tentamos trazer o peso à tona, fazendo ranger as tábuas da arca compacta. Emparelhados, eu e Nara puxamos a alça de corda pendurada em uma das extremidades até nivelarmos nossa carga com o solo. É quando uma onda de choque me lambe a nuca e agita todas as moléculas do meu corpo. Em um tempo que se conta em frações desprezíveis, sinto a pressão em meus tímpanos compor o estrondo que chega de muito perto. As coisas no barraco ainda tilintam quando Humberstone corre para a porta. Ele estaca e vemos seus braços se levantarem lentamente. Com os olhos fixos, ele caminha para trás, retrocedendo distâncias irrisórias. No mesmo vetor, pelo batente da porta, a ponta de um fuzil se insinua e avança no espaço que a relutância de Humberstone desocupa. Vejo a manga de um uniforme verde-oliva e a ponta empoada de um coturno conduzindo o soldado para dentro. Nara me abraça, sinto seu tremor amortecido em meu peito. Sem dizer uma palavra, o soldado começa a girar o torso em um movimento que Humberstone acompanha, como se ambos estivessem atados às extremidades do fuzil. Agora, somos três sob a mira de alguém mais atônito do que nós. Seus músculos se retesam e temo que ele vá puxar o gatilho a cada estridência que ouvimos se aproximar. Então os gritos de agonia se materializam diante de nós, com Estrela escorando o peso do sargento. Ele deposita o ferido no chão, apoiando sua cabeça em um saco de cal. Dos pés às coxas, seus membros foram moídos com o couro das botas e o tecido cujas fibras retêm a carne misturada com umas lascas de osso. São tudo andrajos empapados no sangue que flui em nossa direção, com a nascente alimentada aos jorros. No reflexo formado na poça vermelha, noto mais uma figura se juntando a nós. Sua palma faz ângulo com uma pistola. Neste momento, talvez Rosário seja mesmo o único negro no Atacama.

3 HORAS E 52 MINUTOS PARA O FIM

"Se você for quem diz que é, está enrascado", Rosário pondera. "Mas se não for, suas chances aumentam."

De joelhos, sinto o cilindro de aço marcando minha testa. A ocasião não é das melhores para um interrogatório. Não há a solenidade necessária nem o silêncio que é picotado pelos urros do sargento. Na falta da solenidade, o silêncio serviria. Rosário faz sinal para o soldado baixar a arma e se aproximar. Em seu ouvido, diz algo que o rapaz ouve com a expressão crispada e um longo suspiro. A nós, o discurso foi vetado, mas não seus efeitos. Resignado, o soldado se abaixa ao lado do sargento, encosta sua cabeça à dele e lhe pede desculpas. Então fecha seus olhos com a mão livre enquanto a outra tira o revólver do coldre e o posiciona embaixo do queixo do compadre. Um estampido arremata a agonia. O rapaz desfalece ao lado do corpo, se põe a chorar com soluços sentidos e a solidão que se abate sobre ele. Por precaução, Estrela recolhe o fuzil e lhe toma o revólver logo apontado para nós.

"Diga, Frank, você não está em uma missão da CIA, está? Isso me obrigaria a chamar reforços, prender seus camaradas e tomar conta dessa grana até as coisas se esclarecerem", Rosário projeta um futuro próximo.

Sinto a decepção de Nara empurrando meus ombros para baixo, convertendo meus pensamentos em um profundo desalento. Analiso as opções disponíveis, escolhas capazes de repercutir sobre todos os presentes, e isso me relega à gosma que fui por tantos anos, fingindo por ofício e com um certo talento para apertar nós e desatar laços. Conformado com minha condição, valido a hipótese de Rosário e aguardo que tenha disposição para anunciar suas contrapartidas. Perto do fim, as revelações parecem estar apenas começando.

3 HORAS E 41 MINUTOS PARA O FIM

Basta eu projetar o corpo, tomar fôlego e mastigar as primeiras sílabas para a repulsa de Nara escoicear minhas intenções. Em resposta ao movimento brusco que faço, sinto a coronha da arma castigar meu rosto com a intensidade da indignação de Estrela. De todos, Humberstone parece ser o único a demonstrar alguma consideração. Talvez já tenha experimentado essa volubilidade de caráter mais de uma vez. Mas seu ar impassível pode ser apenas desprezo a relaxar os músculos e poupar qualquer impulso que se transformaria em uma expressão de desgosto ou desaprovação. Sua calma demonstra estarmos na presença de um jogador experiente.

Mal consigo me recolher em remordimentos e, novamente, meus nervos se contraem. Com um giro rápido, Rosário dispara duas vezes contra Estrela. Seu corpo afunda no espanto diante de uma história que insiste em se bifurcar. Mais um tiro e agora é o soldado quem se despede do enredo sem saber ao certo se Neruda morreu ou foi assassinado. Se minhas convicções estiverem erradas, talvez ele tenha a oportunidade de perguntar em pessoa.

Procuro consolo na calma de Victor. Admito que a morte é um espetáculo mais palatável quando protagonizado pelos outros. Prostrado, sinto o núcleo imantado da Terra puxando minha consciência que começa a se descolar das células, antecipando uma cisão definitiva. Creio que essa gravidade metafísica é o que chamam de pesar porque se impõe como um peso mesmo, uma força que aumenta exponencialmente até a desagregação total do ser. Se projeto a imagem mais acabada da resignação, Nara estufa o peito e desafia as balas do cabo. Parece possuída pelo orgulho de quem vê sua história registrada por escrito com palavras laudatórias, fiéis aos fatos, precisas na crônica dos feitos. Mas Rosário não se deixa instigar. Limita-se a trocar a pistola de mão e, pesaroso, fazer o sinal da cruz.

3 HORAS E 38 MINUTOS PARA O FIM

Rosário manda Humberstone abrir a caixa. Com um pé de cabra, o chileno arrebenta as ripas. Não contenho minha primeira decepção com o conteúdo. São cédulas velhas que desprendem um cheiro de mofo, suor e muitos bolsos. É curioso como esperamos que tanto dinheiro fulgure e devore as pupilas com seu brilho irresistível. O volume também é menor do que imaginava. É tudo ilusão, penso, e a realidade trata de ancorar nossos sonhos, se impondo para dissolver o êxtase.

Percebo que Rosário titubeia. Se o gesto religioso indicou o encerramento do massacre, sujeitar três desesperados com uma única pistola lhe parece algo temeroso. Seu olhar se alterna entre nós, os cativos, e não consegue distinguir quem, considerando seus intentos, é o ser mais precioso, aquele cuja vida os outros dois evitariam pôr em risco. Essa vacilação é a brecha que Humberstone esperava.

"Se tentar trazer a caminhonete até aqui... buuuuum! Como você já percebeu, estamos bem no meio de um campo minado", ele anuncia. "Você vai precisar de mim para voltar. E ainda posso ajudar com a carga."

Nara grunhe de raiva porque sua primeira impressão sobre Humberstone se confirma como uma profecia. Impedida de atitudes mais drásticas, ela cospe no chão. A pocinha de saliva é rapidamente tragada pela poeira. Então Rosário alcança dois sacos de lona em que começamos a fracionar o dinheiro. Quando a tarefa está completa, o cabo estende uma corda de náilon e ordena que Humberstone, mais uma vez, ate as perspectivas de Nara às minhas. Sinto suas costelas repelindo meu corpo enquanto o chileno tece um casulo em torno de nós. Meus treinamentos sugerem que, se ele quisesse nos imobilizar por horas ou até mesmo dias, não deveria fazer um carretel tão frouxo. Ao dar o último nó, Humberstone aproveita a proximidade para sussurrar no ouvido de Nara.

"Pense no nariz do cão."

3 HORAS E 17 MINUTOS PARA O FIM

Para o gato de Schrödinger I

Rosário faz Humberstone de mula para levar todo o peso e seguir à frente, indicando o caminho. Os sacos de dinheiro, amarrados um ao outro, pendem de seu pescoço. Com os joelhos arqueados, ele lança os braços sobre a carga como se carregasse uma cruz. Em vez de usar um chicote, o cabo fustiga suas costas com o cano da arma. Ele não vai voltar ao Brasil, concluo. Então imagino Otelo impondo sua vingança, reclamando o protagonismo que lhe foi usurpado e alguns milhões de dólares para compensar os inconvenientes. Como eu faria, talvez ele esteja cobrando uma dívida para abrir caminho e inaugurar uma vida nova.

São quase um quadrúpede de tão próximos que estão. Saem na direção das sombras insinuadas lá fora e, daqui em diante, só podemos especular. Imagino que, na caixa vedada onde os pensamentos de Nara se debatem, ela projete a silhueta dos dois homens recortada contra a última luz do entardecer, vencendo o declive mínimo adiante. A tensão forma um domo impenetrável em que o silêncio só é quebrado pelos pés de Humberstone se arrastando, revolvendo areia e pedriscos. Nessa Via Dolorosa, suas pernas fraquejam e ele retoma o equilíbrio cada vez que a pistola cutuca sua espinha.

Humberstone faz paradas curtas para recalcular o mapa em sua cabeça, lembrando suas instruções precisas para que enterrassem cada uma daquelas minas em um trajeto sinuoso. Tomado pela convicção de quem está prestes a desertar da infâmia, o chileno ri. Ele espera a pistola encostar em suas costas e indicar uma proximidade quase íntima. Então, dá um passo decidido sobre o dispositivo que manda os dois pelos ares.

A explosão desentrelaça os destinos sobrepostos de Humberstone que se redime como um herói discutível, porém incapaz de trair sua causa. No último momento, diante de uma última chance, ele escolhe conquistar o respeito de Nara com o cacife da própria vida, apostando que ela ventilará sua façanha e lhe atribuirá algo de glória.

No experimento mental de Nara, Humberstone é um mártir, e essa hipótese a conforta ao legitimar os sacrifícios a que está disposta, pendurada pelo tornozelo, vendo o mundo de maneira muito peculiar.

3 HORAS E 17 MINUTOS PARA O FIM

Para o gato de Schrödinger II

De bom grado, Humberstone se abaixa para Rosário lhe colocar a sela, equilibrando os sacos de dinheiro amarrados um ao outro. O cabo tenta distribuir o peso para que a mula não fraqueje no caminho arriscado adiante. O chileno lança os braços sobre a carga e me vem à mente a imagem de uma criança tranquila, abraçada a uma boia redonda, flutuando sobre possibilidades insuspeitas de se afogar. Seguindo o protocolo, Rosário espeta o cano da arma nas costas de Humberstone e eles se transformam em um quadrúpede de circo, com suas pernas compondo as patas do animal recoberto de tecido. Ele não vai voltar ao Brasil, concluo. Vai pegar essa grana e sumir do mapa como eu faria, recompondo sua história em um lugar onde possa prosperar e onde um maço de dinheiro talvez aplaque o prejuízo de ser negro, mesmo que não possa eliminá-lo. Eles saem na direção das sombras insinuadas lá fora e, daqui em diante, só podemos especular.

Na caixa vedada onde meus pensamentos se debatem, projeto a silhueta dos dois homens recortada contra a última luz do entardecer, vencendo o declive mínimo adiante. A tensão de Rosário é atenuada pela confiança que Humberstone demonstra, serpenteando pelo caminho que só ele conhece. Esse é o seu trunfo. Mas não basta levá-lo ao complexo e deixá-lo partir, o chileno sugere. Também insinua que o cabo vai precisar de um guia para chegar em segurança à fronteira, sem levantar suspeitas, evitando um incidente cujas proporções podem fugir de controle. Em breve, os agentes da DINA, os militares brasileiros e o exército local vão soltar os sabujos para descobrir o paradeiro da grana e levantar informações que circularão em relatórios, muitos relatórios trocados pelos órgãos de inteligência envolvidos, inclusive o dos ianques. Motivados pelo constrangimento, vão fazer de tudo para apontar culpados e justificar uma empreitada que só poderia ter fracassado.

Talvez Humberstone tente abocanhar parte do dinheiro a título de honorários, uns trocados para compensar que sua clandestinidade tão lucrativa tenha sido comprometida quando seria um recurso dos mais importantes para os tempos que ainda virão. É o que alguém esperto faria. É o que eu faria no lugar dele se não estivesse amarrado à única pessoa que me importa no momento e no ponto exatos em que perdemos o rumo. Só Nara pode me absolver.

O silêncio dura e indica terem chegado à antiga salitreira, desentrelaçando os destinos sobrepostos de Humberstone. Ele poderia ter escolhido se redimir como um herói discutível, porém incapaz de trair sua causa. Mas, no último momento, diante de uma última chance, em vez de marchar convicto sobre a mina que mandaria os dois pelos ares e transformaria o dinheiro em confete, o chileno deve ter preferido barganhar.

No meu experimento mental, Humberstone é um oportunista, negociando por sua vida com a lábia que não lhe falta. Posso compreendê-lo.

2 HORAS E 58 MINUTOS PARA O FIM

Ao exalarmos ao mesmo tempo, as cordas se distendem. Com esforço, alcanço os nós que teimam entre meus dedos. Falta visibilidade para facilitar a tarefa de desfazê-los. Juntos, Nara e eu arfamos como fizemos antes para sulcar o êxtase e semear promessas. Agora, estamos envoltos no veneno que a desilusão goteja. Desde o começo, intuí que a verdade se revelaria em meio a escombros, estando a confiança — e o que mais tivéssemos entre nós — sujeita a uma lenta e paciente reconstrução. Uma coleção de infinitos remendos que os dedos sentem na superfície e mal enganam os olhos. Assim, a ânfora passa a ser um aglomerado de cacos resgatados, recuperados, limpos, separados, catalogados e restaurados em uma combinação que apenas sugere a beleza original, mas dá pistas de sua trajetória no tempo das coisas e dos homens.

Para evitar as estocadas do arrependimento, elejo prioridades e me concentro na corda que tarda em desistir, mas finalmente afrouxa. Uma vez desvencilhados um do outro, caminho levantando os pés feito uma garça. Não quero pisar no sangue nem nos corpos jogados. Tateio em busca do lampião entrevisto em uma prateleira antes de o escuro devorar tudo à nossa volta. Risco um fósforo achado e inicio procedimentos que nos garantiriam alguma luz se não fossem interrompidos por Nara. Da porta, seus olhos penetram na noite para ler o enigma murmurado por Humberstone como se fosse um prêmio de consolação, um alento breve para adoçar a perda. Ela aponta para uma estrela que, para a minha sensibilidade, é igual a tantas outras. É o nariz do cão, ela diz. Minutos se passam e a estrela se alinha à vara fincada no deserto para fazer a constelação de Cão Maior se equilibrar na ponta da haste como o chileno tinha previsto. A lua minguante reflete uma luz mortiça, apenas suficiente para a haste projetar a sombra que resvala em uma pedra no solo. A pedra, ligeiramente maior do que as outras ao redor, também projeta sua sombra e isso basta para dissolver o mistério. Saliências mínimas na terra reproduzem os fulgores do céu que Nara conhece e sabe interpretar. Ali estão Órion e a Lebre, ela indica. Para cada sombra, há uma estrela. E para cada estrela, uma mina. O enxame de pontos azuis só faz aumentar meu terror. Não temos muito tempo, ela diz, e começamos a descer na direção do complexo. Nossos passos são cuidadosos. Quando se desorienta, ela estaca e recalibra as posições, conferindo o alinhamento das estrelas e como os desenhos se recompõem, uma homenagem à prática milenar de repercutir os astros no solo. O que ela vê com clareza, apenas intuo e me deixo conduzir em uma inversão completa de papéis. O constrangimento dessa dependência me estimula a sugerir que, ao aleijar o sargento, a explosão pode ter mutilado nossas pistas. Isso basta para o avanço se reduzir a polegadas sucessivas, medidas com a trena do medo. Sinto o suor se condensar em nossas palmas. Chego a ouvir nossa respiração. Meu coração martela nas têmporas enquanto pensamentos animam um zootrópio de possibilidades irrealizáveis, um sem-fim de finais felizes em que escaparíamos ilesos, fugiríamos com o dinheiro e recriaríamos uma narrativa ampla o bastante para hospedar nossos sonhos e desejos. Meu futuro costumava ter inúmeros cômodos.

Não ouso calcular o tempo até chegarmos à cerca que, sabemos, mantém o perigo do lado de fora. Seguimos rentes à pauta de arame, contornando o perímetro até o portão principal onde a caminhonete de Humberstone nos aguarda. Nara abre a porta e descobre a chave espetada no contato, exatamente onde seu dono a deixou. Então, com um arroubo, ela segura meus ombros e me beija com tanta força que nossos lábios se fundem para produzir um lago de saliva. Pensando bem, não é um lago, é um mar tomado pela espuma das ondas que nossas línguas produzem, que quase nos afogam no desespero de sorver o outro e se deixar engolir pelos espasmos da reconciliação. Quando recobro o fôlego, Nara limpa a boca com a manga da jaqueta, toma distância e, com toda a sua fúria, me desfere um chute no saco. O nariz do cão, a lebre fugindo, o caçador e sua clava. Agora sim estou vendo estrelas.

PARTE IV

UM PASSO PARA TRÁS E DOIS PARA A FRENTE

Tacna. Nunca vou me esquecer desse nome. Foi até onde o diesel nos levou e o ponto exato em que meus testículos pararam de latejar, dissipando a ânsia sentida por muitas e muitas milhas. Chacabuco se liga à Panamericana, e por ela seguimos em velocidade máxima. Para a caminhonete de Humberstone, era como avançar em uma bolha de turbulência capaz de desmontá-la de vez. Na fuga, tenho certeza de que algumas peças ficaram pela estrada, despovoando suas tripas para compor uma trilha feito as migalhas de pão que João e Maria deixaram para trás. Que pássaros comeriam nosso caminho?

Foram quase quatrocentas milhas com uma única parada nas aforas de Pozo Almonte, onde abastecemos, bebemos água e convencemos o frentista a nos vender o conteúdo de sua marmita: um pão com linguiça que minha companheira devorou sem dó, sem me oferecer um pedaço sequer. A seu favor, conste que estava envergonhado demais para pedir e, pela revolta em minhas entranhas, a comida não me cairia bem.

Volta e meia, eu deixava escapar um gemido. Tentava ativar o remorso de Nara e forçar uma pausa na balada que, em versos livres, com uma métrica capenga, soava mais ou menos assim:

Canalha,
Desgraçado,
Traidor,
Maldito,

Lazarento,
Cafajeste,
Trapaceiro,
Morfético,
Velhaco,
Infame,
Embusteiro,
Desprezível,
Ianque do caralho!
Vá pra puta que o pariu,
Seu grandessíssimo filho da puta!
Canalha,
Desgraçado...

E começava tudo de novo com a veemência de Wagner e a duração da terceira sinfonia de Mahler que, além de longa, é bastante chata.

Nara só parou quando chegamos perto da fronteira e retomamos nossos papéis para encenar harmonia. Senti alívio ao reparar que não havia nenhuma movimentação anormal à frente, nada além do tédio embalando a vigilância esperada em lugares assim, onde os países se acotovelam o tempo todo para se sentirem mais soberanos. Se cruzássemos aquela linha, o perigo ficaria para trás. As pessoas em nosso encalço não mobilizariam seus contingentes até ressoarem os relatos de Calama, com hipóteses e suposições que dariam conta da bagunça deixada na salitreira.

Na cabine, o encarregado cochilava com a cabeça apoiada na escrivaninha. Um soldado ensonado inspecionou nossos passaportes. Parecia mais preocupado em não encostar no vômito decorando a porta do que em checar as identidades mostradas novamente no posto de controle do lado peruano. Ali, um oficial comemorou por não sermos chilenos como a placa da caminhonete sugeria. Não foi nada demais, apenas um movimento coordenado de sobrancelhas, pescoço e lábios que, discreto, se provou efusivo. Os vizinhos eram gente com quem seu povo mantinha rusgas e disputas que atravessavam séculos para tornar as relações internacionais permanentemente instáveis. Foi ele quem nos recomendou seguir até Tacna, uma cidade maior e mais conectada com o resto do país. Acatei seu conselho e dirigi por quase uma hora até vermos a placa de boas-vindas. Com o dinheiro minguando e muitas providências a disputar nossos recursos, estacionei em frente à estação de trem. Dormimos na caminhonete, cobertos por incertezas e um retalho de lona que cedi a Nara. Não me agradeceu. Para ela, fiz apenas a minha obrigação.

É bom lembrar que, naquela época, o governo do Peru não dava o fora nos americanos, mas flertava com os soviéticos, uma volubilidade que criava certa calmaria. Teríamos sossego pelo menos até a CIA ligar os pontos e inaugurar a temporada de caça. Nisso eles eram bons. Dispunham de meios para acuar, capturar ou eliminar um desertor onde fosse, mesmo em países hostis ou menos alinhados, o que diminuía nossas opções. Para nós, o mundo ia ficando cada vez menor e o centro se estabelecia em Lima, onde encontramos uma pensão barata, com o pagamento fracionado por hora ou por dia, mas sempre adiantado.

Compramos uma muda de roupa e perambulamos pela cidade. Tentei articular nossos próximos movimentos pois aquele não era o exílio que nos esperava nem permaneceria seguro por muito tempo. Então, ponderados os riscos de cada escolha, batemos na porta dos russos a quem só tivemos a oportunidade de contar a sinopse da história. As notas que o rapaz tomou eram muito breves para serem relevantes, resumindo-se a um ou dois nomes, lugares aqui e ali, sem atenção ao contexto que me parecia ser de onde emanava a força da narrativa. Depois de nos fazerem esperar por quase duas horas, fomos dispensados sem que chegássemos à antessala de alguém minimamente graduado. Não nos deram crédito ou não viram valor em nossa humilde colaboração na luta contra os imperialistas, sendo o imperialismo uma ideia sempre atribuída ao inimigo, aos que estão do outro lado do muro.

Negado o acolhimento que julgava garantido, Nara ruminava tristeza. Suas fungadas temperavam os espetinhos de frango na bandeja à nossa frente, em um restaurante lotado de contínuos e funcionários de baixo escalão. Estava tão cheio que não reparei quando os dois homens se aproximaram e, sem preâmbulo, se acomodaram em nossa mesa. Agiam como se nos conhecessem. Vestiam ternos baratos e poderiam passar despercebidos entre os frequentadores do local. Um deles nutria um bigode fino e ralo. Com um meneio de cabeça, dirigiu meu olhar para o seu colo, onde jazia uma pistola. O outro sorriu e, com a envergadura de uma ave de altitude, estendeu o braço para pedir uma cerveja. Seus movimentos franziam os ombros do paletó costurado com pouco tecido para acomodar tantas carnes. Somos amigos, ele falou, instilando nas sílabas uma música reconhecível para os meus ouvidos: eram cubanos. E temos amigos em comum, logo completou.

Repartimos a cerveja com igualdade. Também o gesto de servir o próximo antes de encher o próprio copo indicava uma simpatia adestrada. Enquanto entornava a bebida, ele mencionava nossos nomes, informações recebidas de antemão. Estavam a serviço dos russos, intuí. Ao que parece, preferiram abrir o jogo com os peões para conter nossa afobação no tabuleiro, anulando manobras que deixaram a rainha exposta tão cedo, sendo eu o bispo afeito às diagonais, ou o cavalo a saltitar em casas contrastantes. Nosso rei havia fugido há tempos.

Diante de ouvidos atentos, não economizei detalhes. Contei sobre minha relação estreita com Victor e os soviéticos. Mencionei o carregamento de armas desviado para o Peru. Fantasiei minhas peripécias para despistar a CIA, encontrar Nara e levar a cabo as ordens indiretas do Kremlin. Passei a palavra para Nara que deu conta de suas atividades, digamos, revolucionárias no Brasil e de como integrou a célula que certamente já estaria desmantelada, com todos os membros presos ou em perigo. Para compor o clímax, ela esmiuçou nossas desditas em Calama, omitindo a parte que combinamos por comprometer o currículo aceitável de um candidato à defecção como eu.

Nossa solidariedade é imperativa, disse o grandalhão, e pediu mais cerveja para nos manter com a língua solta. Eu observava como manipulava a garrafa e os copos. Queria ter certeza de que não haveria prestidigitação para nos drogar ou até mesmo deslizar cápsulas de veneno na bebida caso representássemos um grande embaraço ou um inconveniente a colocar outras missões em risco. Eram precauções necessárias a partir daquele momento. Em nossa situação, já não sabíamos como dosar a confiança e a que mãos estendidas poderíamos recorrer sem receio. Precisávamos desaparecer, mas com cuidado para o ato não ser literal demais.

Os cubanos nos instruíram a voltar para a pensão enquanto Nara conferia as moedas do troco. Era um dinheiro que não podíamos dispensar. Assim, entramos na dimensão embaçada da espera, sendo esperar um verbo ansioso e o único à disposição. Não nos deram nomes nem um telefone para emergências, aumentando o desconforto de estarmos por nossa conta em um terreno que mal conhecíamos e por onde não sabia me deslocar com segurança e discrição. Seria uma empreitada fácil em cidades cujos mapas levava na memória, com os perigos destacados e posições fixas para todos os aliados.

No cômodo precário, Nara fazia o assoalho ranger sob seus passos. Ia de um lado para o outro como uma leoa enjaulada, mantida em um estado de tensão permanente pela ausência dos cheiros de uma savana que também faltava. Evitei censurá-la pois ainda estávamos estremecidos, hipnotizados pela animosidade que tinha se instalado entre nós e ainda duraria bastante. Quando dormíamos, era um sono entrecortado. Despertávamos em plena madrugada, alertados pela expectativa que aguçava os sentidos e fazia soar alarmes que ninguém mais ouvia. A vigília forçada nos mantinha em um estado de letargia, presos àquele quarto desprovido do capricho de um lustre. A lâmpada enforcada na ponta de um fio balançava com o sopro da brisa.

O emissário dos cubanos só chegou na manhã do segundo dia. Estava em mangas de camisa e carregava um jornal dobrado para disfarçar o volume do revólver. Por trás dos óculos escuros, volta e meia deixava escapar as íris amareladas contrastando com o tom de sua pele. Eram os olhos de um coiote, pensei, e minha impressão se acentuava pelo encontro das sobrancelhas peludas sugerindo a projeção de um focinho.

Ele nos tirou da pensão pela porta dos fundos, atravessando o beco onde um carro azul nos aguardava. Dirigiu calado por muitos quarteirões, dobrando esquinas para traçar uma rota imprevisível, escolhida quase ao acaso. Eu conhecia a técnica. Servia menos para despistar possíveis perseguidores do que para alertar o motorista se estivéssemos sendo seguidos. Meia hora se passou até que o coiote diminuiu a atenção aos retrovisores e adquiriu uma postura relaxada. O sangue voltou a fluir nos nós esbranquiçados dos dedos sobre o volante.

Em um bairro afastado, embicamos na garagem de um frigorífico. Ali, às pressas, vestidos com capotes manchados, fomos transferidos para o baú de um caminhão refrigerado, abrindo caminho entre peças de carne enganchadas no teto. O coiote acenou para nós como se desejasse boa sorte. Fechou as portas com um estrondo arrematado pelos cliques metálicos da tranca. O caminhão se pôs em movimento e, na primeira curva, um solavanco jogou Nara em meus braços. Ela permaneceu aninhada por conta do frio que o escuro intensificava, embora seu tremor parecesse brotar de emoções ambíguas. Nem os destemidos conseguem se livrar dos receios que o pensamento produz sem parar.

Rodamos bastante e rapidamente me desnorteei, incapaz de recompor nossa rota. Então uma manobra tortuosa aprumou o caminhão que entrou de ré no local da entrega. O motor foi desligado, as portas se abriram e o clarão nos cegou por um momento. Bem-vindos, disse um velhote de terno enquanto o motorista nos ajudava a descer no pátio de um imóvel amplo e modesto onde funcionava a embaixada de Cuba. Os reflexos de luz em sua careca evidenciavam a geografia das manchinhas distribuídas no topo da cabeça. Chumaços de cabelos se exibiam na nuca e despontavam atrás das orelhas. O velhote transbordava amabilidades. Talvez estivesse apenas contente pela chegada dos bifes que, em solo pátrio, eram racionados, bastante concorridos. Em intervalos regulares, quase como um tique, ele tossia uma tosse seca. E, a cada tossida, bafejava o aroma de charutos que não poderiam ser melhores.

Ele nos recebeu para um almoço simples, mas farto e saboroso, como há tempos não víamos. Fez questão de evitar o tom oficial. Disse que conhecia a situação e tinha recebido recomendações para nos ajudar a sair do país. Os meios seriam providenciados o mais rápido possível e, até lá, as acomodações estariam à nossa disposição. Não precisou esclarecer que não se tratava de um convite como a amenidade das palavras fazia parecer. Não conseguiríamos sair dali se quiséssemos. Ou não permaneceríamos vivos por muito tempo se tentássemos.

Ainda assim, considerando nossas perspectivas, gentileza era o que oferecia para acompanhar os charutos sem anilha retirados de uma caixa forrada de cedro. Uma fumaça espessa logo invadiu o ambiente, reconquistando volumes que os cilindros de tabaco aprisionavam. Vi nuvens fragrantes de tempestade se acumularem sob o lustre, tornando a luz difusa, quase palpável. Sabia que o prazer sorvido com a fumaça prenunciava uma ruptura, antecipava a entrada deliberada em tempos difíceis porque tínhamos muito pouco para trocar pela acolhida de quem quer que fosse. Nara fumou quieta, maquinando. O charuto não parecia afetá-la tanto quanto a mim. Lá pela terceira baforada, comecei a me sentir mareado, e o enjoo aumentava com as risotas do velho, admirado com a própria destreza para equilibrar as cinzas na ponta da brasa. A desenvoltura de Nara com o charuto também o divertia. Com essa atitude, só falta uma boina para conquistar o mundo, ele disse depois de um gole de rum que degustou antes de nos servir. Os charutos e a bebida aceleraram o tempo morto até a chegada dos russos.

A comitiva insistiu em manter conversas privadas. A mim, coube o rapaz de atenção fingida que tinha nos entrevistado mais cedo. Dois agentes escoltaram Nara à sala contígua e mais ampla. Levaram dossiês e a caixa de charutos, indicando intimidade com o velhote e a duração estimada da conversa. Meu interlocutor fazia perguntas que poderiam constar em qualquer censo demográfico caso os estatísticos se ocupassem de catalogar desertores. Venkman, Frank, certo?, ele perguntou e eu assenti. Cidadão americano, certo? Assenti mais uma vez. Idade? Trinta e um anos, filho da euforia do pós-guerra, descendente da paranoia nuclear, mensageiro nas batalhas diárias entre Nós e Eles. Naquele momento, precisava atribuir a Eles as prerrogativas de uma causa justa e lhes dar razão, mesmo sendo uma razão que não acreditava existir. Para desenganados, ter razão é a ladainha para manter a todo vapor a produção e a venda de cercas.

É claro que não disse nada disso e me restringi ao número que ele queria ouvir. Agente da CIA?, perguntou em seguida. E precisei dar detalhes de um organograma que eu mal conhecia, vislumbrando apenas a estrutura do templo. Eu, Norman e tantos outros nos escondíamos atrás das pilastras, regidos por princípios, mas trabalhando com regras bastante flácidas.

Como de costume, meu interlocutor tomava poucas notas. Desconfiei de que eu ainda confirmaria aquelas informações à exaustão, em muitos níveis da burocracia soviética. Das perguntas que ele não fez, a que mais me intrigava dizia respeito aos motivos. Naquela instância, a falta de interesse pelo arrazoado da minha traição me poupava o constrangimento de inventar uma resposta à altura, uma resposta qualquer para encobrir rasuras de uma convicção apagada das páginas da minha vida. A partir daquele ponto, minha biografia era uma compilação aborrecida de reticências, uma incursão em território não mapeado, sem a bússola de uma esperança qualquer, sem o conforto dos planos minimamente plausíveis que, por serem plausíveis, seriam suportáveis.

Vaguei pelo pátio, concentrado na atividade dos guardas que, em intensidade, era próxima a nenhuma. De resto, havia pouquíssimas pessoas ali. Vez ou outra, entrevia suas cabeças em janelas de cômodos mal adaptados para funções oficiais. O prédio estava longe da opulência dos palacetes que outras embaixadas ocupavam. O padrão era um tanto, digamos, africano, típico desses países em escombros permanentes, acumulados pela guerra e a pobreza extrema, embora ali houvesse regalias e asseio. Embaixadas também eram peças de propaganda para divulgar diferentes tipos de pujança. Além dos russos, chegaram visitantes esparsos. Não se demoravam e saíam com a mesma expressão com que entravam, carregando pastas recheadas de propostas e acordos secundários porque os importantes não circulavam em pastas. Disso eu sabia.

Quando Nara foi dispensada, a sombra dos muros se dissolvia no anoitecer. Uma empregada nos conduziu ao quarto. Nara bufou em desacordo com a obrigação de dividir a cama comigo e perguntou se havia outro lugar para ela dormir. Desculpe-me, pensei que fossem um casal, a mulher retrucou para atenuar a negativa. Sobre a cama, toalhas limpas, sabonetes e duas valises de lona. Era tudo o que tínhamos além da roupa do corpo. O que eles tanto queriam saber?, perguntei. Nara tinha sido instruída a não responder. Não até checarem todas as informações e desenharem um plano. O jantar foi servido no quarto, o que, não sem delicadeza, circunscrevia o raio da nossa estada. Dali em diante, já não vimos mais o velhote. Apenas sentíamos sua presença na fumaça dispersa e na pontuação da tosse ecoando na penumbra dos corredores.

Nara se manteve leal ao silêncio jurado até que, na noite seguinte, os russos voltaram. Tinham pressa. Descemos ao pátio e nos esprememos todos no mesmo carro. Partimos sem alarde, seguidos de perto pelo carro azul do coiote. Em menos de uma hora, entramos no aeroporto por um acesso escuso, próximo de um hangar onde nos embarcaram em um pequeno avião de carga. Vocês estão sendo esperados em Havana, disse o que parecia ter alguma autoridade. Então mandou um dos capangas nos acompanhar. Não houve cumprimentos nem despedida.

Em Havana, passamos pouco mais de um mês. Uma rotina estranha nos mantinha separados a maior parte do tempo, às vezes por dias. Justo quando começava a me acostumar com o que a certidão de casamento mentia, as ausências se prolongaram sem explicações ou uma agenda de atividades. Alinhavando solidão, futuros incertos e uma saudade de proporções consideráveis, havia o arrependimento não do que eu tinha feito, mas de como tinha deixado as coisas acontecerem sem freio e sem direção. Apenas supervisionei o caos que eu mesmo ajudei a produzir.

Por dispensar a coerção, eles chamavam os interrogatórios de entrevistas. As perguntas eram repetidas muitas vezes e fora de ordem. Era uma técnica que Nós (se é que ainda podia usar esse pronome) conhecíamos e também utilizávamos. Nessas sessões que tinha presenciado tantas vezes, o interrogado nunca se traía e entregava informações conflitantes, mas se aborrecia a ponto de abrir mão das mentiras e da omissão. O método empregado em nome da máxima colaboração era o tédio, um tédio pegajoso que eu fazia questão de lhes devolver toda vez que lessem as transcrições com os piores diálogos da dramaturgia universal. No processo, agentes soviéticos e cubanos se sucediam ou formavam duplas desconjuntadas, atrapalhadas por disputas irrisórias pela liderança, anulando a cooperação que os comunistas gostavam de enaltecer.

Os temas e os tópicos de nossas conversas foram se esgotando. As entrevistas se tornaram mais curtas e espaçadas na medida em que minha colaboração se provou limitada. Não havia o que eu soubesse que pudesse lhes interessar. Tirando meia dúzia de nomes e detalhes de operações acessórias, eram novidades velhas. Nada para realçar meus atrativos, se é que tinha algum.

Quando penso na indigência da minha condição, me admiro que não tenham me colocado na primeira balsa de dissidentes com destino a Miami ou aos tubarões, que não tenham me devolvido como uma mercadoria defeituosa. Eu não era um trunfo a ser usado em uma eventual troca de espiões, tampouco um troféu a ser exibido para o aliciamento de corações e mentes. Talvez fosse apenas um estorvo. Mas por Nara eles tinham interesse. Ela nunca me contou o que se passava em suas reuniões secretas ou durante seus repetidos sumiços, mas imagino terem posto à prova sua disposição e suas crenças, uma vez que as informações que carregava, pesadas na balança das minhas, não tinham valor algum, eram puro vapor como o que borrava o horizonte quando andávamos pelo Malecón, eu e Nara, nos dias em que nos liberavam e podíamos deixar o quartel por algumas horas.

Mais de uma vez, nos misturamos ao povo para ver de perto o que apenas recompúnhamos por meio de artigos, livros e dossiês. A julgar por Cuba, o socialismo parecia animar as pessoas e mantê-las em um estado de agitação sutil, a despeito do calor e da umidade. Era uma boa ilusão aquele comunismo de cartão postal, excluindo da foto uma certa carestia, as prisões lotadas e os fuzilados pela justiça revolucionária — uma realidade também em países que operavam com uma escala alternativa de valores e desfraldavam bandeiras invertidas em nome de outra fé.

Uma tarde, passamos em frente ao hotel Habana Libre. Tinha sido um Hilton antes de ser expropriado e, como em um Hilton, pessoas entravam e saíam sem parar, carregando os interesses mais diversos, representando países, órgãos, juntas e setores que não se abstinham de negociar com Castro, apesar do embargo. Caminhamos até o centro histórico onde os sorrisos se escancaravam nas calçadas e gingavam malandramente sobre os paralelepípedos. O contraste com a pele embranquecia os dentes, ressaltando algo que, se não podíamos chamar de felicidade, era uma alegria em termos e, de certa forma, contagiante. Talvez por isso, Nara exibiu um maço de pesos cubanos, um pagamento ou uma recompensa qualquer, concluí. Ela me puxou pela mão e entramos em um bar lotado de turistas, gente alheia aos padecimentos da ilha porque era mais fácil abraçar os sorrisos, comemorar o bom tempo, aproveitar praia e piscina. Ali, daiquiris gelavam o caminho até nossos estômagos onde, ao contrário, se produzia uma quentura, um aconchego. Mantido a contento, o aconchego virava animação e uma tontura divertida. A banda golpeava os instrumentos em um ritmo que lembrava o show de São Paulo, mas soava mais puro. Não refuguei quando Nara me tirou para dançar e, mais uma vez, como acontecia quando estava com ela, me deixei conduzir. Nosso suor se misturava e o sopro dos ventiladores provocava arrepios. Então, para minha sorte e alívio, Nara me beijou. Por um instante, fui feliz como aqueles turistas.

De volta ao quartel, no escuro do alojamento que nos aguardava, me deitei ao lado de Nara. Fui tragado pelos lençóis da cama de campanha cuja resistência pusemos à prova madrugada adentro. O álcool nos excitava e era perceptível como a prática nos tornava melhores, mais hábeis em ler os desejos um do outro, dando aos corpos um maior desprendimento para improvisar. Quando despertei, no fim da manhã, não havia nem sinal de Nara. Apenas seu cheiro impregnado na fronha e o colchão abaulado davam testemunho de que ela tinha estado ali.

Se quiser, você vai encontrá-la em breve, disse o velhote. Havia dois dias, eu perguntava por Nara e recebia respostas opacas de gente sem alçada para responder, até que ele apareceu com o charuto pendendo da boca e aquela tosse para arrematar os parágrafos. Não temos interesse em mantê-lo aqui, e os soviéticos não se enterneceram com sua história, ele contou sem ironia. Foi sincero ao dizer que o lado dele não se arriscaria a criar um incidente internacional por algo sem valor, a menos que alguém interviesse. A menina gosta muito de você, Frank, ele complementou. Nós, latinos, sabemos amar e somos melhores amantes, mas isso você já deve ter ouvido por aí, não é?, gabou-se com as risotas que me mareavam. Foi uma introdução para golpear meu amor próprio, dizendo que eu era a prenda que os russos pagariam para ter Nara por perto. Na outra mão, ele me oferecia uma passagem para Angola, com um passaporte novinho em folha, com nacionalidade escolhida entre as três disponíveis. Até isso ele creditava a Nara: a possibilidade de aceitar um cachê para fazer meu papel e desaparecer.

No prazo de três dias, voei para Moscou. Permaneci em uma espécie de quarentena, em uma saleta bege nos recônditos do aeroporto. Lá, recebi visitas. Um médico, policiais, um oficial alfandegário, agentes com cadernetas registrando as perguntas que tinha respondido mil vezes. Também recebi uma nova identidade e instruções, muitas instruções para garantir integração ao modo de vida vigente naquele momento, naquele ponto do planeta. Se não senti animosidade na recepção, não fizeram questão de demonstrar contentamento. Receber de braços abertos é um clichê inadequado quando se trata de um traidor que chega de mãos abanando e com motivações discutíveis na bagagem. Dormi em um sofá duro, como convinha.

Fui liberado no dia seguinte. Nara me apanhou no aeroporto e me deu uma jaqueta providencial para o frio que fazia. Não me contou nada sobre suas decisões ou como tinha chegado até ali. Também não quis saber por que descartei a opção de Angola. Calado pelo conforto de um beijo, não tive ânimo para fazer perguntas nem me dei ao trabalho de elaborar respostas que não me foram cobradas. Ela estava radiante. Parecia entusiasmada por ocupar um ponto no mapa onde não só poderia reescrever sua história, mas também aquela grafada com maiúsculas, usando as hastes das letras como aço para sustentar feitos notáveis, marcantes, capazes de afetar parcelas de um povo ou, olhando com uma lente maior, da humanidade inteira. Nisso ela seria melhor do que Henry, Charles, Peter e Mika. Com certeza, seria melhor do que eu. Era mesmo uma idealista romântica, guiando suas ações e pensamentos com um coração repleto de certezas.

Sim, é disso que se trata. Os convictos, os comprometidos têm uma reserva de certezas em seus ventrículos, certezas bombeadas com o sangue, misturadas às moléculas de oxigênio que os mantêm vivos. Um dia, para uma parte deles, o metabolismo se altera e o organismo expele as certezas como um cisto ou uma pedra no rim. Em geral, a condição não demanda cirurgia, mas é dolorosa e a convalescença pode demorar, evoluindo para quadros de decepção e cinismo. Nos casos mais graves, criam-se anticorpos contra as certezas antigas. E outras certezas, sendo opostas, concorrentes e não catalogadas, se instalam em seu lugar. Não foi o que aconteceu comigo. Aparentemente, estou curado. Ou em remissão.

Passamos os primeiros meses em um alojamento para visitantes estrangeiros. Era onde se hospedavam jornalistas, políticos pouco expressivos e acadêmicos interessados no maior experimento social produzido pela humanidade. O frio cortante rivalizava com os invernos que eu tinha passado em Berlim. Na quitinete, a calefação errática já era alguma coisa. E eu ainda sentia o conforto de dividir a cama com Nara. Agradeço o inverno rigoroso que nos recebeu. Fosse o calor de Havana, não tenho tanta certeza de que passaríamos a viver em matrimônio, embora nosso cotidiano fugisse da normalidade.

Nosso prédio compunha um conjunto habitacional maior. Era bem vigiado e frequentado por guias e tradutores das agências oficiais de turismo, gente empenhada em garantir que os visitantes levassem da União Soviética a melhor impressão possível sobre os avanços do socialismo e o bem-estar da população. Essa impressão era criada com recortes específicos do sucesso e a relativização dos fracassos mantidos atrás de tapumes, em zonas de acesso controlado, encerrando evidências e opiniões sobre o que não dava tão certo.

No começo, era levado a todo canto, embora tivesse poucas oportunidades de sair sozinho e flanar. Agentes me apanhavam em casa e me conduziam pelas tripas de prédios descomunais, criados para aplastar o indivíduo com a intimidação do concreto. Saber que estava sendo avaliado me ajudava a relevar a mão no ombro a dirigir meus passos. Aliás, era bom sentir aquele peso, um lembrete para me manter consistente nas repetições, atento às ênfases e ao tom de voz. Mais de uma vez, relatei minhas conversas com Victor. Sem confrontação possível para o meu depoimento, expliquei como me aliciou em seu último esforço, como foi convincente e conseguiu abrir meus olhos. Analisei milhares de fotos. Rostos, fachadas, imagens aéreas de lugares que jamais tinha visto. Também me expuseram a mensagens cifradas, pedaços de códigos, microfilmes parcialmente queimados. Conformado com uma lealdade talhada para a minha situação, contei o que sabia. A meu favor ou contra mim, conste que sabia bem pouco e isso dava a dimensão da minha irrelevância naquela guerra secreta. Em última instância, ignorar era um alívio. Aprendi na prática que não conseguiria trair mesmo se quisesse.

A agenda de Nara era descoordenada da minha, e seus dias, com certeza, mais animados. Não me contava nada, mas chegava em casa com um brilho nos olhos difícil de desprezar. Era o sigilo queimando na fornalha dos seus propósitos. Eu queria acreditar naquilo, apegado à imagem criada e mantida para conseguir interpretá-la. Era uma idealista romântica, pensava, e assim tentava conservar minha familiaridade com um perfil catalogável, disponível para análise e sobre o qual eu poderia agir. Por quanto tempo? Sabia que o contexto mudava ao som dos ponteiros do relógio, mas seríamos capazes de acompanhar essas mudanças? Haveria quem fosse tão fluido a ponto de transformar sua essência?

Na virada do ano, comemoramos um Natal pagão, deslocado no calendário para tornar as semelhanças uma mera coincidência. Eles tinham sua versão de Papai Noel (alto, magro e com vestimentas azuis), a tradição de trocar presentes e de enfeitar uma árvore. Em vez de anjos, colocavam uma estrela vermelha para luzir no topo. Nara chegou com uma garrafa de vodca. Era um presente, ela disse, assim como a caneta tinteiro que desembrulhei com a avidez de uma criança. Não tinha nada para ela, confessei. Vivia à base de cupons que me entregavam regularmente, uma maneira de controle, de me manterem atado a uma correia mais ou menos curta, fosse por desconfiança ou capricho. Mas isso vai mudar, Nara previu.

Na verdade, ela sabia que mudanças estavam em curso e incluíam a ocupação parcial do meu tempo. Tratava-se de um processo cuidadoso e gradativo de absorção pela sociedade. Precisava ser útil. Precisavam me manter ocupado. Assim, comecei a realizar serviços de tradução, vertendo textos do inglês para o espanhol e vice-versa. Meu alemão era primário demais para ser levado em consideração e, em russo, não me aventurava a pronunciar mais do que as frases ensinadas por meus tutores para usar caso fosse detido e duvidassem de minhas credenciais. Também revisava folhetos e guias para os visitantes da América Latina, Ásia e África que chegavam com bagagem mínima e um entusiasmo desproporcional à realidade das filas e da escassez, essas irmãs siamesas.

A mudança para Novye Cheryomushki foi uma promoção. Era um microdistrito bem localizado. Ocupávamos um apartamento de três peças em que batia algum sol e onde éramos felizes na medida em que era possível ser feliz vivendo em um Pyatietazhki, aberrações de cinco andares dispostas em fileiras idênticas, criadas vinte anos antes para conter o déficit habitacional. Dessa felicidade, era preciso descontar os procedimentos da vida de um casal entregue ao cotidiano, um luxo a que não tínhamos direito. Conversas que eu começava dizendo "conte-me como foi o seu dia" tendiam a ser bastante curtas, sufocando em becos sem saída. Além do segredo jurado, temíamos que houvesse escutas em todos os cômodos e, mesmo na rua, poderíamos ser seguidos de perto.

Com o novo endereço, ganhei atribuições na Universidade Estatal de Moscou. Pedalava três milhas até o arranha-céu que abrigava a instituição e ali, quatro dias por semana, ensinava inglês para grupos de professores e alunos. Tinha certeza de que naquelas turmas havia agentes em formação, interessados em perder o sotaque e aprender aspectos arraigados na cultura americana. Eram candidatos a uma infiltração, e o fato de sumirem do campus em alguns meses confirmava meu pressentimento. Embora não simpatizasse com sua causa (como não simpatizava com causa alguma que superasse vinte e quatro horas de duração), não posso negar que sentia algo por eles. Eram como eu dez anos antes, aprendendo a fingir para me misturar, ganhar a confiança de alguém, criar laços e cortá-los ao menor sinal de perigo ou necessidade. Gente disposta a desaparecer nas camadas de uma identidade que se descorava como a tinta de um quadro velho, aplicada por um artista medíocre, coberta de fuligem e desgastada pelo olhar tão acostumado com a paisagem a ponto de não ver mais nada. Para aplainar suas arestas e evitar que desfiassem a trama da rotina, eu os instruía a evitar expressões ditadas pela moda, talvez já fora de circulação, mas que retinha na memória. Tentava me ater ao essencial daquilo que compunha o comportamento do americano médio, temperado com um desconhecimento voluntário sobre o resto do mundo, atitude que caracterizava nossa soberba (se é que ainda podia me apossar dos defeitos atribuídos a um típico gringo).

As ausências de Nara embaralhavam qualquer rotina, rompendo a inércia dos dias que teríamos planejado para serem iguais até nos habituarmos ao inusitado de viver em outro mundo. Não deixava bilhetes, não telefonava, não avisava quando voltaria. Eu me agoniava com esses extravios, mas não podia fazer muita coisa. Não havia a quem recorrer em casos de grande aflição porque os contatos vinham até mim, nunca o contrário. As horas na universidade rastejavam, espalhando um visgo circular no mostrador do relógio. Na saída, se o clima permitisse, empurrava a bicicleta na beira do rio para matar o tempo. Com a ajuda de um dicionário fonético e um livrinho de frases, tentava aprender russo para facilitar banalidades, coisas como saber sobre o que e com que intensidade seria permitido reclamar na fila do mercado, sempre imensa e demorada, desaguando em muitas outras filas para escolher, pesar, embrulhar e retirar um pacote de salsichas, por exemplo, com o item podendo variar, mas nunca o procedimento. Como poucos, tínhamos uma geladeira, o que evitava compras quase diárias. Poder estocar comida era um consolo. Por outro lado, sacolas maiores e mais pesadas me empurravam para o transporte público com bicicleta e tudo. Os ônibus e o metrô custavam apenas alguns copeques, uma fortuna diante da inconveniência dos horários imprevisíveis e do aperto a qualquer hora, sem contar a distância que precisava percorrer para chegar a um ponto ou à estação. Ser comunista era uma atividade estafante.

O segredo criava lacunas e a cabeça as recheava com hipóteses sobre o que não era observável ou provado. Como marido, me conformava de que não seria o último a saber: não saberia nunca. Entre mim e Nara havia um véu permanente de omissão encobrindo seus dias. Já os meus eram pura repetição, blocos de monotonia que as noites com Nara deslocavam em outras configurações porque nos dávamos bem no mundo que nos autorizaram a compartilhar. Quando se assentava, Nara parecia transbordar para depois buscar um aquietamento, voltar ao curso que meus braços continham com prazer e dedicação. Essa tática nos ajudava a viver fora do prumo, em universos que se entreviam, resvalavam, mas nunca colidiam. Certa vez, depois de Nara passar três dias fora, nos engalfinhamos como se a saudade queimasse. Falseando pudor, ela apagou as luzes antes de tirar a roupa. Senti as saliências espalhadas em sua pele. Quando os olhos se ajustaram ao escuro, notei manchas, escoriações e halos que me pareceram queimaduras de cigarro. Lições de resistência, concluí. Eram parte do treinamento para agentes em campo aprenderem a sofrer sem terror. Há pouca novidade na dor física quando o corpo se habitua ao suplício. Senti ciúmes não de um amante, mas de um mestre que dispunha de seu corpo e se embrenhava em sua mente com ensinamentos difíceis, mas necessários, que ela aceitava sem protestar.

Veio um período em que Nara ficou mais tempo em casa e chegamos a ensaiar uma vida doméstica. Pela manhã, ela não tinha disposição para sair. Sentia-se mal, dizia. Eu retornava da universidade e preparava o jantar com o que tivesse encontrado nos estabelecimentos esparramados pelo caminho. Tinha aprendido a alquimia de transformar batatas já brotando e picles murchos em algo comestível, acompanhamento para a proteína que os cupons alcançavam. Estudávamos russo. Ouvíamos música em um trambolho de baquelite grande demais para ser eficiente. Nesses interlúdios de banalidade, dormíamos tarde, mas íamos para a cama cedo, emaranhados em carícias que ainda guardavam surpresas, como um livro lido pela segunda vez. Passada a excitação, Nara me observava de perto, concentrada em meu rosto, com seus olhos profundos a me absorverem em um redemoinho de fótons recomposto em algum ponto do pensamento. Ali se misturava a percepções, sensações e lembranças gravadas. Era um olhar perdido não do seu objeto, mas do sujeito de onde partiam, de uma Nara dispersa, com um fio de cabelo a mantê-la atada à realidade. Em uma dessas noites, me contou que estava grávida.

Pelo que me disse, mesmo sendo vigiada, mas sem ser impedida, Nara tinha se encontrado com uma delegação de jornalistas e intelectuais brasileiros. Gente asilada em Paris, visitando Moscou para venerar o estágio avançado da cooperação entre os povos. Alguns, suspeitávamos, também receberiam missões de seus patronos, tarefas realizadas como favores à revolução contínua. Um deles aceitou transmitir boas notícias à mãe de Nara, um relato oral, nada por escrito, que seria passado adiante em uma longa cadeia de confidentes para um dia, com sorte, chegar à destinatária. Ouvido e recontado, esse relato escaparia à censura e à repressão que isolavam as pontas de circuitos improváveis entre nÓS e eLES. Pensei em minha mãe. Também lamentei que meu pai não pudesse presenciar os esplendores produzidos pelo homem soviético que ele tanto enaltecia. Para eles, talvez eu tivesse me tornado um ser errante, perdido em algum ponto do globo, cabendo as maiores aflições à minha mãe porque ela conhecia minha ocupação, enquanto o velho Frank comprava o disfarce da representação mercantil. Sem telefonema, telegrama ou carta capaz de furar o bloqueio, afundei na clandestinidade, torcendo para tio Norman ter se esquecido de mim como me esquecia dele a cada dia, algo a que me dedicava, pois voltar não era uma opção.

Opção era o que não tínhamos. As possibilidades eram desmembradas, renomeadas e oferecidas no mercado, no rádio, na banca de jornal. Itens com ligeira variação e nuances disfarçando uma existência aprisionada no coração do monólito, cercada de átomos inertes, dedicados a um lento decaimento. Contrapostas à paralisia ao redor, as transformações se restringiam ao ventre de Nara. Nós as acompanhávamos com alegria, mas não sem uma certa apreensão. Não havia futuro a projetar para além de um desejo elástico, um anseio por dias melhores, mesmo reconhecendo ser difícil que a melhora se configurasse com base nas coisas que produziam felicidade. Mas o que produz felicidade? Abundância? Saciedade? Era estranho pensar que, quando estava entre eLES, desde criança, tínhamos tudo à disposição em prateleiras infinitas, alinhadas em corredores bem iluminados, cheirando a desinfetante. Se nos parecia pouco, era porque ter tudo era uma impossibilidade. Havia que se escolher o melhor, o cabível, o pagável. E a frustração berrava pelo que deixávamos para trás. Lá ou aqui, vivíamos na antecipação de conquistas que estavam além. Clamávamos pelo inatingível, queríamos o inalcançável. O que é isso senão uma forma de religião?

Restringir-se a um sim ou um não é quase como não ter escolha. Nada se materializa no espectro múltiplo do desejo para tornar a dúvida um ganho em si. Para criar um impasse, de um lado, pintam o deleite que arruína e, do outro, a danação com suas recompensas. Devem ter sido alternativas assim que os russos trouxeram naquela noite. Pediram para eu me retirar, queriam conversar a sós com Nara. Sabia que não era um pedido e que, no fim, não haveria conversa. Eram mensageiros trazendo decisões tomadas. Essas decisões nos ultrapassavam e incluíam uma terceira pessoa, uma existência potencial que, se criava perspectivas, também afunilava nossas opções. Dei algumas voltas no quarteirão até chegar ao ponto de partida e me encostar na lataria preta do carro deles, um dos únicos estacionados no quarteirão. Do terceiro andar, o choro de Nara chegava até mim. Não era histérico ou pungente, mas agitava o ar em picos de comoção. Impotente na minha revolta, bloqueado pela perspectiva de colocar tudo a perder, já não sabia se aqueles homens portavam ordens ou propostas. Como Nara expôs, tinha sido uma proposta, mas o preço a pagar seria alto.

A cintura de Nara era estreita e, mês a mês, via a semiesfera se destacando, projetando-se para além dela, antecipando a convivência com tudo do mundo: poeira em fachos de luz, copos de plástico, raspas de maçã, terra seca, ursos de pelúcia, folhas caídas, pelos de cão, chuva na grama, arranhões, toalhas macias, areia de praia, fraldas sempre pesadas, migalhas de biscoito, banhos mornos, cirandas, tacos soltos, pão torrado, quebra-cabeças cada vez mais fáceis de resolver, limo de seixos, barras de sabão, as costelas do tanque de lavar roupas, lascas de verniz descascado, lã felpuda, sangue pisado, bancos de praça, cerejas azedas (e também as doces), peixes de aquário, pentes coloridos, giz de cera, cadernos pautados, bolhas no pé, cheiro de tinta de imprensa, calculadoras infalíveis, sons de enxada, enciclopédias meio mofadas, anzóis, cadernetas de endereço, esferográficas, caramelos melados, comprimidos, medalhas, barracas de lona, pontas de lança, lentes de aumento, calças com elástico, ligações telefônicas, cocô de pombos, mercúrio de termômetro, brincos de prata, queijo azul, dobradiças, hinos estridentes, ponteiros de relógios, aventais de professores, cinzeiros, asfalto derretido, alces empalhados, chapéus de sol, samambaias, zumbidos de anestesia, cigarros contrabandeados, óleo diesel, pés de pato, cabides, picadas de abelha, mucosas úmidas, pedra-pomes, crocodilos, fita adesiva, planadores, trote de cavalos, milharais, raquetes de pingue-pongue, girinos mortos, valises, um punhado de césio, porta-luvas, botões de osso, câmeras fotográficas, nata de leite, cola de sapateiro, urnas funerárias, rabanetes cultivados, fogos de artifício, chihuahuas, sequoias centenárias, cacos de impérios, cereais matinais, panfletos mimeografados, chineses idênticos, vinho espumante, putas sofisticadas (e um tanto vulgares), anéis com gemas falsas, rochas lunares, algas marinhas, sextantes, satélites, múmias andinas, arcos-íris duplos, mapas dobráveis, provas de geografia e cercas, muitas cercas.

Com a trégua, veio o aperto. Era uma forma de castigo ou persuasão. Aos perdedores, as batatas que nos mantinham vivos, transmutando-se em purê, salada ou sopa. Os vizinhos se doíam pela penúria acusada por nossas bochechas macilentas, mas se comoviam mesmo com a promessa crescendo na barriga de Nara. Na soleira da porta, às vezes encontrávamos um repolho com as folhas queimadas pelo frio ou um pedaço de queijo que o cartazete do mercado apelidava de holandês, mas vinha das beiradas de Moscou, produzido com leite de vacas malhadas e muito tristes. Nossos benfeitores não ousavam se apresentar. O carro preto que costumava nos visitar colocava cada um em seu lugar, preferindo operar no anonimato. Da universidade, emprestava livros em inglês e espanhol, publicações lidas e aprovadas por comitês que atestavam serem inofensivas, quase irrelevantes. Esse era nosso lazer, o alento para a atribulação de ter nenhum dinheiro e levar no bolso uns poucos cupons.

Então Lara chegou e Nara se foi. A menininha tinha pouco mais de seis libras quando se aventurou a escapar de seu habitat cálido para encarar as neves de janeiro. A escolha do nome me soou óbvia, predestinada, com um espectro de suas origens e um crachá a lhe dar acesso ao modelo de sociedade a reger seu país natal e, logo, todos os aspectos de sua vida. Nara amamentou por quase quatro meses até começarem as lições de desapego que uniriam pai e filha na privação. Aprendi a trocar fraldas, preparar a fórmula das mamadeiras, fazer massagens para aliviar a cólica. Juntos, fomos ao centro de puericultura, carregando nosso embrulho de lã e gente recém-chegada. Compramos um carrinho de bebê de segunda mão e experimentamos alegrias e percalços de uma família com data de validade. Com corridas e exercícios, Nara retomava a forma, modelava seus músculos e fortalecia a mente para o que estava por vir. Desabitado o ventre, a matrioshka se tornava esguia, ainda mais do que antes, com o desenho bem marcado da cintura e os seios que voltavam a um lugar próximo de sua posição original. Quando chegava da universidade, percebia seus olhos pousados em Lara. A menina dormia bem e chorava pouco, apenas quando precisava comunicar algo que nem ela entendia, mas sentia. Ao notarem minha presença, os olhos de ambas se voltavam para mim, um par a tecer, outro a desfiar o cordão umbilical nos unindo em um trio. Rapidamente, esses momentos se dissolviam em instruções práticas — troque as fraldas, prepare a mamadeira, esquente o jantar — e Nara saía para trotar em volta do quarteirão. Quando retornava, a intimidade se extinguia completamente. A esfinge lançava seus enigmas. A idealista romântica se instalava. E eu via as marcas da corda gravadas em seu tornozelo.

Uma madrugada, Nara disse para eu não procurar por ela nem esperar notícias. Senti a pressão de seus lábios contra os meus e o toque úmido da bochecha sulcada por uma lágrima. Sua mão correu pela grade do berço onde Lara atravessava a substância dos sonhos, se é que bebês sonham com o mundo desorganizado ao seu redor, catando sentidos que se apresentam aos trancos e se concatenam gradualmente por toda a vida. Nara apanhou uma pequena valise e partiu. Ouvi a porta se fechar com delicadeza. Criei coragem e corri para a janela de onde a vi entrar no carro preto que não aparecia há tempos e talvez não veria mais. Adeus,

Nara. Adeus, meu amor, meus neurônios murmuraram, delineando uma declaração que nunca cheguei a fazer com as palavras simples, com as palavras certas.

Minhas aulas na universidade foram canceladas sem aviso. Mas quando pensei que a situação fosse endurecer, começaram a chegar envelopes com traduções encomendadas e os pagamentos correspondentes. Somado aos cupons, o valor final ultrapassava um pouquinho nossas necessidades. Era um trabalho aborrecido, mas me permitia cuidar de Lara e descuidar da perda. O carisma de um bebê é um ímã para a simpatia. Seu sorrisinho banguela abria caminho na realidade, ativando hormônios que reagiam ao indefeso, belo e fofo. Os vizinhos passaram a me cumprimentar. Na rua, quando empurrava o carrinho, o compromisso com o sucesso do socialismo se detinha para um gracejo e as congratulações. Sem saber, sem esforço, só por estar lá, Lara ajudava na minha integração. Eu manejava o russo com mais destreza e isso evitava os vexames do começo. Já tinha coletado vocábulos e expressões completas para lamentar o frio, comemorar o calor e oferecer uma réplica à altura sobre a fila empacada que nos separava das salsichas cotidianas. Ler era outra história, pois o alfabeto cirílico sempre me pareceu indecifrável, gerando um bloqueio superado apenas para decodificar manchetes. Eram textos nada factuais, redigidos para exaltar o que nÓS fazíamos, tirar partido do que o acaso produzia e denunciar o que eLES tentavam a todo custo para nos atacar nos diversos flancos desguarnecidos da geopolítica. Eram estratégias ditadas para manter a coesão do povo. Sabia que as notícias jamais responderiam à pergunta mais premente. Em algum lugar, alguém tinha decidido que saber de Nara não era de nosso melhor interesse nem acenderia o sol a eliminar as sombras do futuro para uma nova raça de homens solidários.

Os últimos dentes de leite de Lara tinham despontado quando chegou o comunicado traduzido a lápis, bem de leve, embaixo de frases timbradas pela solenidade. Devia inscrevê-la na creche perto da universidade onde retomaria minhas aulas. Eram convocações que atendi. Eu a deixava na creche de manhãzinha, aos cuidados de gente dedicada a liberar os pais do maior número possível de tarefas domésticas porque as glórias da revolução nunca eram privadas, acontecendo da porta para fora, sem as distrações do espaço ou do conforto. No país dos sovietes, uma casa não era um lar, mas um alojamento onde recuperar as energias para mais uma jornada de trabalho. No final da tarde, eu retomava a guarda da menina e comíamos em um restaurante estatal que provia calorias calculadas segundo o padrão estatal, sendo tudo o que serviam temperado com o sabor estatal. A comida era, digamos, sem graça, mas muito barata, o que me poupava, além de alguns rublos, de lavar a louça e enfrentar a fila do mercado. Sobrava tempo para nos conhecermos melhor e frequentarmos o mundo um do outro. Acompanhava os progressos de Lara enquanto ela engatinhava na existência, resguardada de maiores desilusões e comprometida com o que se oferecia. Se uma criança tivesse força de produção, seria o cidadão ideal. Teria sua indisciplina corrigida com palmadas e os questionamentos sanados com meias verdades, respostas simplórias e esquemáticas para justificar tudo, mesmo explicando bem pouco.

A infância passava com hora marcada, entre exames, vacinas, aulas, reuniões de pais e apresentações cívicas. Esses compromissos ferreteavam o lombo do tempo que sempre me assombrava com sua qualidade intangível, mas deixava traços, alterações mínimas sentidas apenas no acúmulo. As roupas de Lara encurtavam misteriosamente. Seu rosto roubava expressões da avó, Dora. Às vezes, Frank Sênior também dava as caras, reproduzido em um trejeito ou no ardor da manha. De Nara, vinham os olhos puxados e as proporções da face. Já o cabelo era clarinho como minha mãe dizia terem sido os meus quando pequeno. O tempo se permitia entrever nas lombadas do caminho, quando eu desacelerava e tomava consciência de haver mais uma consulta, mais um desfile, mais uma longuíssima reunião para concordarmos com o excelente padrão de ensino reservado à geração que asseguraria o futuro soviético. Quanto a mim, que já tinha sido tantos, o espelho tão cotidiano do banheiro seguia repetindo que era ninguém. A lâmpada fraca iluminava as rugas, as manchas tênues, os pelos de barba flutuando sem suporte enquanto eu reconstruía ou inventava uma personagem singela para dispor sobre a página em branco do que ainda viria.

Havia algo no modo de vida soviético instituído para prevenir churrascos aos fins de semana, festinhas animadas de aniversário e outras reuniões que não fossem oceânicas, com a multidão aplaudindo as danças folclóricas, a coreografia precisa dos soldados e a parada encabeçada por mísseis de papelão. Talvez fosse uma impressão causada por meu comportamento que, fora da universidade, imitava o de um eremita. Preferia me isolar para evitar a comparação com a vida de outras famílias e suas composições variantes, mas sempre tradicionais. A falta de contato com os modelos vigentes adiou as perguntas de Lara sobre a mãe, perguntas que, quando chegaram, eu respondia com nebulosas de imprecisão, recorrendo às fábulas, às viagens sem fim, ao trabalho importante que a tinha levado para longe. Se não contava toda a verdade é porque eu mesmo a desconhecia. E se isso pesava para mim, imaginava os efeitos sobre uma menininha que apenas desconfiava de seu lugar no mundo, um mundo que crescia, esticava os planos e bagunçava as posições relativas de tudo à nossa volta, mas tinha seus limites. Certa vez, para satisfazer uma curiosidade minha, mostrei-lhe a única foto que tinha de Nara, a que Victor tinha me presenteado com a torção do meu destino. Essa é sua mãe, eu disse, e ela esquadrinhou a foto com interesse até se fartar, coçar os olhos e bocejar. É difícil reconhecer alguém que carregamos em cada célula, mas não na memória.

Não é que Lara não se importasse, ela apenas não se lembrava. Não tinha parâmetros para contrapor e avaliar os aspectos da vida com ou sem mãe. Havia um oco a preencher, e ele ficaria maior com os anos. Cresceria mais rápido do que ela, na velocidade das perguntas que o cansaço das aulas de ginástica e a lição de casa não apagariam, transformando-as em farelos de giz no quadro-negro das lembranças, uma lousa imensa onde o apagador nunca borra tudo, deixando evocações de geometria e nomes de rios gravados para sempre, embaralhados com datas, fórmulas e versões oficiais da História. Creio que, naquela época, a presença de Tatjana lhe provia alguma segurança e meia dúzia de exemplos femininos para imitar. Era uma colega de universidade, professora de Biologia. Juntávamos nossa solidão e procurávamos suprir algumas necessidades básicas relacionadas a sexo, carinho e companhia. A ela, contei toda a minha história em capítulos, sem omissões relevantes, desprezando as instruções recebidas para me manter calado e proteger minha identidade. Ouvindo essas inconfidências, ela ria. Rindo, dizia que eu era impossível, que eu era mesmo impossível, e tomava mais um gole de vodca ou do odioso vinho doce comprado no mercado. Às vezes, dividindo um cigarro que tragávamos na janela para poupar os alvéolos da menina, Tatjana pedia para eu falar sobre Nara. Nessas ocasiões, me surpreendia por conseguir revelar tão pouco. Já não tinha certeza de quem era Nara e do que não passava de ecos, de lembranças adulterando a narrativa sem peso dos dias, dos meses que passamos juntos e que, mesmo contados, bastaram para mudar uma vida e gerar outra. Tatjana não parecia se incomodar quando o tom ficava, digamos, mais emocional. Não havia espaço para ciúmes, inveja ou rivalidade nas três peças de um Pyatietazhki. Ela apenas virava o copo com o que estivesse bebendo, limpava a boca e dizia que estava ficando tarde. Nunca aceitava os convites para passar a noite em minha casa. Não me parecia afeita ao papel de esposa e evitava uma atitude maternal. Sobre isso, nunca discutimos.

Em nossos passeios, fantasiava com Nara nos observando de longe, usando um lenço florido na cabeça e óculos escuros tão grandes que cobririam a cara de um orangotango. Contrariei meus instintos e os protocolos recebidos para colher pistas sobre o seu paradeiro. Depois de uma certa insistência, Tatjana me forneceu o contato de um amigo de seu tio, um ex-agente da KGB que ainda fazia uns servicinhos por encomenda. Ele aceitou me encontrar em uma sessão concorrida de cinema. Falando baixo, sempre voltado para a tela, pediu algumas datas e perguntou nossos nomes de antes da defecção. Nunca mais o vi. Semanas depois, foi Tatjana quem trouxe o bilhete onde se liam três frases extrapolando a guia das linhas:

PARE DE INVESTIGAR
CUIDE DA MENINA
BOA SORTE

É preciso acatar conselhos escritos com maiúsculas.

Nos meus devaneios, criava hipóteses. Em uma, a pior, Nara era apagada das fotos como acontecia com os desafetos do regime. Era uma inimiga do sistema, uma decepção para o povo que a acolheu e lhe depositava esperança. Em outras tantas, eu a via em missões ao redor do mundo, na linha de frente ou em festas diplomáticas, seduzindo dignatários internacionais, dopando coquetéis e eliminando oponentes com balas de prata. Nara saltava de paraquedas, abria caminho na medula do perigo para manter a estabilidade do mundo onde eu e Lara habitávamos, abismados em uma rotina com nada de especial. Era tão talentosa, sagaz e imprescindível que sua identidade deveria permanecer secreta, sem bustos de bronze, sem elegias, sem condecorações. Entre uma coisa e outra, a verdade se entocava para projetar seus fantasminhas camaradas.

Lara tinha aulas de ginástica três vezes por semana. Era a mesma frequência dos meus encontros com Tatjana naquele presente eterno em que evitávamos fazer planos. Os planos não cabiam a nós como não cabia a mim a decisão sobre as aulas de ginástica de Lara. O talento da menina tinha chamado a atenção de quem projetava medalhas para condecorar nossa superioridade sobre eLES na disciplina de músculos, tendões e nervos. Isso garantiria à menina uma boa instrução, acesso a nutrientes e um senso de propósito na construção de um modelo de sociedade que nunca me convenceu, mas era o que tínhamos à disposição. Via como sua convicção era construída, sobrepondo os tijolinhos da certeza de que o desejo humano era empilhável para se adequar a um projeto, digamos, universal. Por outro lado, diferente de nÓS, eLES vendiam a ideia de que o projeto é que deveria se adequar ao desejo humano porque esse era atávico e até mesmo sagrado. Como argumento, tínhamos silos repletos de mísseis nucleares, sendo alguns de papelão (que não vazavam radiação e faziam boa figura na cenografia das paradas). Sabia que eLES tinham ainda mais mísseis, melhor posicionados desde que Cuba e Turquia foram retiradas do tabuleiro, torres com seu movimento retilíneo. Quem tinha razão? Ora, isso importava mesmo? Naquele ponto da História, calculávamos o potencial da destruição em Hiroshimas, uma medida que extrapolava os mortos e contabilizava a essência do horror.

Raras vezes debati com Tatjana sobre as possibilidades da discordância no cerne do sistema, de qualquer sistema. Para mim, era de onde poderia surgir uma nova via de redenção para a maioria que mantinha o mundo em movimento, a despeito do planeta girar sem nossa ajuda. Você é impossível, você é mesmo impossível, ela dizia. Quando provocada, me lembrava de que, para quem morria de fome, tanto fazia se a causa tivesse sido decidida por um comitê querendo forçar a industrialização ou por um banqueiro forçando a bolsa de valores a subir. O vazio no estômago era o mesmo.

A indignação tinha a mesma intensidade. Apenas a crueldade encontrava justificativas distintas e, em todo caso, insuficientes para dar algum sentido à agonia. Assim, se pudéssemos, caberia a nós desprezar as justificativas, aceitar as decisões e, com coragem e algum engenho, evitar a agonia do que podia nos consumir o corpo e, principalmente, a alma. Para mim, bastou viver algum tempo entre os russos para notar que, embora proibido, nunca abandonaram seu conformismo cristão. Tatjana apenas o temperava com pragmatismo e um pouco do cinismo ocidental. Se adiava o confronto com os leões, isso nunca ajudou ninguém a fugir do Egito ou a abrir o Mar Vermelho. Ok, ok, pessoal! Força! Vamos empurrar mais um bloco lá para cima.

Sentia um gostinho de Vietnã nas notícias censuradas e nos muitos boatos correndo sobre o Afeganistão, lugar empoeirado onde um punhado de maltrapilhos com toalhas na cabeça se recusava a perder a guerra. Do lado dos rebeldes, ainda que usando disfarces, estava meio mundo e até a China, às turras com o Politburo. Em casa, andávamos mais preocupados com a disponibilidade de salsichas, uma carestia que não cabia na prosa e ainda menos no poema. Então, para purgar as más impressões e compartilhar algum orgulho, organizaram aquele espetáculo nas Olimpíadas. Rivalizando com as peripécias atléticas, presentearam o mundo com o esforço coreografado de centenas de pessoas para fazer escorrer a lágrima de um ursinho estampado em telas de televisão de todos os continentes. Em escala menor, coberto de pelúcia, era o mesmo ursinho que, com o carisma de um Mickey, abraçava Lara quando a menina dormia. Foi bonito aquilo tudo e, de um jeito torto, inaugurou uma época em que passamos a ser vistos não como bons ou sensíveis, mas como vulneráveis.

Ainda me lembro de uma visita ao museu que exaltava os cosmonautas. Enquanto Lara corria para lá e para cá, entre uma réplica do Sputnik, o uniforme de Gagarin e projetos de foguetes que subiram aos céus ou foram para o espaço, notei que nossos avanços precisavam ser analisados à distância. De perto, percebia-se o desalinho dos rebites na fuselagem, a tinta borrada, a costura mal feita. A glória imposta dispensa um bom acabamento. Enquanto isso, eLES investiam no capricho para louvar uma grandeza a ser reconhecida e comprada como souvenir, mesmo que, por dentro, não existisse grande coisa ou nada muito diferente. Esse era o pêndulo dos meus ânimos. Do passado, tentava me esquecer. Quando pensava no futuro, fazia o possível para aceitar o fato de não poder mudar coisa alguma, riscando sobre o rascunho de outros para ter a impressão de que contribuía para o desenho final. Era uma ilusão para seguir vivendo sem Nara em um lugar que não escolhi de verdade, sendo essa incapacidade de fazer escolhas uma especialidade treinada com afinco. Uma ilusão que não podia tomar de minha pequena filha. Ela ainda teria tempo de fazer suas escolhas ou enfrentar as consequências das que não faria por nem imaginar que existiam.

Não era raro sonhar com Nara. Eram sonhos de que me lembrava como não costumava acontecer quando os farelos do dia se fundiam em combinações esdrúxulas, quase impenetráveis, para dar pistas de algo que sempre tive preguiça de investigar. Nos sonhos, ela mantinha volumes, sons, cheiros e temperaturas que conhecia, mas adotava aparências jamais vistas, com as feições traduzidas para serem compreendidas no território onde tudo é possível e tudo nos assombra. Em uma dessas incursões, em pé, diante de mim, ela ninava Lara, murmurando uma canção em português. Quando a menina dormiu, Nara a aninhou no meu colo com todo o cuidado, com um cuidado materno. Então sacou o lenço que lhe cobria os cabelos e também os óculos escuros grandes demais. Seus olhos eram os de sempre, mas tudo ao redor parecia se derreter e se recompor em um turbilhão muito lento. Atrás dela, a terra cedeu para revelar o precipício. Já não lembro se a terra cedeu ou se o chão sob nossos pés se arrojou ao céu do entardecer, criando uma falésia negra que devorava a luz. Não procure por mim, não espere notícias, ela disse antes de se lançar no abismo com curiosidade e elegância, como se procurasse um bom assento para aproveitar a viagem e não perder nenhum detalhe da aventura vertical, caindo mais rápido do que os pensamentos. Quando a gravidade do absurdo deformou o tempo, ouvi o choro de Lara. Pulei da cama sem saber se o choro se propagava na realidade ou se estava tramado no sono. Fiquei ao seu lado até ela adormecer de novo. Então fucei na gaveta do criado-mudo para encontrar a foto de Nara. Ali estava ela, um momento congelado que gira em um eixo, contorna o Sol e acelera vertiginosamente em alguma parte dos tentáculos da Via Láctea, neste imenso ralo cósmico de onde tudo transbordou e para onde há de voltar um dia. Para a vida recobrar algum sentido, eu precisava borrar Nara. Para vê-la com nitidez, era a vida que borrava. A mim, cabia escolher.

Tatjana voltou a tempo para o meu aniversário de quarenta anos. Estava em uma conferência de verão na Alemanha Oriental e contrabandeou uma garrafa de sekt para a comemoração. Fizemos um bolo e Lara fez questão de brindar com suco de maçã. Na hora do brinde, pensei em meus pais. Celebrariam mais um marco que depositei no percurso da vida? Amargariam o luto sem corpo em que eu tinha me transformado? Estariam vivos para comemorar *in absentia*? Ou era eu que me negava a padecer um luto sem confirmação? O embrulho colorido me fez aterrissar. As duas me presentearam com um compacto pirata dos Beatles, criando a demanda por uma vitrola que não tínhamos e que, semanas depois, providenciei por consideração. Cantamos parabéns em russo, inglês e espanhol, as línguas que estimulava a menina a dominar. A cantoria também estendia a festa e Lara quis brindar mais uma vez ao papai e, em seguida, à mamãe. O constrangimento de não saber exatamente a quem se referia durou alguns segundos até a menina se atirar nos braços de Tatjana, o que não foi menos constrangedor. A atitude de Lara entregava suas artimanhas para interferir em nosso arranjo doméstico. Rimos bastante para disfarçar e, com seus encantos, a menina venceu: pela primeira vez, Tatjana aceitou compartilhar minha cama por uma noite inteira.

Se do Afeganistão vinham tremores contínuos, mas moderados, Chernobyl chacoalhou as bases de repente, com a violência dos piores desastres. Fizeram muita força para controlar o vazamento de informações, mas esqueceram que os medidores de radiação finlandeses e suecos denunciariam a farsa e convocariam a grita mundo afora. Boatos relatavam sobre as plumas venenosas nevando em Pripyat, o ar fosforescente que desafiava as contenções, as evacuações improvisadas e as comunicações censuradas para manter tudo sob controle quando controle era o que não havia. Também não houve pânico, mas os receios se espalhavam em ondas de choque, abalando a confiança do povo no governo central que, segundo os estatutos, era mais infalível do que o papa, com seu poder alinhado aos preceitos do camarada Lênin, emanando do povo soberano e blá-blá-blá. Passamos a duvidar não só das notícias, mas do pão, do leite, da água e até das pobres salsichas que não fizeram nada de errado além de serem baratas como os materiais empregados na construção de reatores espalhados por toda a União Soviética. Tatjana, versada nos efeitos que mesmo doses baixas de radiação provocavam em seres vivos, usava seus conhecimentos para nos tranquilizar, mas insistia para evitarmos certos produtos se desconfiássemos virem de Kiev.

No meio da crise, tentaram nos vender heróis de ocasião. Era gente de valor, é claro — bombeiros, cientistas, enfermeiros, soldados, mineiros voluntários (ou nem tanto) que sacrificaram a própria vida —, mas a opinião pública estava decidida a linchar alguns vilões. Então, depois de muito ponderar, encerrada mais uma longuíssima reunião para concordarmos com o excelente padrão de segurança que nossa tecnologia provia, além de eletricidade barata e farta, Gorby anunciou reformas para dar mais transparência à administração, mostrando em cores o que todo mundo já sabia porque sentia na pele todos os dias. Não imagine você que, de repente, nÓS, os soviéticos, tivemos acesso à verdade. Apenas pudemos admitir que estávamos sendo enganados o tempo todo, omitindo o voluntarismo que isso exige.

Tatjana sempre negou que minha transferência para a Escola Secundária Especializada nº 23 tivesse a ver com ela e a fase conturbada que vivemos em meados de 1987. Era possível, claro. Ela tinha um cargo a defender no departamento de Biologia, e eu era apenas um professor estrangeiro, meio misterioso, que vagava e a perseguia com cochichos obscenos pelos corredores da universidade. E, ainda que esporádicos, os contatos com minha filha adolescente eletrizavam o ar. Lara tinha acabado de completar doze anos e mergulhava em uma puberdade típica. A baleia branca de seus hormônios quebrava a mansidão do mar, e nossos arpões não serviam para nada além de instigar um naufrágio. Vieram as espinhas, a vaidade e um chulé insuportável que fazia Tatjana se amotinar, bradando zapakh nog, zapakh nog, expressão acompanhada de adjetivos que eu não sabia traduzir, mas cuja veemência exalava sentido. Ela ordenava que os tênis da menina ficassem do lado de fora, sobre o capacho. Os calçados fedidos seriam as boas-vindas para parentes que chegassem sem aviso, parentes que não tínhamos por perto e com os quais já não podíamos contar. Havia apenas a possibilidade remota do retorno de Nara. Imaginava o que ela diria quando sentisse o aroma daquelas palmilhas carcomidas por bactérias peidando sem parar. Pensava em como Nara expressaria orgulho e náusea diante dos subprodutos da maturação de uma pessoa querida.

Para o corpo e a personalidade de Lara, as condições transitórias eram humilhantes. Talvez por isso provocassem explosões que, na maioria das vezes, me atingiam no peito, mas guardavam estilhaços para minha companheira, a camarada Tatjana. Como eu arbitrava o conflito e ouvia o choro das litigantes, a sugestão de enviar minha filha para uma temporada no leste europeu me parecia, no fundo, um movimento para isolar a menina, coisa com que, no auge da fúria, me inclinava a concordar. As trombetas do armagedom soaram quando, por decisão unilateral, foi suspensa a cooperação na tarefa revolucionária de lavar os pratos. Você não é minha mãe, Lara gritou, ecoando gerações de órfãos obrigados a se adaptar a uma autoridade não reconhecida. E ainda ouvi coisas piores que elas, mais versadas no russo, sabiam articular.

Polônia, Hungria, Tchecoslováquia. As opções foram expostas e debatidas, mas eu relutava. Creditava parte considerável das minhas desditas ao afastamento compulsório da casa paterna. O que teria acontecido se não tivesse me enredado nas ciladas do tio Norman? Desditas diferentes e, quem sabe, preferíveis. Nesse desterro emocional, falta o carinho que tentamos suprir com um tipo de mendicância, contentes e agradecidos com recompensas mínimas guardadas como amuletos para aplacar o vazio, para compensar o que ficou para trás. Já não podia perder mais ninguém. Se possível, manteria Tatjana. Ter as duas seria um triunfo. Algo em mim — algo egoísta, confesso — fantasiava que, para Tatjana, eu seria um objeto cuja posse não queria compartilhar enquanto, para a menina, minha presença era simplesmente imprescindível. Não me convencia de que as sugestões da madrasta — essa designação tão ianque, tão Disney e imprecisa para o nosso arranjo — fossem revestidas apenas de boas intenções, baseadas em sua própria biografia, em uma trajetória impulsionada por cursos em Leipzig e Bucareste. Segundo ela, nosso mundo era restrito, mas, ainda assim, era possível expandi-lo até as beiradas de uma sombra que, em milhas quadradas ou milhões de pessoas sob nossa influência, era mesmo impressionante.

Ainda discutíamos sobre os benefícios do exílio quando Lara teve sua primeira menstruação. A dor, a mancha na calcinha, os respingos que tornaram rosada a água da privada compunham um fenômeno para o qual suas emoções não estavam calibradas e que podia ser mais aterrorizante do que o colapso de um reator RBMK. Para a minha tranquilidade, Tatjana explicou que, embora precoce, era uma ocorrência normal. Para a menina, deu instruções válidas por um longo período da vida adulta. Não usou a desenvoltura dos livros e do seu conhecimento, mas, sim, uma emoção compartilhada, uma cumplicidade na ebulição que uma vivia e a outra viveria por anos. Criaram um vínculo do qual eu estava grato por ser excluído. Não tinha propriedade para me manifestar.

Para variar, dava aulas de inglês. Como sempre, desconfiava do salário e dos cupons que, somados, superavam os rendimentos de Tatjana. Parecia uma espécie de pensão estatal garantida pelos sacrifícios de Nara, se é que foram sacrifícios. Gostava de acreditar que sim. Dinheiro sujo, mas que também era suficiente e ajudava a limpar nosso dia a dia, dissolvendo a gosma em que vivíamos, congelando em filas, cozinhando no metrô lotado, perdidos nos corredores sem fim do controle impregnado nas coisas mais simples e que nos mantinha permanentemente cansados. Em suma, nada muito distinto da vida de um professor em Nova York ou de um operário em Detroit, às voltas com a hipoteca e o custo de vida regulado por um mercado sem travas, entronizado por eLES para reger o mundo. Na 23, meus alunos tinham idade parelha com a de Lara, o que me habituava à instabilidade adolescente. Quando ligavam a calefação, o ambiente era tomado por um aroma inigualável de cera aplicada no assoalho, tecido sintético em diferentes estágios de decomposição, creme para acne e zapakh nog, zapakh nog — aquela expressão penetrante que media o asco de Tatjana. O trabalho na universidade era mais estimulante e me fazia falta. Entre os jovenzinhos, as tardes se arrastavam com repetições infinitas de frases cunhadas para penetrarem no cérebro e permitirem que a pessoa falasse como um autômato embriagado. Então, para matar o tédio (o meu, no caso), propus uma encenação de "Sonho de uma Noite de Verão". Os coordenadores aprovaram, Shakespeare era cultura oficial, tido como patrimônio da humanidade, embora o finado Stálin, por razões óbvias, odiasse Hamlet. Não tínhamos figurino e, ali, nem Puck divertia. O menino mais adequado para o papel era gago. Tartamudear Shakespeare em russo era um castigo que a memória do bardo jamais mereceu.

---

9 de novembro de 1989. Quinta-feira. Centenas de milhares de pessoas forçaram a passagem pelos postos de controle de Berlim Oriental. Diante da vacilação dos fuzis, o muro começou a se esfacelar com marretadas vindas de ambos os lados. Ao destruir o concreto, os golpes também pulverizavam um símbolo e comprometiam a integridade de um dos sistemas de controle e influência mais poderosos da História. Em resposta, Gorby recolheu quinhentos mil soldados e decidiu dormir cedo para acordar em um mundo diferente. As manchetes dos dias e dos meses seguintes dariam conta de uma nova realidade onde suas atitudes seriam comemoradas e execradas com igual fervor. Vimos a retransmissão do evento em um televisor rudimentar. O aparelho esquentava demais, ionizado pelo poder das imagens, pelo atrito do metal contra as placas de concreto, pelo hálito da turba que festejava ao

redor das estruturas tombadas, pelos gritos carregados de palavras de ordem, pela fala comovida de correspondentes internacionais que atacavam o muro com a contundência de seus microfones. Aos lares soviéticos, chegavam recortes editados que apenas resvalavam no vexame sofrido por nÓS. Nossa impotência para evitar o colapso sem criar uma tragédia estava subentendida, sujeita a incontáveis reprises que nos aviltariam. A despeito dos ímpetos contagiando a multidão, sabíamos que o muro tinha sido corroído por dentro e o abalo poderia começar com um suspiro, um espirro ou uma declaração. O sistema seria soterrado por aqueles escombros e isso provocava grande excitação. O desmonte do império soviético era questão de tempo. E de método.

Meus delírios se concentravam em uma fissura no muro de onde brotava um ponto de luz, emanações de um futuro confuso, ilegível, escrito com muitas penas. Espremendo os olhos, percebia que o brilho concorria com a pira de um passado recente, alimentada por milhões de arquivos, documentos ardendo como arderam párias, livros e bruxas. O fogo cauterizaria a memória com uma ilusão de pureza, com muitas mãos disputando para brandir a tocha de uma vitória incontestável. Das cinzas, poderíamos reconstruir a memória como quiséssemos, saudosos dos tempos tão mais simplórios que as cercas resguardavam. Enquanto isso, traçariam novos mapas. Removeriam as cercas para aplicá-las em outros pontos, estabelecendo fronteiras que não se contentariam em demarcar países com membranas flácidas e permeáveis. Sem um inimigo para nos manter coesos, precisaríamos eleger culpados entre os culpados, alguns incautos e uns tantos inculpáveis. Precisaríamos baixar nossas cancelas para proteger territórios que arrebanhariam gente como nós, coberta de certezas, animada pelo que é correto, desejável e justo. Formaríamos micronações, algumas delas tão grandes quanto as convicções de um único habitante, ao mesmo tempo soberano, tribuno, carrasco, súdito e escravo de sua infinita liberdade. Tomado por esses desvarios, desconfiava de que precisaram derrubar um muro para nos separar de vez.

Tio Norman teria que me dar razão. Era mesmo questão de tempo e paciência (e, claro, de receber uma mãozinha do destino que eLES balançavam para manter o terreno instável). Em vez de sermos despertados pelo estrondo de um desmoronamento, eram os farelos da presunção soviética que nos invadiam as narinas, ressecavam nossas mucosas e nos faziam acordar depois de um incômodo prolongado. De péssimo humor, com o sono interrompido antes da hora, jogávamos água na cara e saíamos arrastando os pés pelas ruas de Moscou. Toda grande cidade tem uma dormência que resiste ao raiar das possibilidades. E das possibilidades brotavam incertezas sobre o futuro tramado para nÓS. Eu, vindo do outro lado, conhecia as virtudes que tentariam nos vender, empacotadas com os produtos que tomariam de assalto nossas prateleiras tão tímidas, tão contidas, tão limitadas. Ansiávamos por mudanças, mas quando elas começaram a despontar no horizonte, me amedrontei. Não temia por mim, mas por Lara e até por Tatjana que, em segredo, fora das vistas de gente leal ao regime, comemorava a fresta que se abria. Temia por sua inocência e o preço que perder essa inocência cobrava. Não haveria ressarcimento nem garantias contra vícios e defeitos de fabricação do que usassem para substituí-la. Por outro lado, às vezes me sentia exultante. Admitia não ter perspectivas ou possibilidades concretas de deixar a terra que me acolheu a contragosto, mas também sentia como ela se transformava sob meus pés, criando um lugar novo onde continuaria levando a vida com os poucos laços que atei e, pela primeira vez, soube manter. Nesse futuro, até a novidade seria relativa. Meu tino dizia que, às escondidas, acordos e contratos estariam sendo firmados para fazer quem mandava continuar mandando, mesmo que os privilégios e as prerrogativas mudassem de mãos. Nessas horas, pensava em Nara. Se soubesse o que eu sabia, se visse as rachaduras no muro...

Lara não era mimada. Pedia pouco e se contentava com menos. Então, mesmo que nosso orçamento doméstico não permitisse extravagâncias, sentia que precisava atender seu desejo. Fazer quinze anos é algo para se festejar, Tatjana disse, enfiando alguns rublos na minha carteira a título de contribuição. Os preparativos sugeriam gala. Tomei um banho longo, usei lâmina nova, estapeei meu rosto com loção e arrematei tudo com um borrifo de patchuli. Sobre a roupa, Lara optou pela jaqueta com capuz e o emblema da equipe de ginástica. O figurino não foi combinado pela beleza, mas só porque, lá fora, o frio estava de matar. Escovou os cabelos com esmero e aplicou o batom emprestado da madrasta para a ocasião. Não concordava com o batom, mas me calei, resignado com o fato de que a menina não duraria muito mais naquele corpo.

Saímos de casa cedo para conseguir um bom lugar na fila. Andamos até a estação de Novye Cheryomushki. Aqueles corredores intermináveis não tinham qualquer encanto, era como entrar em uma toca para sair do outro lado, fosse onde fosse. A viagem era longa e, sem assentos disponíveis, Lara me abraçou em busca de equilíbrio e aconchego. Era bom senti-la mais perto. Era bom provar a maciez de seus cabelos raspando no meu queixo, na pele que o barbeador tinha deixado tão sensível. A pressão de seu rosto contra o meu peito animava o coração a seguir batendo, mesmo que essa pulsação devesse ser, a princípio, involuntária. Conversamos. Nem muito nem pouco. Talvez muito, mas sobre algo que parecia ter pouca importância. Durante o percurso, nosso contato prescindia das palavras. As frases soavam como trilha incidental, um murmúrio pontuado pelos ruídos do vagão para compor uma bela música, uma peça que arrematei com um beijo em sua testa. Nossa parada era na Praça Pushkin, onde fomos recebidos pela solenidade dos lustres pendendo da abóbada. Tudo parecia celebrar. Resolvi avançar pelo contrafluxo, exibindo um sorriso que alguns passageiros retribuíam ao notarem minha satisfação, andando abraçado a um tesouro, algo que não compartilharia nem mesmo em uma sociedade tão igualitária quanto a nossa. Do outro lado da rua, já se avistava a fila, e essa frase ainda faria sentido se dissesse "do outro lado da Lua, já se avistava a fila". Ordeiros, nos pusemos a esperar como tantos outros, alinhados para entrar na loja e desafiar a agilidade de atendentes que produziam iguarias em série, dispondo-as em canaletas para serem servidas prontamente sobre o balcão de fórmica. Passinhos de formiga nos impulsionavam à frente. Demoraria para chegar nossa vez, mas isso não era problema. Ali, estaríamos às voltas com sanduíches americanos, em uma loja de fast food americana, recém-inaugurada e operada por canadenses, sendo eu um desertor e sua filha russa servidos por russos quase tão jovens quanto Lara, que pareciam entender a função do bacon para ativar os ânimos a qualquer hora, com batatas fritas e goles de refrigerante que o gelo fazia render. Só a velocidade da fila evitava que nos transportássemos para outra dimensão onde tudo era possível e um hambúrguer seria a última refeição de uma política condenada. Sim, pela velocidade da fila, continuávamos na União Soviética, mas pressentíamos que a União Soviética não continuaria ali por muito tempo. Naquela espécie de embaixada de um país em mutação, fiquei tentado a dar meu relato para fechar as pontas e me sentir completo. Quis revelar à menina o caminho que percorremos para chegar até aquele ponto do planeta, naquele ponto exato da História. Era onde a história dela começava e a minha torcia e se bifurcava em possibilidades quânticas.

Seu avô não passava de um comunista histriônico
Você teria gostado de Dora
O nome dele era Victor, camarada leal
Mas Norman não era meu tio de verdade
Sabe aquela foto que te mostrei?
Claro! Afinal, eram três milhões de dólares
Os amigos de sua mãe eram uns tipos esquisitos
Não, não imagino quanto seria em rublos

Sua mãe e eu nos beijamos no museu
O assalto? Aquilo foi um desastre
Só lembro que comprei as alianças e fugimos
Atravessamos o Chile
E ainda tinha a poeira insuportável do deserto
Não, não foi pelo dinheiro!
Quer dizer, não foi só pelo dinheiro
O dinheiro era apenas um detalhe
Então você se orienta pelo cinturão de Órion
Era como se ela caísse no abismo... sentada
O Brasil? Ora, o Brasil é um país engraçado.

Mesmo que pulasse os feitos inconfessáveis, ainda haveria escritores errantes, utopias-anãs, padres, piratas, pares românticos e múmias andinas. Não sabia por onde começar e, na dúvida, desisti. A meu favor e contra mim, conste que vi um sinal. As nuvens se abriram e, em pleno inverno, uma nesga de sol se insinuou sobre a cidade. O calor penetrou no tecido sintético e se irradiou pelas camadas do forro até esquentar as orelhas de Lara, conchas surdas tragando um relato mudo. Ela tirou o capuz e a luz se refletiu no fundo dos seus olhos, aqueles rasgos que eu tinha notado pela primeira vez em uma cabine pressurizada de avião, cruzando a atmosfera em altíssima velocidade não só para mudar meu destino, mas para dar algum sentido à minha vida. Então os raios de sol ricochetearam nos feixes que organizavam milhões de fios paralelos, dispostos em correnteza para emoldurar um sorriso. Sob o céu de Moscou, o brilho de seus cabelos quase me cegou, rivalizando com os arcos dourados aplicados na fachada da lanchonete.

Mãe,

Conheci um cara. É americano. Pelo que diz, tem uma fortuna. Acho que é dos meus, mas ainda não tenho certeza. Como todo gringo, é meio bobo e isso tem seus encantos.

É minha melhor chance de escapar daqui e chegar a algum lugar onde faça qualquer diferença. Psicologia me aborrece, é ginástica mental. Preciso colocar a mão na massa, não na massa cinzenta, mas no cinza que esta nossa vida virou.

Faço isso por mim. Também faço por todos e, em um recorte impreciso (por ser muito próximo e não estar distante o suficiente), por você e meu pai, o Inspetor Geral Oliveira. Sei que ele despreza minhas convicções. Só não vai poder dar as costas ao que eu consiga realizar para mudar o estado das coisas, sendo o estado desprezível e as coisas, digamos, as coisas são o que são e teremos que aguentar até se transformarem.

Antes que você se pergunte, sim, gosto do americano. É difícil dizer isso com as palavras simples, com as palavras certas. No fundo, não passo de uma romântica idealista.

Nara

P.S.: Não procure por mim, não espere notícias.

NOTAS

Diz-se que o "Ouro de Moscou" eram recursos providos pela União Soviética aos partidos comunistas e afins espalhados ao redor do mundo. Em caso específico, faz referência à reserva de ouro espanhola, a quarta maior do mundo na época, transferida para Moscou pelo governo republicano durante a guerra civil, nos anos 1930. Dessa transferência, o lastro, o valor numismático, a destinação e o equivalente em moedas vigentes são substância das lendas. A colaboração soviética com órgãos ditos subversivos na América Latina também está sujeita a diligências contábeis. Dizem que, nos anos 1960 e 1970, o Kremlin estava mais preocupado com o financiamento de ações na Ásia e na África, onde as coisas andavam mais quentes e dependiam muito desse tipo de solidariedade. A América Latina era um lugar confuso e dispendioso demais, como relatou, em mais de uma ocasião, o general aposentado Nikolai Sergeievitch Leonov, chefe da KGB para a região. Não tive disposição para investigar a veracidade nem a extensão da suposta colaboração soviética para alimentar apetites revolucionários. Para mim, o contexto bastava. O resto, inventei.

O sobrenome de Victor Sorge faz menção ao alemão Richard Sorge, que trabalhava para a inteligência soviética durante a Segunda Guerra Mundial. Sobre ele, sei pouco. Só precisava de uma designação crível, algo que soasse como o nome de um espião. Já Pietr Klebnikov pegou o sobrenome emprestado do editor da versão russa da revista Forbes. Não poderá devolver porque o dono foi assassinado em 2004. Era um tipo incômodo, que investigava sobre a produção e a distribuição de cercas.

Venkman é o sobrenome de um personagem de "Os Caça-fantasmas", filme de 1984. É uma pena que Bill Murray não tenha nada a ver com a história que você acabou de ler e muito menos com a história que você vai ler, caso tenha folheado este livro de trás para frente.

A boate Big Eden existia. Ficava na Kurfürstendamm 202, em Berlim. O Tali foi umas das encarnações do que, hoje, se chama Moviemento, na Kottbusser Damm 22, em Kreuzberg. Desde 1907, ali fica o cinema mais antigo da Alemanha.

O pequeno (para os padrões atuais) massacre na Universidade Estadual de Kent realmente ocorreu. Foi em 1970. Em treze segundos de disparos, quatro estudantes morreram e nove tombaram feridos. Na extremidade segura das armas estava a Guarda Nacional de Ohio.

Tive um isqueiro austríaco da marca IMCO que se parecia com o prédio onde funcionava o Hotel Hilton, no centro de São Paulo. Os jardins do hotel foram projetados por Burle Marx, motivo suficiente para se hospedar lá quando isso era possível.

"Non Ducor Duco", expressão latina estampada na bandeira da cidade de São Paulo, quer dizer "não sou conduzido, conduzo". Dependendo do trânsito, a voz passiva e a ativa podem consumir muito tempo.

No Brasil, nos anos 1990 e parte dos anos 2000, fax era uma técnica muito popular para transferência remota de documentos pela rede telefônica. Era como a psicografia, mas usava papel termossensível para registrar as mensagens.

Durante a Guerra do Vietnã, não havia Higiapele capaz de aliviar as assaduras provocadas por napalm.

"Sol escaldante, terra poeirenta. Dias e dias, meses e meses sem chover" são versos do samba-enredo "Seca do Nordeste", composto por Waldir de Oliveira e Gilberto de Andrade para relatar um problema completamente superado por investimentos federais e pelo engenho humano.

Luís Vaz de Camões participou com trinta e dois caracteres e um ponto de interrogação que só tinha empregado versos depois.

À certa altura, em transcrição de um programa da Rádio Libertadora, Carlos Marighella fala contra o conservadorismo e a vacilação. E a favor das mulheres.

James Bond é um personagem criado pelo escritor Ian Fleming. O autor teve um papel, digamos, menor na inteligência britânica. Mata Hari portava uma biografia mais interessante do que JB e IF juntos. Foi fuzilada.

Feito corretamente, o sinal da cruz começa com um toque da mão direita na testa, depois no peito, no ombro esquerdo e, por fim, no ombro direito. A depender da corrente cristã, há controvérsias sobre o que fazer com os dedos.

Monty Python contribui com uma paródia do quadro "Nobody Expects the Spanish Inquisition". Desfigurada, Xuxa vem logo em seguida.

Leem-se ecos anacrônicos de "Helden", versão alemã de "Heroes", de David Bowie, e de "Field Commander Cohen", de Leonard Cohen. O finado Gil Gomes também dá o ar da graça. Gênios ecoam até por escrito.

Os autores do jingle do fio Pirastic Antiflam Deslizante não foram identificados, mas têm lugar assegurado no mausoléu aos heróis desconhecidos da propaganda.

Para descrever o show de Carlos Santana, foram usados trechos da matéria de Oscar Pitta, publicada na extinta revista Pop, na edição de janeiro de 1974. O talento de Oscar faz muita falta no jornalismo musical. Também sinto falta do jornalismo musical.

Maurício Azeredo pode contar melhor sobre a turbina rebitada na asa do avião e sobre a banda brasileira de rock em turnê pela Inglaterra. Pergunte e, garanto, a conversa vai ser boa.

O passado melhora as coisas. Pense no Comind, na Golden Cross, na Haspa, na Telefunken e nos tênis Bamba. Se você se lembra dessas marcas, ótimo. Se não se lembra, sorte sua.

Derivado do Opel Ascona, o Monza, da Chevrolet, vendeu mais de 800 mil unidades que, empilhadas, chegariam à Lua.

O fictício Irenildo Holanda decalca dois ou três conceitos do artigo acadêmico "'É chegada a hora de escrever e cantar, talvez, as derradeiras noites de luar': leituras sobre a Corrida Espacial na canção brasileira", de Suelen Maria Marques Dias, Mestre em História e Culturas Políticas pela UFMG, publicado na revista Temporalidades (v. 7, n. 1 — jan./abr. 2015). Justiça seja feita à Manuelle Ferraz: em uma edição recente de sua concorrida festa junina, ouvi pela primeira vez a música de Ary Lobo e Luiz Boquinha.

Uma milha equivale a 1,6 quilômetro. Um pé avança mais de trinta centímetros. Uma libra são 453,592 gramas. Um ano-luz deixa para trás 9 trilhões de quilômetros. Do ponto de vista de amigos e detratores, Schrödinger era um amante dos gatos ou simplesmente os odiava.

AGRADECIMENTOS

A cada leitor.

A Julia de Souza e Sofia Mariutti, pelo apoio de primeira hora.

A Pietro Soldi, Tainá Azeredo e Sandra Navarro (*in memoriam*), pela leitura atenta do original.

A Ricardo Rocha, Tom Vouga, Jaime Nakamura, Duda Hernandez, Renato Duó, Camila Cardillo, André Almeida, Mônica Fragoso e Silvia Curiati, por terem lido a seu tempo.

A Ángela Gancedo, Roger Bassetto, Mônica Fragoso, Anselmo Ramos, Valeria Pesqueira, Rodrigo Castilla, Leonardo Milani, Carlos Tavares, Alexandre D'Agostino, Renato Vieira, Rafael Zoehler e Davis Diniz, pelo incentivo e a companhia durante a jornada.

A Joca Reiners Terron e Ignácio de Loyola Brandão, pela inspiração, a generosidade e o conhecimento compartilhado de muitos jeitos.

A Cláudia Azeredo e André Magini, pela acolhida e o entusiasmo.

A Tiago Fabris Rendelli e à equipe da Editora Urutau, pela chance.

A Luana Azeredo, por todo o amor e por tornar este livro possível.

A meus pais e meus irmãos. Ora, por tudo.

ROGER ROCHA
escreve. *Ouro de Moscou* é seu primeiro romance publicado.

este livro foi editado

no outono

de 2021